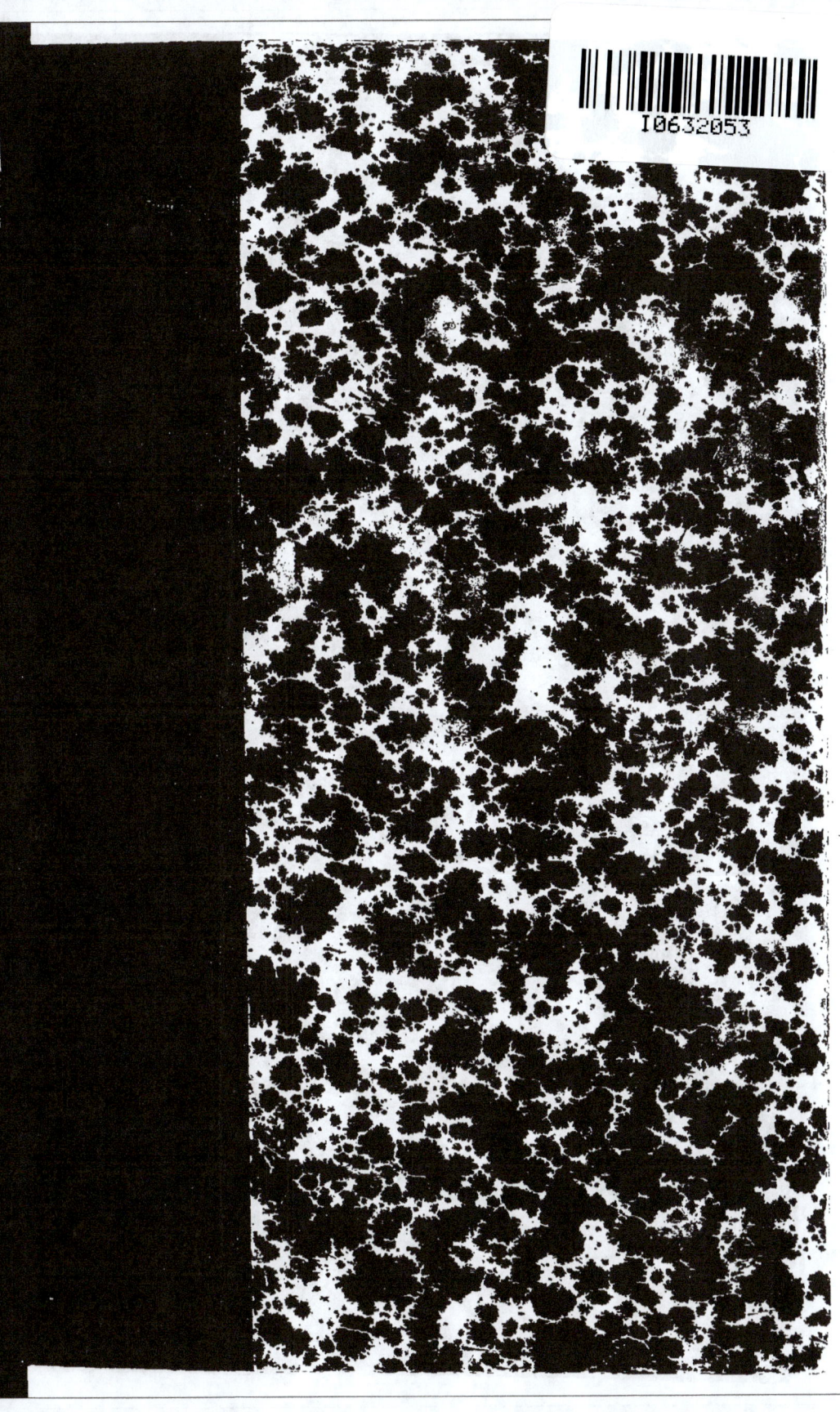

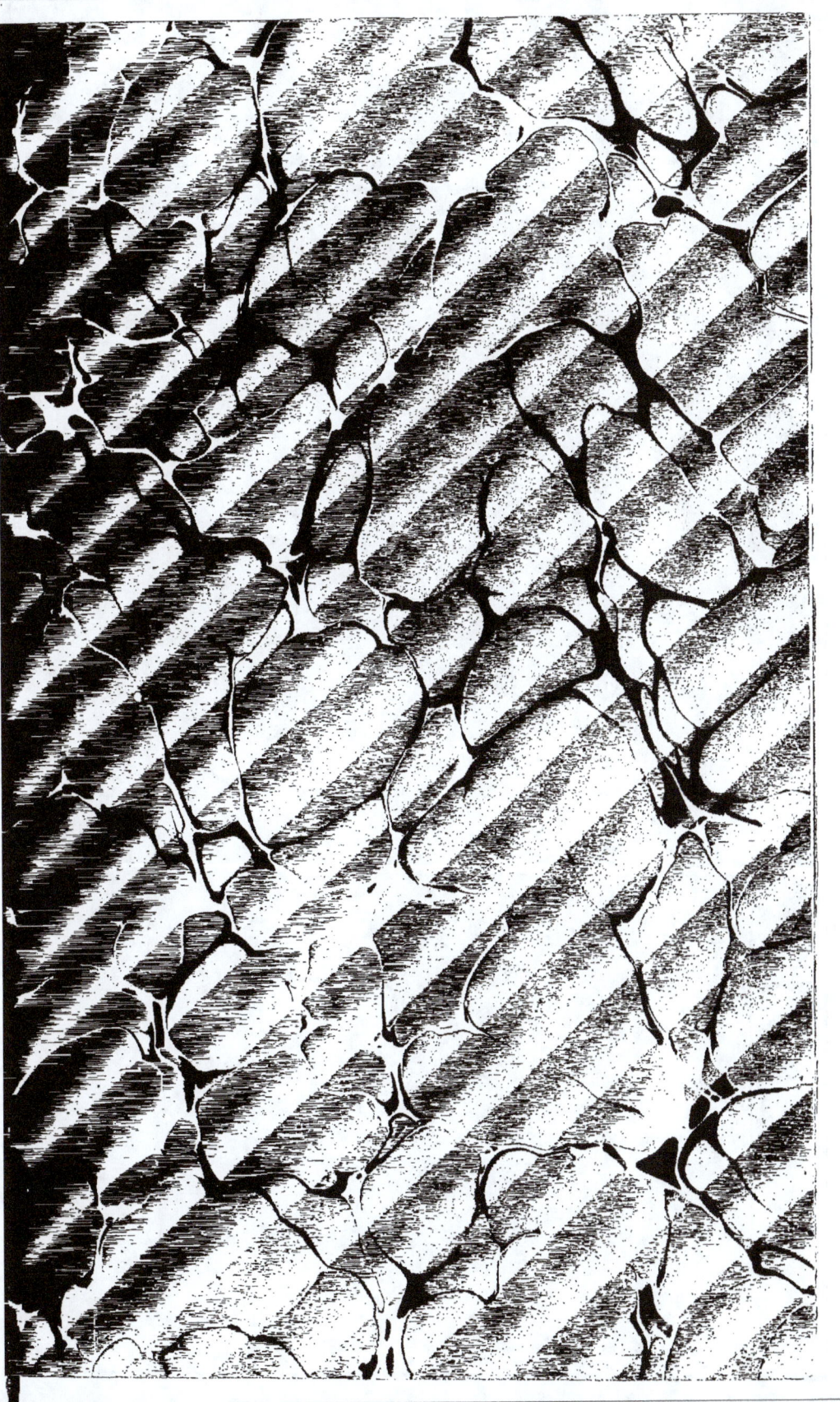

PAUL MANSUY

OEUVRES DIVERSES

DE

J. J. BARTHÉLEMY.

DE L'IMPRIMERIE DE FIRMIN DIDOT,

RUE JACOB, N° 24.

Se trouve à Paris,

CHEZ

PEITIEUX, passage du Caire.
MASSON, libraire, rue Hautefeuille.
DELAUNAY, libraire, au Palais-Royal.
CORBET, libraire, quai des Augustins.
LOCARD, quai des Augustins.
LECOINTRE et DURET, quai des Augustins.
MONGIE ainé, boulevard Montmartre.

OEUVRES DIVERSES

DE

J. J. BARTHÉLEMY.

NOUVELLE ÉDITION,

AUGMENTÉE

DE L'ESSAI SUR LA VIE DE J. J. BARTHÉLEMY,

PAR NIVERNOIS.

DEUX VOLUMES AVEC PLANCHES ET LE PORTRAIT,

Imprimés par FIRMIN DIDOT, format, caractères et papier conformes à l'édition du Voyage d'Anacharsis, publiée par GUEFFIER jeune.

TOME II.

A PARIS,

CHEZ | GUEFFIER JEUNE, RUE BOURTIBOURG, N° 12.
GUEFFIER FILS, CARREFOUR GAILLON, N° 33.

1823.

TABLE

DES MATIÈRES CONTENUES DANS LE SECOND VOLUME.

———

LITTÉRATURE ANCIENNE, BEAUX-ARTS.

*

SCIENCE NUMISMATIQUE.

LETTRES.

PLACEMENT DES PLANCHES.

FIN DE LA TABLE DU SECOND VOLUME.

LITTÉRATURE

ANCIENNE,

BEAUX-ARTS, ETC.

AVERTISSEMENT

DE L'ÉDITEUR.

L E dix-septième siècle a produit, non-seulement plusieurs hommes de génie, mais encore un grand nombre
de savants qui nous étonnent, et dont les travaux nous
paraissent aujourd'hui surpasser les forces humaines. Si
l'on ne savait pas que Meursius, Godefroy, Gérard Vos-
sius, Pétau, Gassendi, Saumaise, Selden, Walton, Bo-
chart, Ducange, Batolocci, Tillemont, Herbelot, Ma-
billon, etc., eussent seuls composé leurs ouvrages, on
serait tenté de les attribuer à des sociétés entières de
littérateurs. Cependant elles ne faisaient alors que de
naître; et l'académie des Inscriptions et Belles-Lettres n'a
fleuri qu'au commencement du dix-huitième siècle.

A cette époque, l'amour de l'étude était fort affaibli
en France. Plus les moyens d'apprendre s'étaient mul-
tipliés, moins on cherchait à en profiter. L'esprit philosophique, ou, pour m'exprimer exactement, l'esprit
des philosophes de notre siècle devint ennemi du véritable savoir : on donna aux connaissances qui dépendaient beaucoup de la mémoire, le nom d'érudition;

et aux personnes qui les cultivaient, celui d'érudits. Ce dernier fut bientôt un terme de mépris dans la bouche des beaux esprits et des gens à calcul (1). Les uns et les autres, se préférant à tout, et s'estimant eux seuls, auraient voulu ne laisser subsister que leurs propres écrits. Ainsi, la fureur de la destruction les animait sans qu'ils s'en aperçussent, et devait tôt ou tard se manifester avec plus de force, et ramener un jour les ténèbres de la barbarie.

Dans une pareille conjoncture, l'existence d'une société, composée de savants livrés à l'étude de tous les monuments religieux, philosophiques, littéraires et historiques, de même qu'à celle des langues originales qui servent à les entendre ou à les expliquer, était absolument nécessaire. L'académie des Inscriptions et Belles-Lettres offrait parmi nous le modèle de cette société conservatrice. Elle ouvrit son sein aux hommes les plus instruits de la nation, à ceux qui n'avaient pas encore perdu le goût des occupations sérieuses; elle empêcha qu'ils ne mourussent sans successeurs, en proposant des prix qui excitaient l'émulation, et en inspirant la noble ambition de les remplacer; enfin, elle sauva leur nom de l'oubli, par le recueil de ses mémoires, que les au-

---

(1) Le comte d'Argenson insistait pour que Vaucanson fût reçu à l'académie des Sciences; Réaumur lui dit: « Monsei- « gneur, il n'a fait que de belles machines. »—« Eh bien, ré- « pliqua le ministre, il fera un géomètre, et vous le recevrez. »

tres peuples de l'Europe nous envient, et qui passera indubitablement à la postérité.

Barthélemy a contribué à ce précieux recueil, moins par le nombre et l'étendue de ses ouvrages que par les vues et les découvertes dont ils sont remplis. Il y mettait beaucoup d'importance, et les regardait comme le titre le plus solide de sa gloire. Son *Voyage d'Anacharsis* n'était, à ses yeux, qu'une tentative pour faire renaître le goût de la saine érudition, la venger du dédain philosophique, et montrer toute l'utilité qu'on en peut retirer. Le reste de ses écrits, que nous publions aujourd'hui, sont, en quelque sorte, de simples fragments, mais dignes d'être conservés. Différentes circonstances engagèrent Barthélemy à les composer. C'est aux sollicitations de l'amitié que nous devons les recherches sur le partage du butin chez les anciens peuples ; il les entreprit pour satisfaire aux questions de M. Stanley, chargé de négocier, de la part du ministère anglais, en 1761, la paix avec la France, et qui fut depuis membre de la chambre des communes. Sa lettre judicieuse, qui donne lieu à la réponse savante de Barthélemy, fera connaître suffisamment l'objet de ces questions. Il importe néanmoins d'avertir que celui-ci n'avait achevé que la première partie de cette même réponse, et qu'il était si peu content des deux autres qu'il voulait les jeter au feu. En ayant été détourné, il écrivit sur l'enveloppe : « Il « faudrait les revoir, et discuter de nouveau la matière, « qui ne présente d'ailleurs ni conclusion certaine, ni

« intérêt bien pressant. Je les ai gardées pour les mettre
« à la disposition de quelque homme de lettres qui vou-
« drait traiter ce sujet. » En conséquence, on s'est contenté de faire un court extrait de ces recherches qui
auraient seules formé un gros volume.

Dans un voyage d'Italie, fait en 1755 et 1756 aux
frais du gouvernement, Barthélemy rassembla une foule
d'observations en tout genre, transcrivit un nombre
prodigieux d'inscriptions, et examina avec beaucoup
d'exactitude tout ce qui concerne la littérature ancienne
et les arts. Deux excellents mémoires, l'un sur les anciens monuments de Rome, et l'autre sur la mosaïque
de Palestrine, furent le premier fruit de ce voyage. Il a
laissé encore dans ses porte-feuilles des matériaux très-
considérables sur beaucoup d'objets intéressants ; mais
lui seul aurait pu revoir ces fragments précieux, en
remplir les lacunes, et les rédiger avec succès. Il avait
eu d'abord ce dessein, et commença à l'exécuter ; dans
la suite, il s'en dégoûta, et le peu qu'il en reste ne se
trouve pas même complet. Il m'a fourni pourtant quelques articles dont le principal est la description abrégée
de la galerie de Florence ; ceux qui suivent, à l'exception de ce qui est relatif au Panthéon, aux Thermes de
Titus, et à l'arc de Suse, rédigé d'après ses notes, sont
tirés du brouillon des lettres qu'il écrivait, pendant son
voyage, au comte d'Argenson. Ces morceaux doivent,
sans doute, faire regretter que nous n'ayons pas de la
main de Barthélemy tout l'ouvrage ; il aurait été utile

aux artistes, instructif pour les gens de lettres, et agréable à la plupart des lecteurs.

Les articles concernant les peintures mexicaines, les antiquités péruviennes, et la conservation des monuments en France, achèvent de faire connaître l'étendue des vues de Barthélemy. Enfin, cette cinquième section de ses œuvres diverses est terminée par un essai assez singulier sur une nouvelle histoire romaine. Il y tourne en ridicule les écrivains qui ont compilé sans discernement les fables qui couvrent le berceau de Rome. Cette espèce de parodie est faite avec esprit, et doit servir de leçon ou d'avertissement.

Cela ne suffisait pas ; il fallait aussi montrer l'abus qui se reproduisait continuellement, et sous toutes les formes, d'une érudition empruntée et mensongère, pour accréditer des systèmes toujours plus ingénieux que vraisemblables, et dont les conséquences devaient anéantir les traditions les moins incertaines, renverser les anciens monuments, replonger dans le chaos les éléments de l'histoire, sous le vain prétexte de les en tirer ; des systèmes dénués de fondement et sans appui, fruit des longs rêves de l'ignorance ou du charlatanisme ; des systèmes à la fois destructeurs et destructibles dont rien n'arrêtait les progrès contagieux. Barthélemy eut encore l'idée d'y mettre quelque obstacle, avec l'arme qu'il avait déja employée, celle de la parodie ou du ridicule. Il imagina d'expliquer le roman de Don Quichotte d'une manière allégorique ; et au moyen de rapprochements, de conjectures et d'étymologies, il paraissait démontrer que cet ouvrage original n'était qu'une traduction d'un ancien livre des Égyptiens, renfermant tous les mystères de leur religion. J'ai entendu avec autant de plaisir que de surprise les développements de cette idée; malheureusement Barthélemy avait négligé de la mettre par écrit; du moins on n'en a trouvé aucune trace dans ses papiers.

VERS

A L'AUTEUR DES VOYAGES
DU JEUNE ANACHARSIS

DANS LA GRÈCE (1).

D'ATHÈNE et de Paris la bonne compagnie
A formé dès long-temps votre goût et vos mœurs ;
Toute l'antiquité par vos soins rajeunie
Reparaît à nos yeux sous ses propres couleurs ;
    Et vous nous rendez son génie.
Au milieu de la Grèce Anacharsis errant
Sait plaire à tous les goûts dans ses doctes voyages,
Étonne l'érudit, et charme l'ignorant ;
Aux soupers d'Aspasie, au banquet des sept Sages,
    Vous auriez eu le premier rang.
Le style a du sujet égalé la richesse,
    Et sa parure est sa clarté.
Il joint tous les trésors de l'antique sagesse
    A la moderne urbanité.

---

(1) Ces vers sont d'un poète aimable, vertueux et plein de talents, Fontanes, auquel l'Académie Française adjugea le prix de poésie, dans la séance publique où Barthélemy fut reçu. On a cru qu'ils méritaient d'être conservés, et qu'ils ne seraient pas déplacés ici.

Quels tableaux différents! Dans l'Élide emporté,
Quelquefois, à travers la poussière olympique,
       Je suis le vainqueur indompté
Qui voit déja Pindare entonnant son cantique.
Près des sages fameux plus souvent arrêté,
Je viens trouver l'erreur sous le grave portique,
       En y cherchant la vérité.
C'est en vain que Zénon défend la volupté,
       Des beaux arts la foule immortelle
L'inspire à chaque pas sous un ciel enchanté;
Phryné sort de la mer, et soudain sa beauté
       Montre Vénus à Praxitèle.
Jupiter m'apparaît, oui, du maître des dieux
L'artiste a reproduit l'auguste caractère.
       Phidias l'a vu dans Homère
       Comme il existe dans les cieux.
Mais des plus beaux des arts que sont les vains prodiges!
D'Aristide exilé je cherche les vestiges;
Le plus grand des Thébains ici meurt abattu;
Là, des lois de Lycurgue embrassant la défense,
Vous opposez son peuple à celui de Solon,
Et l'œil observateur aux graces de l'enfance
Croit voir de l'âge mûr succéder la raison.
De Socrate, plus loin, l'éloquent interprète,
Xénophon, vient m'offrir sa modeste retraite;
Écrivain doux et pur, philosophe et soldat,
Il semble à Fénelon réunir Catinat.
Pythagore en secret m'explique son système.
De Cérès, d'Éleusis, les temples sont ouverts,
La vérité pour moi s'y montre sans emblème.
       Platon assis aux bords des mers
Dans un style divin m'annonce un Dieu suprême.
Aristote m'appelle aux jardins d'Académe.

Des sciences, des arts qui s'y donnent la main,
　　Toutes les voix se font entendre :
Révélant leurs secrets, le maître d'Alexandre
　　Devient celui du genre humain.
Hélas! l'homme est trop tôt fatigué de s'instruire,
Et qui veut l'éclairer doit surtout le séduire.
A Délos, à Tempé guidez-moi tour à tour ;
Des fêtes de l'Hymen montrez-moi le retour ;
Et que, parant de fleurs la couche nuptiale,
Les filles de Corinthe, au déclin d'un beau jour,
Chantent ces doux combats, cette lutte inégale
　　De la pudeur et de l'amour !
Soit que vous rappeliez les jugements coupables
Où la haine envieuse immola des héros ;
Soit que vous m'attiriez dans ces cercles aimables
Où les Grecs au bon sens préféraient les bons mots ;
Je retrouve Paris, et vos crayons sincères
Dans les Athéniens me peignent les Français,
Chez nous les Anitus, comme au temps de nos pères,
Calomnîraient encore avec quelque succès ;
Et la jeune Phryné, chez nos juges austères,
　　Gagnerait toujours son procès.
Les Grecs nous ont transmis leurs divers caractères.
Peignez-vous leur audace et leurs graces légères ;
Je crois lire Hamilton, je crois voir Richelieu.
De leurs savants écrits percez-vous les mystères ;
　　J'entends Buffon ou Montesquieu.
Tandis que le troupeau des écrivains vulgaires
Se fatigue à chercher des succès éphémères
　　Et dans sa folle ambition,
Prête une oreille avide à tous les vents contraires
　　De l'inconstante opinion ;
Le grand homme, puisant aux sources étrangères,

Trente ans médite en paix ses travaux solitaires (1).
Au pied du monument qu'il fut lent à finir,
Il se repose enfin sans voir ses adversaires,
    Et l'œil fixé sur l'avenir.

---

(1) Les Voyages d'Anacharsis ont été commencés en 1757.

RECHERCHES

SUR

LE PARTAGÉ DU BUTIN

CHEZ LES ANCIENS PEUPLES.

LETTRE

DE M. STANLEY A L'ABBÉ BARTHÉLEMY.

A Steep-Hill, dans l'île de Wight, ce 10 juillet 1773.

Les bontés que vous m'avez marquées depuis long-temps, monsieur, et la haute estime que je fais de votre érudition, vous attirent une importunité de ma part : je me flatte que, dans le loisir dont vous jouissez actuellement, vous voudrez bien me la pardonner, et que vous pourriez trouver le temps de me résoudre une difficulté. Le parlement vient de faire une recherche, dont vous aurez peut-être entendu parler, sur les fortunes acquises par les généraux et les autres officiers de la compagnie des Indes. Vous savez, monsieur, que dans les tribunaux ordinaires de ce royaume, on ne suit pas le droit civil, sur lequel, comme sur la loi la plus générale, plusieurs points du droit des gens se trouvent fondés : il arrive cependant de temps en temps des questions où l'on est obligé de remonter à ses principes. On a voté : « Que toutes les, ac- « quisitions faites par l'influence d'une force mili- « taire appartiennent de droit à l'état. »

Je n'ai pas de doute à l'égard de ce dernier terme ; il y a erreur : il fallait dire *à la couronne*, et non pas *à l'état ;* car, très-constamment dans les monarchies mixtes, le roi se saisit de ces sortes d'acquisitions, et même en Angleterre, où, en toute autre instance, la chambre des communes accorde les deniers publics, c'est la couronne, au contraire, qui accorde l'argent des prises faites sur l'ennemi au parlement, qui les distribue aux matelots et aux officiers en conséquence de cette concession.

L'origine de ce droit de la couronne n'est pas également clair ; il reste à savoir si le roi en jouit comme chef de l'état faisant les frais de la guerre, ou s'il en jouit comme capitaine général des ar- mées de l'état ?—Ce n'est point une simple spécu- lation que j'ose vous proposer ; car, après les cir- constances que nous avons eues, et avant celles que nous aurons, il est important de fixer si le vote qui vient de passer est un de ces principes inva- riables, dont toutes les nations sont convenues dans tous les âges, ou si c'est simplement une pra- tique sujette aux divers· changements que les mœurs et les usages des peuples ont pu introduire ?

On revient dans ces cas aux Romains, comme à nos précepteurs dans la politique ; on cite leur serment contre la substraction du butin, avec ce que Modestinus et quelques autres jurisconsultes ont laissé dans le digeste; mais ce serment et ces auteurs sont d'un siècle auquel on peut appliquer ce que Bartole dit dans son livre sur les représailles: que les empereurs réclamaient alors une souveraineté universelle; que, dans cette vue, ils traitaient les guerres étrangères en guerres civiles, et les acquisitions faites par ce moyen comme biens revenant au fisc par extinction de rebellion; outre qu'ils réunissaient dans leurs seules personnes toutes les fonctions civiles et militaires. Il me semble que si l'on consulte la jurisprudence grecque, où les Romains ont tant puisé, ou l'histoire de leur république dans des temps plus reculés, le résultat en sera différent. Je me rappelle que Henri Étienne, dont l'autorité est si reconnue par rapport aux antiquités grecques, en parlant de la différence entre le butin acquis par de simples représailles, et celui qui se fait en guerre déclarée, dit, que dans le premier cas les dépouilles (Ῥύσια) appartiennent aux particuliers lésés en réparation de dommages, et non comme les (Ληΐδια) gagnées dans la seconde de ces circonstances aux troupes victorieuses, et à leur prince *comme général de leur armée*.

Dans les premiers siècles de Rome, la question paraît peu décidée, et la pratique a changé suivant le plus ou le moins d'autorité des consuls sur leurs armées, ou suivant le plus ou le moins d'envie qu'ils avaient de se procurer leur bonne volonté, ou, au contraire, suivant leur désintéressement et

leur zèle pour l'augmentation du trésor de l'état.
Quand on a accordé une solde journalière au soldat, il est devenu plus traitable à l'égard des dépouilles de l'ennemi ; et comme les mœurs étaient
alors plus simples et moins corrompues, je crois
que pendant quelque temps tout a été porté au
fisc. Après que le gouvernement est devenu aris-
tocratique, que dirons-nous des fortunes immenses
de Crassus, de Lucullus, de Pompée, etc.? Il est
vrai que les jeunes sénateurs accusaient souvent
les généraux devant le peuple, mais c'était plutôt
pour cause de péculat dans le civil, qu'au sujet
de leurs acquisitions à la tête des armées. L'accusation de Scipion est différente ; pourtant elle
n'eut pas de suite. Cicéron, en écrivant à Atticus
au sujet de l'achat d'une terre, parle d'un million
qu'il avait gagné dans sa campagne de Cilicie,
comme d'une chose indifférente dont il ne voulait
pas se cacher. Vous voudrez bien, monsieur, observer que je ne discute point quel procédé est le
plus louable, ou quelle règle on a dû établir, mais
simplement les faits.

Quoique je sois peu instruit de l'histoire ancienne, je le suis encore moins à l'égard des coutumes de ces nations qui ont succédé à l'empire romain, et d'où nous sortons ; je crois, monsieur,
que vous êtes plus en état que personne de
m'éclairer sur ces matières. Il me serait essentiel
de savoir quel principe on a suivi sur l'acquisition
des dépouilles de l'ennemi dans ces circonstances,
qui doivent être fort rares, mais qui cependant

ont eu quelquefois lieu, où le pouvoir militaire s'est trouvé distinct ou séparé de l'autorité souveraine. Par exemple, c'est le cas des rois fainéants, et de leurs maires du palais, des généraux de la couronne, en Pologne, qui avaient des droits très-amples et très-indépendants, enfin, de ces puissants états ecclésiastiques, où les chapitres ou les évêques étaient souverains, mais dont les troupes obéissaient à des vidames (*vice-domini*), souvent héréditaires. Joignez-y ce que l'on peut apprendre par rapport aux droits d'amirauté sur les prises sur mer, et qui me paraît devoir se rapporter exactement au même principe.

Quelques faits, que j'ai rencontrés par hasard sans les chercher, paraissent aussi établir qu'autrefois même où le commandement militaire se trouvait réuni à la puissance souveraine, on distinguait néanmoins le droit primitif de celui qui en émanait. Je n'ai pas ici mes livres, mais je me rappelle d'avoir lu dans Grégoire de Tours, qu'après la bataille de Tolbiac, quand l'armée des Francs se trouva assemblée pour partager le butin pris sur les Allemands, Clovis voulut faire mettre à part pour lui un vase d'or, afin de le consacrer dans l'église de Rheims, mais un soldat sortit des rangs, et brisa de sa hache d'armes le vase, en lui soutenant qu'il ne pouvait se rien attribuer en particulier qu'en conséquence des lots qui devaient se tirer, et suivant la portion qui lui devait revenir comme général. L'armée avoua l'action du soldat, et Clovis (quoiqu'il eût succédé au royaume par droit héréditaire) fut obligé de céder: il trouva dans la suite quelque prétexte pour se défaire du soldat qui lui avait résisté. De là on peut conclure qu'il ne disposait pas des dépouilles comme souverain des Francs, mais qu'il y avait simplement sa part comme général de l'armée.

Permettez, monsieur, que je vous renouvelle mes excuses de la liberté que j'ai prise en vous consultant sur un sujet qui entre peu dans les études de ce pays-ci. . . .

J'ai l'honneur d'être, etc.

RÉPONSE

DE BARTHÉLEMY A M. STANLEY,

SUR

LE PARTAGE DU BUTIN

CHEZ LES GRECS.

A Chanteloup, ce 15 août 1773.

J'AI reçu, monsieur, assez tard la lettre que vous m'avez fait l'honneur de m'écrire le 10 du mois dernier. Je voudrais être en état d'éclaircir la question que vous me proposez, avec la même précision et la même clarté que vous l'avez exposée. Mais outre les lumières et les secours dont j'aurais besoin, il faudrait avoir un temps considérable et faire un traité volumineux pour la discuter sous ses différents points de vue. Je ne sais même si ce travail dissiperait tous les doutes.

Vous savez, monsieur, que nous n'avons qu'une légère connaissance du droit public des anciens; qu'ils ne distinguaient guère dans une même personne le souverain d'avec le général des troupes;

2.

que les termes dont on a désigné les prises faites
à l'ennemi n'ont pas une signification précise ; et
qu'enfin, il ne nous reste sur cette matière que des
faits énoncés d'une manière vague, rarement mo-
tivés et souvent contradictoires. Nous voyons quelquefois des généraux s'enrichir dans une ou deux
campagnes ; mais est-ce par des présents qu'ils ont
reçus, ou par le butin qu'ils se sont approprié ?
D'autres fois nous les voyons porter le butin au
trésor public ; mais nous ignorons si cette remise
est volontaire ou prescrite par la loi, et l'on ne
peut se prévaloir des éloges que leur donnent les
historiens, parce qu'ils les méritent également soit
qu'ils aient fait un acte de générosité, soit qù'ils
n'aient fait que leur devoir. Ces difficultés et tant
d'autres qu'il est aisé d'entrevoir suffiraient pour
m'arrêter, si le desir de vous prouver mon zèle ne
me forçait à vous sacrifier jusqu'à mon amour-
propre.

Grotius s'est proposé la question qui nous occupe (1). Il la discute fort au long à l'égard des
Romains, très-superficiellement par rapport aux
Grecs, dont il semble néanmoins qu'il aurait dû
approfondir les principes, puisque, ainsi que vous
l'observez, les Romains ont emprunté tant de
choses des Grecs.

Grotius convient que les jurisconsultes qui l'ont
précédé ont soutenu que les dépouilles prises sur

_____

(1) De la guerre et de la paix. Liv. III, chap. 6. Traduction
de Barbeyrac.

l'ennemi appartiennent premièrement et de droit
à chacun de ceux qui s'en sont emparés, mais
qu'on doit laisser au général le pouvoir de les partager entre les soldats (1). Grotius prétend le contraire. Il conclut d'un grand nombre de faits qu'il
a rassemblés, que chez les Romains et les autres
nations anciennes, le butin appartenait au peuple,
mais que les généraux d'armée, dans le temps de
la république, avaient le droit d'en disposer, en-
sorte pourtant qu'ils étaient tenus de rendre compte
au peuple de la manière dont ils en avaient disposé (2).

Je ne puis pas suivre Grotius dans toutes ses
citations, parce que je n'ai pas sous la main la
plupart des auteurs dont il rapporte le témoignage.
Je me suis seulement aperçu que, pressé quelquefois par des exemples qui lui sont contraires,
il fait de vains efforts pour les plier à son systême;
et je conclurais volontiers de son embarras que le
votum qui vient de passer dans le parlement d'Angleterre n'est pas, comme vous dites, un de ces
principes invariables dont toutes les nations sont
convenues dans tous les siècles; je le conclurais
encore du sentiment général des auteurs qui ont
précédé Grotius; car si les faits déposaient clairement en faveur de son opinion, comment ces
auteurs seraient-ils parvenus à un résultat différent
du sien.

(1) De la guerre et de la paix. Liv. III, chap. 6, pag. 309.
(2) *Ibid.*, parag. 15.

De ces réflexions générales, passons à ce qui s'est pratiqué parmi les Grecs, à commencer par les temps héroïques ; car s'il est possible de découvrir l'origine et le principe du droit dont il s'agit, c'est dans Homère surtout qu'il faut le chercher.

L'armée des Grecs étant composée de plusieurs nations, il était naturel que le butin fût partagé entre elles. Quant à la portion qui revenait aux chefs des nations, on pourrait d'abord présumer, d'après un passage de l'Odyssée, qu'ils ne la distribuaient point aux soldats (1). « Ulysse, disent « ses compagnons, apporte de Troye un riche butin, « et nous, qui l'avons accompagné dans ses courses, « nous retournons les mains vides. » Ces plaintes que le malheur arrachait aux soldats d'Ulysse ne prouvent que la sage économie de ce prince, car nous verrons bientôt qu'elles n'avaient aucun fondement.

Pour avoir une juste idée de l'usage que l'on suivait alors, examinons quelles étaient les prérogatives de généralissime de l'armée des Grecs. 1°. On mettait à ses pieds le butin que les différents partis de l'armée ramassaient parmi les nations voisines et alliées des Troyens. 2°. Agamemnon en faisait trois portions ; la première qu'il divisait en autant de lots qu'il y avait de chefs, et ces lots étaient tirés au sort ; la seconde qu'Agamemnon réservait pour lui ; la troisième qu'il gardait encore

---

(1) Odyss. Lib IX, v. 40.

pour en faire des présents à ceux qui s'étaient
signalés par leur valeur. Cette distinction, qu'il ne
faudra pas perdre de vue dans la suite de cette
discussion, est clairement établie par ces paroles
d'Achille : « Dans vingt-trois villes que j'ai prises
« avec mes vaisseaux ou avec mes troupes de terre,
« j'ai ramassé des richesses considérables ; je les ai
« toutes remises entre les mains d'Agamemnon. Il
« en a distribué une petite quantité ; il en a retenu
« une grande partie pour lui ; il s'est servi du reste
« pour en gratifier les princes et les principaux de
« l'armée. Ils ont tous encore les présents qu'ils
« ont reçu ; je suis le seul a qui il ait enlevé celui
« qu'il m'avait donné (1). »

Grotius a rapporté ce passage ; mais comme il
était persuadé que dans les temps les plus anciens,
le butin appartenait de droit à la nation, il dit :
« qu'Agamemnon doit être considéré en partie
« comme chef de toute la Grèce et représentant
« ainsi le corps de la nation, à cause de quoi il
« avait droit de faire la distribution du butin, con-
« jointement avec le conseil ; en partie comme
« commandant général de l'armée, et en cette
« qualité pouvant exiger une portion plus consi-
« dérable que celle des autres (2). » L'esprit de
système a entraîné ce savant homme. En effet,
Agamemnon était le chef de l'armée, mais il ne
l'était certainement pas de toute la Grèce. Citons

---

(1) Iliad. Lib. IX, v. 328.
(2) *Grotius*, parag. 14, pag. 814.

deux ou trois faits qui développeront encore mieux le texte précédent.

Agamemnon, voulant apaiser Achille, promet, entre autres choses, de lui donner dix talents d'or, sept trépieds magnifiques, vingt vases précieux, douze beaux chevaux, sept belles esclaves de Lesbos qu'Achille avait amenées de cette île quand il s'en rendit maître, et qu'Agamemnon avait choisies pour lui. Ces différents objets faisaient partie du butin qu'Agamemnon s'était réservé dans les différents partages; ils lui appartenaient, et l'on n'est pas surpris qu'il en dispose comme il lui plait; mais ce qu'il ajoute mérite de l'attention : « Voilà, dit-il, les présents qu'il recevra dès au- « jourd'hui, et si jamais les dieux nous accordent « de détruire la ville de Priam, alors, quand nous « partagerons le butin, il sera le maître de remplir « ses vaisseaux d'or et de cuivre, et de choisir vingt « Troyennes qui ne le céderont en beauté qu'à « Hélène (1). » A quel titre Agamemnon prétendait-il disposer d'une partie du butin qu'on ferait à Troye, si ce n'est par le droit qu'il avait en qualité de général de réserver ou pour lui, ou pour ceux qu'il voulait honorer, la plus grande partie des prises faites sur l'ennemi? Ici Grotius suppose (2) que la proposition d'Agamemnon fut approuvée du conseil; mais ce prince ne mit point la chose en délibération. Nestor se contente de.

---

(1) Odyss. Lib. IX, v. 121.
(2) *Grot.* Lib. III, cap. 6, parag. 14.

répondre : «Fils d'Atride, vous offrez à Achille des « présents qui ne sont pas à rejeter. » Et c'est cette réponse que Grotius a prise pour une approbation du conseil.

Après la prise de Troye, Ulysse est jeté par la tempête sur la côte des Ciconiens (1), peuple de Thrace qui avait fourni des secours aux Troyens (2); il prend leur ville, fait un très-grand butin et le distribue par égales parts à ses soldats.

Enfin, dans une histoire fabuleuse qu'il raconte à Eumée, le même Ulysse dit qu'avant la guerre de Troye, il avait commandé une escadre de neuf vaisseaux; qu'il avait fait des incursions chez des nations étrangères; qu'ayant rassemblé un grand butin, il choisissait d'abord ce qui lui convenait et que le sort lui en adjugeait une autre partie (3). Quand même on prendrait ces expéditions supposées pour des guerres de pirates, elles n'attestent pas moins l'esprit général du siècle, et il résulte de tous ces passages réunis et comparés que, soit que la guerre fût légitime ou non, le chef d'une expédition avait le droit de prendre pour lui une partie du butin et de distribuer le reste par la voie du sort.

Je pourrais citer pour les Troyens l'exemple d'Hector qui promet à Dolon le char et les che-

---

(1) Odyss. Lib. IX, v. 39.
(2) Iliad. Lib. II, v. 846.
(3) Odyss. Lib. XIV, v. 230.

vaux d'Ulysse, s'il peut vaincre ce héros (1); qui
offre la moitié des dépouilles d'Ajax à celui qui
pourra, malgré les efforts de ce dernier, enlever
le corps de Patrocle (2). Je passe aux beaux siècles
de la Grèce; l'on y retrouvera des traces de l'ancien
usage.

J'observe d'abord que parmi les lois qui nous
restent des Athéniens, des Lacédémoniens, de
Charondas et de Zaleucus (3), il n'en est aucune
qui concerne la distribution du butin, quoique
les lois des premiers infligent des peines sévères
aux soldats qui ont quitté l'armée, qui ont refusé
de s'enrôler, etc. (4).

Je remarque en second lieu que parmi cette foule
d'accusations intentées, soit dans les tribunaux
d'Athènes, soit devant l'assemblée du sénat ou du
peuple, on n'en voit aucune qui ait été dirigée
contre un général qui se serait approprié les richesses de l'ennemi.

Érasinide, à Athènes, fut traduit en jugement
pour avoir retenu les contributions qu'il avait
recueillies dans l'Hellespont, et qui appartenaient
au peuple (5). A Lacédémone, Rhimbron fut accusé,
condamné, obligé de prendre la fuite pour avoir
permis à ses soldats de ravager les terres des al-

(1) Iliad. Lib. X, v. 321.
(2) Iliad. Lib. XVII, v. 231.
(3) *Diod. Sicul.* Lib. XII.
(4) *Sam. Pét.* de legib. att.
(5) *Xenoph.* Hist. græc. Lib. I, pag. 50.

liés (1); mais je ne connais point d'action intentée
contre les généraux qui gardaient le butin. S'il
existait une loi qui le réservât pour le trésor public,
peut-on supposer que personne ne l'eût enfreinte,
ou que personne n'en eût poursuivi l'infraction?
Ajoutons, pour donner un nouveau degré de force
à cet argument négatif, que chez les Athéniens les
généraux, ainsi que tous ceux qui avaient part à
l'administration, devaient rendre leurs comptes en
sortant de place (2): par quel hasard auraient-ils,
dans ces examens, soustrait leurs rapines à l'œil
sévère de leurs juges, à la jalousie vigilante de leurs
ennemis?

S'il n'existait point de lois, on en doit conclure, à ce qui me semble, que les législateurs s'en
étaient rapportés à l'ancien usage et avaient laissé
aux généraux un très-ample pouvoir sur la distribution du butin. Ils usèrent plus ou moins de ce
pouvoir suivant qu'ils étaient plus ou moins désin-
téressés, plus ou moins attachés à leur patrie, suivant que les besoins de l'état étaient plus ou moins
urgents. Jetons les yeux sur les principaux évènements de l'histoire grecque.

Après la bataille de Marathon, le vertueux Aristide fut chargé, conjointement avec sa tribu, de
veiller à la conservation des prisonniers, des dépouilles, de l'or et de l'argent que les Perses

---

(1) *Xenoph.*, Hist. græc., lib. III, cap. 1, pag. 129, édit.
d'Oxford in-8°.

(2) *Æschin.* in Ctesiph., pag. 429. *Plut.* in Nic., pag. 533.

avaient laissés sur le champ de bataille. Non-seulement il n'y toucha point, mais il ne permit pas
qu'on en écartât le moindre chose (1). On en préleva le dixième pour en consacrer treize statues
dans l'enceinte sacrée du temple de Delphes (2).
Il paraît qu'on en déposa une grande partie dans
le trésor public, car environ soixante ans après
cette bataille, Périclès dans sa harangue aux Athéniens, disait que ce qui restait des dépouilles des
Mèdes, joint aux vases qui servaient aux pompes
solennelles, montait à 500 talents (3). L'histoire
ne dit pas si, dans cette occasion, les généraux ne
gardèrent rien pour eux, si les soldats ne furent
pas récompensés, si les habitants de Platée, qui
vinrent au secours des Athéniens, furent privés
de la portion du butin qui leur appartenait.

Je n'aurais que des conjectures à proposer sur
l'emploi de celui que procura la victoire de Sala-
mine; mais celle de Platée offre des détails essentiels.

Pausanias, général de l'armée, fit proclamer,
par un héraut, une défense expresse de toucher
au butin. Il le fit rassembler par les Hilotes, qui
en détournèrent une partie. Les généraux en réser-
vèrent le dixième pour les offrandes qu'ils présentèrent à l'Apollon de Delphes, au Jupiter d'Olym-

---

(1) *Plut.* in Aristid., pag. 321.

(2) *Pausan.* in Phoc. Lib. X, pag. 821.

(3) *Thucyd.* Lib. II, cap. 3. *Diod. Sicul.* Lib. XII, pag. 99.

pie, au Neptune de l'Isthme (1). Ils donnèrent
ensuite 80 talents à ceux de Platée, qui en construisirent un temple (2). Le reste fut distribué aux
soldats (3); mais auparavant on préleva un fonds
qu'on répartit à ceux qui s'étaient distingués par
leur valeur. Pausanias eut, entre autres choses,
dix captives, dix talents, dix chevaux, et dix chameaux (4).

Si on compare ce fait avec ceux que j'ai déja
cités d'après Homère, on verra la distribution du
butin dirigée par les mêmes principes. De part et
d'autre, c'est le général qui veille à la conservation
des prises, qui préside au partage, qui a une portion plus considérable; de part et d'autre, les soldats participent aux dépouilles, et la valeur reçoit
les récompenses qu'elle mérite.

De grands avantages remportés sur les Phéniciens, sur le peuple de Cypre et de Thasos, pro-
curèrent à Cimon un butin qu'il fit vendre à l'encan,
et dont il remit le produit au trésor de l'état. Il
suffit pour subvenir aux dépenses publiques et
pour construire le mur méridional de la citadelle(5).
Du butin fait dans une autre occasion, Cimon en-
tretint la flotte pendant quatre mois, et il en resta

---

(1) *Herodot*. Lib. IX, cap. 79.
(2) *Plut*. in Aristid., pag. 331.
(3) *Diod. Sicul*. Lib. XI, pag. 26. Édit. Wechel.
(4) *Herod*. Supr.
(5) *Plut*. in Cim., pag. 487. *Nepos* in Cim. Cap. 2.

une somme considérable pour la république (1).
Ces faits doivent être discutés.

Cimon, dans ses premières années, n'avait pas
été en état de payer les 50 talents d'amende auxquels son père, Miltiade, avait été condamné (2);
mais après les victoires on le vit construire, à ses
frais, les fondements des longues murailles qui
devaient joindre la ville au Pirée (3), embellir la
place publique et l'académie par des promenades,
des allées, des canaux; ouvrir ses jardins à tout
le monde, paraître au milieu d'Athènes accompagné d'un domestique chargé de distribuer de l'argent aux citoyens que l'indigence opprimait (4).
D'où provenaient ces richesses? Plutarque dit que
les ayant *glorieusement* acquises à la tête des
armées, il ne s'en servit que pour l'utilité de ses
concitoyens (5). Je sais qu'un général pouvait recevoir des présents de la part des peuples et des
souverains qu'il protégeait, et que ce moyen d'acquisition, plus dangereux que le droit de partici-
per au butin, ne paraissait criminel que dans le
cas où il l'aurait ouvertement préféré aux intérêts
de l'état. Je sais aussi que Cimon lui-même fut
accusé de s'être laissé corrompre, à force d'argent,
par Alexandre, roi de Macédoine, et de n'avoir

---

(1) *Plut.* in Cim., pag. 484.
(2) *Nep.* in Cim. Cap. 1.
(3) *Plut.*, pag. 487.
(4) *Idem*, pag. 484. *Nepos.* in Cim. Cap. 6.
(5) *Idem*, pag. 484.

pas en conséquence conduit ses troupes victorieuses dans ce royaume. Mais je vois en même
temps qu'il fut absous, et que, dans sa défense, il
protesta qu'il aurait pu, à l'exemple des autres généraux, contracter en Ionie et en Thessalie des
liaisons d'hospitalité qui l'auraient enrichi ; mais
qu'il avait toujours préféré la frugalité et la modération à la fortune, et que son unique ambition
avait toujours été d'enrichir la république des dépouilles de l'ennemi (1).

On est donc fondé de penser que l'opulence
qu'étala Cimon après ses succès, vint en grande
partie du droit qu'il avait sur les prises qu'il avait
faites.

Vers le même temps, Myronidès, général des
Athéniens, gagne, contre les Thébains, une bataille
que Diodore de Sicile compare à celle de Platée
et de Marathon ; il prend la ville de Tanagre, ravage la Béotie, rassemble un butin immense. Qu'en
fait-il ? il le distribue aux soldats (2), et le peuple
d'Athènes n'en est pas moins empressé à publier
sa gloire (3).

La guerre du Péloponèse fournit peu d'évènements propres à éclaircir la question. Dans cette
foule d'expéditions qui se firent en Grèce, en
Thrace et dans l'Asie-Mineure, le butin était
presque toujours destiné à entretenir les troupes

---

(1) *Plut.*, pag. 487.
(2) *Diod. Sicul.* Lib. XI, pag. 63.
(3) *Idem*, *ibid.*

et à les enrichir. C'est dans cette vue qu'Alcibiade et Thrasibule, voulant, au rapport de Diodore de Sicile (1), soulager le peuple d'Athènes des contributions qu'on exigeait de lui en temps de guerre, ravagent la province de l'Asie où commandait Pharnabaze, se procurent de l'argent par la vente du butin, et ménagent à leurs soldats les moyens d'acquérir des richesses.

C'est par le même motif que Théramène, autre général d'Athènes, ordonne le pillage sur les terres des ennemis, et en retire des sommes considérables (2).

Il est inutile de citer d'autres exemples (3); mais il ne le sera pas d'observer que les Athéniens, les Acarnaniens, et d'autres peuples, ayant vaincu les habitants d'Ambracie, partagèrent entre eux les dépouilles; que les Athéniens en eurent un tiers qu'on envoyait à Athènes et qui fut pris sur mer, et qu'on choisit pour Démosthène, général des Athéniens, trois cents armures complètes (4), qu'il fit suspendre dans les temples d'Athènes.

Il paraît que dans cette bataille on ne trouva guère d'autre butin que les armes, 1°. parce que Thucidide se sert du mot (σκῦλα) dépouilles, qui, suivant de bons auteurs, désigne, pour l'ordinaire, des armes; 2° parce que la bataille se donna tout

---

(1) *Diod. Sicul.* Lib. XIII, pag, 188.
(2) *Idem.* Lib. XIII, pag. 173.
(3) *Xenoph.*, Hist. Græc. Lib. IV, pag. 269.
(4) *Thucyd.* Lib. III, cap. 114.

près d'Ambracie, et que les vaincus ne faisaient que de sortir de cette ville. Cette espèce de butin était la plus honorable de toutes; on voit par ce passage qu'il en revenait au général une partie.

Timothée, général des Athéniens, fait la guerre à Colys, roi de Paphlagonie. Le butin produisit 1200 talents qu'il déposa dans le trésor public. *Ab eoque mille et ducenta talenta prædæ in publicum detulit*, dit Cornelius Nepos (1).

Pour apprécier ce fait, il faut le comparer au suivant. Timothée joint ses troupes à celles du roi Agésilas, en faveur d'Ariobarzane : Agésilas, pour prix de ses services, reçoit des mains d'Ariobarzane une somme d'argent. Timothée, qui aurait pu réserver pour sa famille une *partie* de l'argent qu'on lui aurait donné, préfère les intérêts de l'état aux siens, et aime mieux recevoir en présent deux villes qui étaient situées sur l'Hellespont, et qui furent réunies au domaine de la république (2).

De là deux réflexions : la première, que les généraux athéniens pouvaient légitimement retenir pour eux une partie des présents; la seconde, que Timothée étant plus jaloux d'agrandir les états de la république que d'augmenter sa fortune, il n'est

---

(1) In Timoth. cap. 1.

(2) *Quum laco pecuniam numeratam accepisset, ille cives suos agro atque urbibus augeri maluit, quàm adsumere, cujus partem domum suam ferre posset.* Ibid.

2   3

pas surprenant qu'il ait remis au trésor public les
1200 talents dont j'ai parlé plus haut.

Jusqu'à présent il n'a presque été question que
des généraux Athéniens. A Lacédémone, où les
mœurs étaient plus pures, et le dévouement à la
patrie plus absolu que partout ailleurs, les généraux auraient dû s'astreindre à des règles plus
sévères. Cependant leur conduite, à l'égard de la
distribution du butin, paraît à peu près la même
que celle des généraux Athéniens.

Diphridas (1), Téleutias (2), Dercyllidas (3) ne
se servent des prises faites sur l'ennemi que pour
entretenir les troupes et leur inspirer de l'émulation.

Callicratidas prend la ville de Méthymne et la
livre au pillage. Il rassemble les prisonniers de
guerre dans la place publique. Les alliés lui représentent qu'il devait les vendre. Il répond que tant
qu'il pourra, il ne souffrira point qu'aucun Grec
soit fait esclave; il rend tout de suite la liberté
aux Méthymnéens, et ne fait exposer en vente
que les esclaves et les soldats athéniens qui composaient la garnison (4). Les prisonniers de guerre
faisaient partie du butin. Les généraux de Lacédémone avaient donc le pouvoir de disposer à
leur gré de cette espèce de butin.

---

(1) *Xenoph.* Hist. Græc. lib. IV, pag. 265.
(2) *Idem*, *ibid.* lib. V, pag. 285.
(3) *Idem*, *ibid.* lib. III, pag. 139.
(4) *Idem*, *ibid.* lib. I, cap. 6.

Lysander est peut-être celui des généraux de Lacédémone qui a donné de plus grandes preuves de désintéressement. Après la bataille d'Ægos-Potamos, il envoya à Lacédémone un vaisseau chargé des dépouilles les plus précieuses de la flotte Athénienne (1). Après la prise d'Athènes il y fit transporter l'or et l'argent qu'il avait trouvé dans cette ville (2): les plus sages le blâmèrent d'avoir introduit ces trésors parmi eux. C'était donc une nouveauté; les généraux qui l'avaient précédé n'envoyaient donc pas à Lacédémone l'argent qu'ils retiraient de la vente du butin.

Enfin, il y retourna lui-même avec une grande partie des galères athéniennes, avec 470 talents qui restaient des sommes que le jeune Cyrus avait fournies pour la solde des troupes, avec les couronnes d'or et les diverses espèces de présents qu'il avait reçus en particulier. Il remit le tout entre les mains des Lacédémoniens (3).

Il paraît que Lysander ne préleva du butin que la somme nécessaire pour sa statue et celles de ses capitaines, qu'il plaça dans l'enceinte du temple de Delphes (4). A l'égard du reste, Plutarque observe qu'il ne se réserva rien pour lui, pas même une drachme (5); mais ce fut uniquement par amour

---

(1) *Diod. Sicul.* Lib. XIII, pag. 225.

(2) *Plut.* in Lys., pag. 442.

(3) *Xenoph.* Hist. Græc. lib. II, cap. 3.

(4) *Plut.* in Lys., pag. 443.

(5) *Idem. ibid.*, pag. 434.

pour la pauvreté. C'est le motif que Plutarque
donne à sa modération; et une preuve qu'elle ne
pouvait avoir d'autre cause, c'est le sacrifice entier
qu'il fit des présents dont il pouvait du moins
garder une partie. Pour bien juger de la conduite
de Lysander, il faut la comparer à celle d'Agésilas :
ce dernier, quoique roi de Lacédémone, n'avait
pas plus de droits à la tête de l'armée que Lysander
et les autres généraux.

Agésilas passe dans l'Asie Mineure à la tête de
huit mille hommes pour délivrer les villes grecques
de la domination des Perses (1). On ne lui donna
des vivres que pour six mois. Il fallait donc que,
pendant le cours de la guerre, les troupes vécus-
sent aux dépens de l'ennemi. Elles firent des incursions fréquentes et remportèrent de grands
avantages sur les troupes de Pharnabaze et de
Tissapherne. On apportait le butin aux trésoriers
(à la lettre, aux vendeurs des dépouilles) chargés
de l'inscrire et de l'exposer en vente (2). L'histoire
ne dit pas s'ils en faisaient passer le produit à Lacédémone, ou s'il était uniquement destiné à la
solde et à la tenue des troupes.

Ce que nous savons c'est qu'il consacra aux
dieux le dixième du butin, et que ce dixième montait à plus de 100 talents (3); qu'il amena dans la
Grèce des chameaux pris dans le camp de Tissa-

---

(1) *Xenoph.* Hist. Græc. lib. III, p. 162.
(2) *Id.*, *ibid.* Hist. Græc. lib. IV, p. 197. In Ages. cap. 1, p. 7.
(3) *Plut.* in Agesil., pag. 606. *Xenoph.* in Ages. cap. 1, p. 15.

pherne (1), et que dans tout le cours de sa vie,
loin de s'être approprié ce qui appartenait à l'état,
il lui remettait ce qu'il avait légitimement acquis (2).
D'un autre côté, nous voyons clairement que son
principal objet, dans son expédition, fut de faire
tout le bien qu'il pouvait à ses soldats et à ses amis,
en même temps qu'il faisait à l'ennemi tout le mal
qui dépendait de lui. Il ravage la Phrygie, et mène
à Éphèse ses soldats enrichis du butin : *magnâ
prædâ militibus locupletatis* (3). Tithracestès, successeur de Tissapherne, lui offre une somme d'argent, s'il veut retirer ses troupes : il répond que,
chez les Spartiates, il est plus honnête pour un
général d'enlever des dépouilles que de recevoir
des présents, d'enrichir ses soldats que de s'enrichir soi-même (4). Cette réponse ne l'empêcha pas
d'accepter la proposition et de recevoir 3o talents.

Toutes les fois qu'il était question d'intercepter
des sommes d'argent qui appartenaient au roi de
Perse, il en chargeait ses amis, afin qu'ils pussent
acquérir autant de gloire que de richesses (5).
Enfin, en revenant d'Asie, pour s'attacher les officiers de son armée, il leur donne des jeux dont les
prix étaient des couronnes d'or, des armes (6), etc.

---

(1) *Xenoph.* Hist. Græc. lib. III, pag. 174.
(2) *Idem.* in Ages., cap. 3.
(3) *Cornel. Nep.* in Ages. cap. 2.
(4) *Xenoph.* in Ages. cap. 4. *Plut.* in Ages, pag. 601.
(5) *Idem. ibid.* cap. 1, pag. 8.
(6) *Idem.* Hist. Græc. lib. IV, pag. 205.

Je demande si un général toujours occupé du soin d'enrichir ses amis et ses soldats, toujours prêt à leur abandonner les prises qu'ils avaient faites, et à leur procurer les moyens d'en faire de nouvelles, était bien jaloux de réserver le butin pour le trésor public?

Pour terminer ce qui regarde les généraux lacédémoniens, citons un fait très-remarquable. L'historien Phylarque, suivant Polybe (1), disait qu'à la prise de Mégalopolis le butin monta à 6000 talents; qu'on en réserva, *suivant la coutume* (κατὰ τοὺς ἐθισμούς), 2000 pour le roi Cléomène, qui était à la tête de l'armée, et que le reste fut pour les Lacédémoniens. Il est vrai que Polybe relève plusieurs fautes de Phylarque, et qu'il lui reproche, entre autres choses, d'avoir prodigieusement grossi la quantité du butin qu'on retira de Mégalopolis, mais il ne le critique point sur la portion qui revenait au général. Cette portion était le tiers suivant l'usage des Lacédémoniens.

Nous avons peu de détails sur la pratique des autres peuples de la Grèce. Après la bataille de Délium, les Thébains vendirent le butin trouvé dans le camp des Athéniens. Des sommes qui en résultèrent, ils construisirent un grand portique enrichi de statues d'airain, résolurent d'établir des jeux solennels à Délium, et suspendirent les armes des vaincus dans leurs temples et sur des portiques qui entouraient la place publique (2).

---

(1) *Polyb.* Hist. lib. II, pag. 147.
(2) *Diod.* lib. XII, pag. 119.

Enfin, les Étoliens, suivant Polybe (1), assié-
geaient une ville; ils étaient sur le point de la
prendre, et il était temps de nommer un autre stratège (c'est le nom qu'ils donnaient à celui qui, chef
de la république, commandait en cette qualité les
armées). Le stratège, qui était encore en place, représenta qu'ayant supporté les travaux du siège et
encouru les dangers, la justice exigeait qu'après
la prise de la ville, il eût la disposition du butin,
et il inscrivit son nom sur les dépouilles que l'on
consacrait. A la suite de quelques contestations sus-
citées par celui qui devait lui succéder, les états
ordonnèrent que l'ancien stratège partagerait avec
le nouveau l'avantage de disposer du butin et d'inscrire son nom sur les dépouilles (2). Elles appartenaient donc au général chez les Étoliens.

Je n'ai rapporté que des faits, parce qu'il n'est
question que d'un usage; j'en ai supprimé un très-
grand nombre, parce qu'ils étaient inutiles; j'en
ai peut-être omis d'intéressants, mais je ne les ai
pas connus, et je n'ai pas eu assez de temps et de
livres pour m'en procurer la connaissance. Je doute
néanmoins qu'ils fussent assez décisifs pour détruire
le résultat des faits que j'ai recueillis. Voici ce résultat, du moins tel que je le conçois.

1°. Dans les temps héroïques où la plupart des
guerres avaient pour objet non des acquisitions à

(1) Lib. II, pag. 91. Edit. Casaub.
(2) Le texte porte: τήν οἰκονομίαν τῶν λαφύρων, ce qui signifie
l'économie, l'administration, la disposition des prises.

faire, mais des insultes à venger; où les soldats, n'ayant point de paie réglée, ne pouvaient subsister que par les prises faites sur l'ennemi; où la plupart même ne se confédéraient avec leurs généraux que dans l'espoir de se ménager pour le reste de leur vie des ressources contre le besoin, le général de l'armée présidait au partage du butin; il en distribuait une partie à l'armée, en réservait une autre pour lui, et une troisième pour exciter l'émulation entre les officiers et peut-être entre les soldats. C'est ce qu'on a vu par les passages d'Homère cités plus haut.

2°. Quand les troupes furent soudoyées, l'état dut naturellement avoir des prétentions sur la partie du butin qu'on destinait auparavant à l'armée. Aussi lui remit-on souvent les sommes qui provenaient des prises faites sur l'ennemi. C'est ce qui paraît par les exemples de Cimon, de Timothée et de Lysander.

3°. Ce droit, si toutefois on peut lui donner ce nom, ne fut pas établi par une loi. Voilà ce qu'on peut présumer du silence des législateurs et des orateurs grecs. Il ne fut jamais assez général pour que, dans certaines occasions, les chefs de l'armée n'eussent pas la liberté de distribuer ou de laisser le butin aux troupes. C'est ce qui se pratiqua, en effet, après la bataille de Platée, après la victoire de Myronides, dans presque toutes les campagnes que firent les généraux d'Athènes et de Lacédémone vers le temps de la guerre du Péloponèse. Il ne fut jamais exercé avec rigueur, puisque nous

ne connaissons aucune accusation intentée contre
le général qui en aurait négligé l'observation, puisque Agésilas, dont la conduite parut toujours irré-
prochable (1), procurait à ses amis les moyens
d'enlever à l'ennemi des richesses qu'il aurait pu
réserver pour les besoins de l'état.

4°. Le général avait une part dans le butin; on
le voit par l'exemple de Démosthène. Cette portion
était, par l'usage, fixée au tiers de la somme totale,
du moins à Lacédémone; on le voit par Cléomène.
Il pouvait de plus recevoir des présents de la part
de ceux qui mendiaient sa protection, ou qui voulaient lui témoigner de la reconnaissance; c'est ce
qui paraît par le discours de Cimon, et par la conduite désintéressée de Timothée.

Ainsi, des trois parts que l'on faisait du butin
dans les siècles les plus reculés, la première fut
toujours assignée au général; la seconde revint
quelquefois à l'état, resta quelquefois à l'armée;
la troisième, destinée à récompenser la valeur, fut
quelquefois laissée à la disposition des généraux
comme à Platée; d'autres fois l'état lui substitua
des couronnes, des statues, des inscriptions, des
éloges publics, etc.

Ce résultat est conforme à l'idée que vous vous
étiez faite de la pratique usitée parmi les anciens.
On le trouvera, suivant les apparences, dans la discussion des faits de l'histoire romaine. Je n'ai pas

_____

(1) *Xenoph.* in Ages. cap. 10.

eu le temps de les approfondir, non plus que ceux de l'histoire moderne; mais, à moins que des affaires imprévues ne me détournent, malgré moi, de ces recherches, je vais m'y livrer avec une nouvelle ardeur.

J'ai l'honneur d'être, etc.

EXTRAIT

D'UNE SECONDE LETTRE

DE M. STANLEY A L'ABBÉ BARTHÉLEMY.

A la Roche-Escarpée, dans l'île de Wight,
ce 22 septembre 1773.

. . . . Dans la lettre pleine d'érudition, et de la plus saine critique dont vous m'avez honoré, j'ai trouvé assurément plus de traits historiques, et plus de réflexions politiques, que tout autre que vous, monsieur, n'aurait pu rassembler par rapport à un siècle aussi reculé; et la recherche que vous avez eu la bonté de faire me sera infiniment utile, non simplement parce que je désire, en général, de m'instruire, mais parce qu'elle m'éclaire sur des devoirs que ma situation dans ce pays-ci m'oblige de remplir. Je n'ose presque vous marquer avec combien d'impatience j'attends les deux autres parties que vous me faites espérer, tant je crains d'abuser du loisir que vous avez employé en ma faveur; je sens cependant que ce sera la plus grande grâce que l'on puisse m'accorder. J'ai bien étudié ce que j'ai reçu de votre part; je ne vous y réponds pas en détail, mais j'y trouve beaucoup de nouvelles raisons pour me confirmer dans mes principes; c'est plutôt une proposition négative que j'ai soutenue dans notre parlement, n'ayant pu convenir de la généralité de cette assertion, que toute prise faite sur l'ennemi appartient à l'état : c'est plutôt une question de fait, que de droit naturel ou de droit des gens; car, en la traitant, il faut supposer des sociétés trop formées, et des intérêts trop compliqués pour la considérer sous ce premier point de vue; et le second suppose des matières de discussion entre des nations indépendantes, dont il ne s'agit nullement ici. Je ne trouve guère de règle universelle dans la pratique qui ne soit établie sur quelque principe d'une égale étendue, et il me paraît que tout contrat entre le souverain et une partie des sujets, qui lui assure nommément de certains services de la part de ces derniers, est susceptible de conditions différentes, suivant les conventions faites entre les parties, ou suivant les usages établis. Notre compagnie des Indes a eu, depuis sa fondation, par les chartres royales, le droit de faire la guerre ou la paix avec les puissances de ces contrées, et par conséquent, à ce que l'on a toujours cru, les droits accessoires qui regardent les prises, les sauve-gardes, le butin, etc., etc. Les généraux qu'elle a employés se sont enrichis par ces acquisitions, et ils prouvent qu'ils ne se sont attribués que ce que les coutumes de ces pays les autorisaient à prendre. Effectivement, la compagnie n'a rien répété, et même, en plusieurs occasions, a approuvé leur conduite : mais quand leurs actions ont baissé, et quand le parlement a examiné les causes de cette décadence, quelques membres ont voulu exiger la restitution de ces richesses ; et ne sachant pas trop bien comment les adjuger à la compagnie, qui ne formait pas de prétentions sur elles, ils ont voulu ériger un titre de propriété appartenant à l'état, sur le principe général dont il a été question, dans l'idée de se servir ensuite de ces sommes pour payer les dettes et faire rehausser les actions. Comme on a été très-mécontent de l'état de leurs affaires, et que l'opulence est sujette à l'envie, la proposition générale a passé, comme j'ai eu l'honneur de vous mander, malgré quelques doutes que j'ai alors suggérés ; mais, quand on en est venu à des applications particulières, et en premier lieu à Milord Clive (1), qui avait rendu des services très-distingués, il a su se justifier par des raisons qui ont prévalu, et par des exemples pris soit dans les Indes, soit ailleurs. Cependant, comme ces débats, où j'ai pris part, pourraient vraisemblablement se renouveler, il m'est fort important de ne pas perdre l'espèce de supériorité que j'ai obtenue, etc. . . . . .

---

(1) Ce général réalisa 130 millions tournois à son retour en Angleterre ; mais la plus grande partie était le fruit des vexations les plus révoltantes, exercées principalement sur les Indiens du Bengale.

EXTRAIT

D'UN MÉMOIRE

SUR

L'USAGE DES ROMAINS

A L'ÉGARD DU BUTIN FAIT SUR L'ENNEMI.

Pour mettre plus d'ordre et de clarté dans ce mémoire, dit Barthélemy, j'ai rassemblé la plupart des faits relatifs à la distribution du butin. Cette suite chronologique, qui, par défaut de monuments, se trouve quelquefois interrompue, commence à Romulus et finit à Jules César. Je n'ai pas cru devoir la pousser plus loin ; sous presque tous les empereurs, les lois n'étaient autre chose que la volonté du prince ; et il est inutile d'examiner quel peut être le droit public d'une nation, lorsqu'elle est esclave. La chaîne des témoignages que j'ai recueillis ne regarde donc, à proprement parler, que le temps de la république ; je n'ai pas néanmoins négligé ceux qui concernent le temps des rois de Rome, parce que, lorsqu'il est question de l'origine d'un usage, il faut remonter aussi haut qu'il est possible. On trouvera les uns et les autres dans la

première partie de ce mémoire. Dans la seconde,
je tâche, d'après ces témoignages, d'éclaircir, autant que je le puis, la question que vous m'avez
fait l'honneur de me proposer (1). Je réponds, dans
la troisième, aux difficultés qu'on pourrait opposer
aux principes que j'ai établis dans la seconde. Nous
nous arrêterons à celle-ci, parce qu'elle offre plus
de résultats que la première, qui n'est, pour ainsi
dire, qu'une table chronologique.

Barthélemy distingue d'abord les différentes espèces de butin. Les prises faites, dit-il, sur l'ennemi sont de deux espèces : dans la première classe
sont les terres, les villes, les royaumes; dans la
seconde, l'or, l'argent, les prisonniers de guerre,
les armes, les provisions, les troupeaux, en un
mot, toutes les choses mobiliaires.

Chez les Romains, les prises de la première espèce étaient réunies au domaine; cependant, avant
leur réunion, le général, communément assisté
de dix commissaires, exerçait dans les pays conquis une autorité sans bornes, décernant des honneurs et des récompenses, établissant des lois,
distribuant les diadèmes et disposant des terres (2).

Après ces observations, Barthélemy avertit qu'il
ne s'occupera que des prises de la seconde espèce,
et divise son mémoire en six articles. Dans le pre-

---

(1) Barthélemy répond toujours à M. Stanley.

(2) *Cicer.* de Lege agrar. orat. 11, cap. 19 et 22. *Plut.* in
Pomp., pag. 639. *Eutrop.* Lib. VI, n° 14. *Polyb.* Excerpt. legat., pag. 964.

mier il établit que, chez les Romains, le général disposait du butin; dans le second, qu'il pouvait consacrer aux dieux ou destiner à l'embellissement de Rome une partie de ce même butin; dans le troisième, qu'il lui était permis de distribuer une partie de ce butin en forme de gratifications pour les troupes; dans le quatrième, que ce général avait lui-même une part dans les dépouilles de l'ennemi; dans le cinquième, que c'était à lui à régler la portion du butin qui devait être remise au trésor public, et que, dans les premiers siècles de la république, il pouvait, en certaines occasions et sous différents prétextes, se dispenser de porter la moindre chose à ce trésor; enfin, dans le sixième article, l'auteur prouve que le général romain devait rendre compte de l'usage qu'il avait fait du butin.

La matière est sans doute épuisée dans ces six articles; mais Barthélemy n'y rassemble que des faits avec son exactitude ordinaire, sans presque aucune liaison, de manière qu'il est impossible d'en faire un extrait suivi. Je me contenterai de rapporter en entier le dernier de ces mêmes articles.

Grotius, persuadé, dit-il, par ses principes que le butin devait appartenir à l'état, s'était vu par la nature des faits obligé de convenir que, chez les Romains, la disposition du butin appartenait au général (1). Pour concilier ces deux droits qui sem-

_____

(1) *Grot.* liv. III, chap. 6, parag. 15 et 26. Je cite toujours

blent se détruire mutuellement, il prétend que le général romain devait rendre compte à son retour de la manière dont il avait usé de son pouvoir. Grotius ne cite aucun décret, aucune loi qui impose cette obligation au général; mais les égards que mérite ce savant homme, m'engagent à rechercher les raisons sur lesquelles il pouvait fonder son assertion. Ces raisons seront autant d'objections qui exigeront une réponse de ma part.

1° On peut dire : Le général, après avoir achevé sa mission, remettait au trésor public un registre contenant l'état du butin dont il s'était emparé, et des libéralités dont il avait gratifié ses troupes. Ainsi, le consul P. Servilius, après avoir exposé dans son triomphe les dépouilles des peuples vaincus, les fit inscrire avec la plns grande exactitude dans les registres publics: l'article qui les énonçait, avait pour titre: *Comptes rendus par Servilius* (*Rationes relatæ P. Servilii*). On y voyait non-seulement le nombre des statues, mais jusqu'à leur grandeur, leur attitude et leur habillement (1). Lucullus, dans son triomphe, porta un registre où se trouvaient détaillées les sommes qu'il avait fournies à Pompée pendant la guerre des pirates, celles qu'il avait remises aux questeurs de l'armée, celles qu'il avait données aux soldats (2).

la traduction française de Barbeyrac, parce que je n'ai pas ici le texte de Grotius.

(1) *Cicer.* in Verr. act. 2, lib. I, cap. 21.
(2) *Plut.* in Lucullo., pag. 517.

2	4

Réponse. Je sais que le questeur de l'armée (1), le lieutenant du général (2), le gouverneur d'une province (3), étaient tenus de laisser dans le trésor un compte exact de leur administration; et quoique plusieurs d'entre eux fussent très-négligents à le dresser ou à le déposer (4), l'obligation n'était pas moins réelle pour eux, parce que leurs emplois étaient sujets à la comptabilité. Mais il n'est pas prouvé que le général des armées le fût aussi quand il s'agissait du butin. La minutieuse exactitude de Servilius, jointe à l'éloge que Cicéron fait de sa vertu, ne prouve qu'un désintéressement qui craint jusqu'au soupçon; et l'attention de Lucullus à montrer au public son livre de comptes, n'atteste de sa part que l'envie de fermer la bouche à ses ennemis et à ses soldats, qui l'accusaient de s'être approprié les trésors de Mithridate et de Tigrane.

Les autres généraux ont-ils produit de pareils mémoires pour justifier la répartition qu'ils avaient faite du butin? y étaient-ils obligés? tous les articles de ces mémoires devaient-ils être examinés et rectifiés? J'admettrai, si l'on veut, qu'ils étaient astreints à quelque formalité; mais je dirai toujours que ce n'était de leur part qu'une simple dé-

---

(1) *Cicer.* in Verr. act. 2, lib. I, cap. 13 et 14.

(2) *Idem, ibid.* cap. 39. *Liv.* Lib. XXXVIII, cap. 55. *Aul. Gell.* Lib. IV, cap. 18.

(3) *Cicer. ibid.*, cap. 39.

(4) *Idem, ibid.* cap. 23.

claration, et de la part du sénat ou du peuple qu'une précaution pour contenir dans de justes bornes l'avidité ou la générosité du chef des troupes. Eh quoi! ces récompenses accordées à la valeur, ces sommes distribuées aux soldats, quelquefois même sur le champ de bataille, avaient-elles besoin d'une nouvelle sanction pour être légitimes? D'où vient donc qu'on ne les a jamais discutées contradictoirement? d'où vient qu'on n'a jamais vu un général juridiquement accusé et puni pour avoir trop donné à ses troupes? Des citoyens élevés dans la sévérité des mœurs anciennes murmuraient quelquefois contre cette espèce de profusion; mais ils s'en plaignaient parce qu'elle pouvait introduire la licence dans les armées, parce qu'elle procurait au général des voies trop faciles pour obtenir la faveur des soldats.

2° On peut m'objecter le passage suivant de Tite-Live: Q. et L. Mummius s'étaient d'abord opposés à la loi qui ordonnait d'informer contre les deux Scipion, soupçonnés d'avoir diverti l'argent d'Antiochus. Ce n'est pas, disaient-ils, qu'il ne soit très-juste que le sénat, ainsi qu'on l'a toujours pratiqué, prenne connaissance de l'argent qui n'a pas été remis au trésor (1). Il était donc reconnu, dira-t-on, que dans tous les temps le sénat avait eu

---

(1) *Senatum quærere de pecunia non relata in publicum, ita ut antea semper factum esset, æquum censebant.* Liv. Lib. XXXVIII, cap. 54.

le droit de prendre des informations au sujet de l'argent qui n'était pas rentré dans le trésor.

Réponse. Je ne conteste pas ce droit. Le sénat pouvait se faire rendre compte et des sommes qu'un général exigeait de l'ennemi dans un traité pour dédommagement des frais de la guerre, et des présents que les alliés faisaient à la république, et des impositions et de tous les objets relatifs aux finances. Peut-être aussi pouvait-il prendre connaissance de la partie du butin que le général avait choisie pour lui-même, de celle qu'il avait distribuée aux troupes, de celle enfin dont il avait décoré la ville de Rome ou les temples des dieux. Mais la question est de savoir si, relativement à ces trois articles, il pouvait intenter une accusation contre le général, et c'est ce qui n'est pas même prouvé par le fait qui a donné lieu à la réflexion rapportée par Tite-Live; car on verra dans la troisième partie que, suivant toutes les apparences, le procès des Scipion n'avait pas le butin pour objet.

3° On peut dire: Le général pouvait, dans un pays soumis par ses armes, établir des gouverneurs, distribuer des terres, décider du sort d'un peuple entier. Cependant ces réglements n'étaient que provisoires; et, pour les valider, il fallait un décret du sénat: pourquoi n'en aurait-il pas été de même de tous les actes relatifs à la distribution du butin?

Je réponds que le général n'avait aucun droit sur les provinces conquises, et qu'il en avait un réel sur les dépouilles de l'ennemi; que la sûreté

de l'état pouvait dépendre des arrangements que
l'on prendrait à l'égard d'un pays conquis et devenu frontière, tandis que la répartition du butin
pouvait tout au plus répandre parmi les soldats un
germe de corruption facile à prévenir; qu'enfin,
nous voyons par une foule de témoignages que les
réglements politiques du général, étant souvent
réformés, avaient besoin d'être ratifiés, au lieu
qu'on n'a jamais rien changé à la répartition du
butin, dès qu'une fois il l'avait ordonnée.

Qu'on dise après cela que le sénat et le peuple
imprimaient le sceau de l'autorité souveraine sur
cette répartition lorsqu'il confirmait les actes du
général : je répondrai toujours qu'on ne peut pas
détruire par une simple supposition les témoignages nombreux et sans réplique que j'ai rassemblés dans ce mémoire, et qui assignent au général
les droits les plus étendus et les plus indépendants
à l'égard du butin.

L'opinion qu'embrasse Barthélemy est susceptible de quelques difficultés; il l'a bien senti, et répond dans un mémoire particulier aux objections
qu'on pourrait lui faire, tirées 1° d'une loi rapportée par Denys d'Halicarnasse, 2° de la formule
du serment militaire, 3° des accusations intentées
contre plusieurs de ceux qui ont commandé les
armées. Dans ces trois articles du dernier mémoire,
il ne laisse échapper aucun fait, et achève le dépouillement de tout ce qui peut avoir rapport à
son objet dans les anciens historiens de la république romaine. On ne rapportera de ces mêmes

articles que le premier, qui paraît renfermer un discussion judicieuse sur la loi supposée par Denys d'Halicarnasse, et qui, selon lui, adjugeait sans restriction au trésor public les prises faites sur l'ennemi.

Cette loi existait, si nous en croyons cet historien (1), qui la rapporte dans l'endroit où il traite de l'exil de Coriolan. Il fallait montrer que ce patricien aspirait à la tyrannie. Les tribuns du peuple avaient promis au sénat que l'accusation ne roulerait que sur cet objet. Cette promesse avait rassuré Coriolan et ses amis. La cause ayant été portée à l'assemblée du peuple, le tribun Décius se leva et dit: « Voulez-vous savoir jusqu'à quel point Co- « riolan a porté son audace. Vous savez tous que « la loi ordonne que les prises faites sur l'ennemi « appartiennent au public : le général et les par- « ticuliers n'y ont aucun droit; le questeur s'en « empare, les expose en vente et en remet les som- « mes au trésor public. Depuis la fondation de cet « empire, personne n'a violé cette loi, personne « même ne l'a blâmée. Coriolan est le seul qui l'ait « foulée aux pieds; il est le seul qui ait osé, l'année « dernière, enlever un butin qui nous devait être « commun à tous. Lorsque, dans les courses que « vous fîtes sur les terres des Antiates, vous eûtes « pris une grande quantité de prisonniers, de trou- « peaux, de richesses de toute espèce, au lieu de « les remettre entre les mains des trésoriers, au

_____

(1) Lib. VII, pag. 467. Edit. Sylburg.

« lieu d'en rapporter l'argent au trésor public, il
« les distribua à ses amis; et voilà les moyens dont
« il se sert pour attirer des partisans, et se frayer un
« chemin à la tyrannie. Qu'il cesse donc aujour-
« d'hui d'étaler ses exploits, ses cicatrices, les dis-
« tinctions accordées à sa valeur; qu'il prouve
« enfin, ou qu'il n'a pas donné le butin à ses amis,
« ou qu'en tenant cette conduite, il n'a pas trans-
« gressé les lois. »

Le discours du tribun ralentit le zèle de ceux
qui favorisaient Coriolan; les cris de la populace
forcèrent l'accusé ainsi que le sénat à rester dans
le silence.

Le récit de Plutarque (1) est conforme, en général, à celui de Denys d'Halicarnasse, excepté
qu'il ne fait aucune mention de la loi. Je citerai
ses paroles, lorsqu'il sera question de l'accusation
de Coriolan.

Le texte de Denys d'Halicarnasse devrait, ce me
semble, suffire pour terminer la question qui nous
occupe. Cependant Grotius, qui, pour l'intérêt de
son opinion, aurait dû plus que personne défendre
l'authenticité ou du moins l'intégrité de cette loi,
est obligé de convenir que Denys d'Halicarnasse
ne l'a pas rapportée avec assez d'exactitude (2). En

_____

(1) *Plut.* in Coriol., pag. 223. Edit. Ruald.
(2) *Grot.* Droit de la guerre, liv. III, chap. 6, paragr. 15.
Suivant *Barbeyrac,* dans ses notes sur cet endroit, *Herman
Schelius,* dans son traité *de Prædâ,* inséré dans son ouvrage
de Castris Romanorum, réfute Denys d'Halicarnasse.

effet, il est aisé de s'apercevoir qu'il en outre les dispositions pour rendre la cause de Coriolan plus odieuse.

Et comment le tribun pouvait-il avancer que depuis le commencement de l'empire cette loi n'avait pas été violée? elle l'avait été, comme elle le fut dans la suite, presque tous les ans, presque à chaque expédition. Suivant Denys d'Halicarnasse lui-même, l'an 260 de Rome, trois ans avant que le tribun prononçât cette prétendue harangue, les troupes du dictateur Valérius, après la défaite des Volsques et la prise de Vélitres, ne revinrent-elles pas chargées de butin (1), et quelques années auparavant, les consuls Valérius et Posthumius, n'abandonnèrent-ils pas à leurs soldats les dépouilles du camp des Sabins (2)?

Si une loi si sévère existait, si elle fut exécutée avec tant de vigueur contre un patricien des plus distingués, comment n'effraya-t-elle pas ceux qui, immédiatement après lui, se trouvèrent à la tête des armées? Comment le consul Spurius Furius, en 273 (3), le consul Titus Quinctius, en 283 (4), osèrent-ils abandonner le butin à leurs soldats? Pourquoi, six ans après la condamnation de Coriolan, le peuple murmura-t-il hautement lorsque le consul Fabius fit vendre le butin par le ques-

---

(1) *Dionys.* Lib. VI, pag. 374.
(2) *Idem*, Lib. V, pag. 307.
(3) *Idem*, Lib. IX, pag. 560.
(4) *Liv.* Lib. II, cap. 60.

teur, et en remettre l'argent au trésor public (1).

Séparons, si l'on veut, les réflexions du tribun du texte de la loi, et, pour connaître ce texte, traduisons, le plus littéralement qu'il sera possible, le passage de Denys d'Halicarnasse. « Vous savez « tous, dit le tribun, que la loi ordonne que toutes « les dépouilles que nous acquérons par notre va- « leur, soient choses publiques (δημόσια εἶναι); et « non-seulement aucun particulier, mais le général « lui-même n'en est pas le maître. Le questeur « s'en empare, il les vend et en rapporte le prix « au trésor public. »

Ces dernières paroles à commencer par *et non- seulement*, etc., ne sont qu'une extension du texte de la loi. Si elles en avaient fait partie, le tribun aurait dit : Vous savez tous que la loi ordonne que les dépouilles soient choses publiques; *que* le gé- néral et les particuliers n'y ont aucun droit; *que* le questeur doit les vendre et en remettre la va- leur au trésor.

La loi, suivant Denys d'Halicarnasse, disait donc simplement que les dépouilles de l'ennemi étaient des choses publiques (δημόσια εἶναι), ou, si l'on veut, appartenaient au public. Qu'on me permette ici quelques réflexions.

1° N'ayant pas le texte latin de la loi, nous ignorons si le mot *publica* (δημόσια) rendait exac- tement l'expression de l'original. Le tribun l'ex- plique en ajoutant que l'argent du butin devait

---

(1) *Liv.* Lib. II, cap. 42.

être remis au trésor public (εἰς τὸ δημόσιον). Mais
le tribun voulait perdre Coriolan, et l'on doit se
défier de l'interprétation d'un pareil commentateur.

2° Cette loi ne nous est transmise que par Denys d'Halicarnasse, et dans une harangue composée par cet auteur. Elle n'est rappelée dans aucune
de ces circonstances où la distribution du butin
excitait les plaintes ou du sénat, ou du peuple, ou
de l'armée. Plutarque ne la cite point, lui qui
convient néanmoins qu'on avait fait un crime à
Coriolan de n'avoir pas destiné le butin au trésor
public.

3° Cette loi est si générale et si absolue qu'elle
devait s'étendre à tous les cas. Le général ne pouvait donc abandonner au pillage une ville prise
d'assaut. Or, chez aucun peuple du monde on n'a
contesté ce droit au général, et nous avons vu d'a-
près les témoignages les plus authentiques qu'il
en jouissait chez les Romains.

4° Qui nous assurera que cette loi n'était pas
un fragment adroitement détaché d'une loi plus
ample, et applicable non à tous les cas, mais à
certaines circonstances? On a vu dans la seconde
partie de ce mémoire que Caton avait prononcé
deux oraisons, dont l'une tendait à prouver que
le butin devait être destiné au trésor (1), l'autre
qu'il devait être partagé entre les soldats (2). Des
titres de ces deux oraisons, serait-on fondé à con-

_____

(1) *Priscian.* Lib. VII.
(2) *Aul. Gell.* Lib. XI, cap. 18.

clure que parmi les Romains le butin était remis
au trésor, et distribué aux troupes? Non sans
doute, on dirait que ces discours sont relatifs à des
faits particuliers dont la discussion, par des raisons
qui nous sont inconnues, avait été soumise au jugement du sénat et du peuple. Or, comment sa-
vons-nous si le tribun n'a pas changé en loi, et
détourné de son vrai sens, une maxime isolée, et
peut-être empruntée d'un réglement de discipline
observé lorsqu'on faisait la distribution du butin?
Le discours que Denys d'Halicarnasse a mis dans
la bouche de Décius choque toutes les vraisem-
blances, contredit toute l'histoire, si on le prend
à la lettre. Mais quand on pénètre l'artifice avec lequel il paraît composé, on voit qu'il était très-
propre à donner le change à la multitude et à la
soulever contre Coriolan.

Deux coutumes anciennes et sacrées réglaient
parmi les Romains la distribution du butin. Par
l'une, dont Polybe nous a laissé les détails (1), le
butin fait à la prise d'une ville, ou d'un camp, etc.,
devait être partagé entre les soldats; mais, pour
que ce partage fût égal, la loi ou l'usage voulait
qu'il ne fût pas permis, à qui que ce soit, de s'en
approprier la moindre chose, et que tout fût mis
en commun. Dans d'autres occasions, le général
ordonnait au questeur de vendre le butin et d'en
remettre la valeur au trésor. Le tribun, dans son
discours, a confondu adroitement ces deux prati-

(1) *Polyb.* Lib. X, pag. 589.

ques; il a pris différentes circonstances de l'une et l'autre, et les a réunies pour exciter contre Coriolan les différentes sortes d'intérêts qui agitaient l'assemblée. A ceux qui avaient assisté à la prise d'une ville ou d'un camp, il disait: Vous savez tous que, suivant nos lois, les dépouilles de l'ennemi doivent être mises en commun, et qu'il n'est permis à personne d'en distraire la moindre chose. Eh bien! Coriolan ne les a réparties qu'entre ses amis. A ceux qui pouvaient désirer que le butin eût été destiné aux besoins de l'état, ou qui, ayant refusé de suivre Coriolan, avaient ensuite témoigné leurs regrets de ce qu'ils n'avaient pas profité du butin ramassé dans cette expédition (1), le tribun disait: Vous savez tous que les dépouilles de l'ennemi sont vendues au profit du trésor. Eh bien! Coriolan n'en a disposé qu'en faveur de ses clients et de ses flatteurs. Au moyen de cette confusion, la plupart de ceux qui composaient l'assemblée, interpellés par le tribun, pouvaient s'écrier: Nous avons été témoins de ce que vous avancez.

Le tribun avait osé citer une loi qui devait produire l'effet le plus contraire à son intention; car le peuple, du moins dans ce temps-là, ne pouvait souffrir que le butin fût réservé pour le trésor public, et il devait craindre en cette occasion de prononcer un jugement qui priverait à jamais les soldats des libéralités qu'ils attendaient de leurs généraux. Que fait le tribun? Pour détourner l'at-

(1) *Dion. Halic.* Lib. VII, pag. 433.

tention du peuple, il accuse Coriolan de n'avoir accordé le butin qu'à ses flatteurs et à ses amis. Les soldats qui avaient suivi ce général pouvaient attester qu'ils avaient tous participé au butin, mais ils sont arrêtés par l'idée que Coriolan a transgressé une loi aussi ancienne que l'empire, loi que personne n'a jamais osé ni violer ni blâmer.

Enfin, Coriolan et les sénateurs, engagés contre leur attente dans un défilé presque impraticable, ne pouvaient dévoiler la manœuvre du tribun que par des raisonnements et des discussions que le peuple n'était plus en état d'entendre; et voilà ce qui justifie leur surprise et leur embarras, à l'aspect d'une attaque aussi imprévue qu'extraordinaire.

Je pense, d'après ces observations, que la loi rapportée par Denys d'Halicarnasse, n'est qu'un fragment, une partie du réglement qui concernait le partage du butin entre les soldats, fragment altéré et détourné de sa véritable application. Si l'on veut, au contraire, que la loi ait existé dans les termes qu'on nous l'a transmise, je dirai qu'elle était jointe à des modifications omises à dessein par le tribun ou par Denys d'Halicarnasse, et qu'elle mettait à couvert la prérogative du général, telle que nous l'avons assignée dans ce mémoire, d'après une foule d'autorités, et surtout d'après celle de Denys d'Halicarnasse lui-même. Il en résulte seulement que lorsque le général avait prélevé sur le butin ce qu'il jugeait à propos de consacrer au culte des dieux ou à l'embellissement de la ville, ce qu'il accordait aux soldats et ce qu'il pouvait rete-

nir pour lui-même, le reste appartenait essentiellement à l'état.

Nous finirons cet extrait par la réponse que Barthélemy fait à Grotius sur la formule du serment
militaire, laquelle embarrassait beaucoup M. Stanley. Voici le passage de Grotius, suivant la traduction de Barbeyrac (1).

« Les soldats romains se rendaient coupables de
« péculat quand ils ne réservaient pas le butin
« pour le trésor public. Car on les faisait tous jurer,
« comme le dit Polybe, de ne rien détourner du bu-
« tin, mais d'en rendre compte fidèlement. C'est à
« quoi se rapporte peut-être la formule d'un ser-
« ment qu'Aulu-Gelle nous a conservée, et par
« laquelle on faisait jurer les soldats qu'ils ne pren-
« draient rien dans l'armée, ni à dix mille pas à la
« ronde, qui valût plus d'un sesterce : si le vol ex-
« cédait un sesterce, les soldats s'engageaient à le
« rapporter au consul ou à le déclarer dans l'espace
« de trois jours, ou à le restituer au légitime pos-
« sesseur. »

Réponse. Polybe, dans l'endroit cité par Grotius,
ne parle que des précautions que l'on prenait pour
établir le plus d'égalité qu'il était possible dans la
répartition du butin, lorsqu'il était accordé aux
soldats (2). J'en ai fait mention dans l'article précédent. Il fallait, dit Polybe, qu'ils apportassent
en commun tout ce dont ils s'étaient emparés; on

---

(1) Liv. III, chap. 6, paragr. 21.
(2) *Polyb.* Lib. X, pag. 589.

le vendait ensuite, et l'argent en était distribué aux soldats. C'est dans cette vue, ajoute Polybe, que les soldats, la première fois qu'ils campent, et avant que d'entrer sur les terres de l'ennemi, jurent tous de ne rien s'approprier du butin, et d'être fidèles à leur serment.

On voit que ce serment n'imposait au soldat aucune obligation à l'égard du trésor public, et que Grotius est tombé dans une assez grande méprise. Mais elle est pardonnable à quelqu'un qui se trouve obligé de recueillir et de discuter un si grand nombre de faits. L'autre serment, rapporté par Aulu-Gelle, n'était aussi qu'un serment de discipline et de police, uniquement destiné à empêcher la maraude (1).

---

(1) M. Stanley, dans une lettre datée de Londres, du 24 décembre 1773, témoigna à Barthélemy tout le plaisir que lui avait causé la lecture de ces deux autres mémoires, ou plutôt des deux dernières parties de ce traité sur le *partage du butin chez les anciens;* et il les trouva *tout-à-fait satisfactoires et conclusives;* ce sont ses propres expressions qu'il n'est pas permis de changer. *Note de l'Éditeur.*

FRAGMENTS

D'UN

VOYAGE LITTÉRAIRE

EN ITALIE.

*Observations sur les antiquités de la France
méridionale.*

Nous n'avons pas voulu pénétrer en Italie sans
jeter un coup d'œil sur les antiquités qui subsistent
encore dans les parties méridionales de la France.

Nous avons vu à Lyon plusieurs inscriptions qui
ont déja été publiées, et d'autres qui ne l'ont jamais été; une, entre autres, d'un particulier qui
faisait tout le mardi: il naissait le mardi, il mourait
le mardi, il s'était marié le mardi, etc.

Mais la plus importante de ces inscriptions est
celle qu'on voit à l'hôtel-de-ville, et qui renferme
la harangue de l'empereur Claude. On a tort de
dire que c'étaient deux tables de fonte; ce n'est
qu'une seule cassée en deux. Il y a deux colonnes
de lignes. On a faussement avancé que tous les
mots, sans exception, sont séparés par des points;
ceux qui sont à la fin des lignes et plusieurs dans

le corps de l'inscription n'en ont pas. Que de réflexions ferait naître la comparaison de ce monument avec la harangue de Claude, telle que Tacite l'a rapportée! c'est le même fonds de pensées; mais dans l'inscription tout est simple et digne de Claude; dans l'historien, tout est fort et digne de Tacite. Il suit de là que cet historien n'a pas rapporté littéralement les harangues insérées dans son ouvrage; mais qu'il prenait la substance de celles qui avaient été prononcées, et les traduisait dans son style. Dans celle qu'il met dans la bouche de Claude, il parle des Lacédémoniens; et comme de fait il n'est pas question de ce peuple dans l'inscription de l'hôtel-de-ville, il s'ensuit que la harangue de Claude ne se trouve point entière dans cette planche; cela est d'ailleurs très-visible.

Nous nous embarquâmes sur le Rhône; et après avoir passé, sans aucune crainte, le pont du Saint-Esprit, nous mîmes pied à terre vis-à-vis d'Orange. Nous y avons vu l'arc de triomphe: il est composé de trois arcades et chargé de bas-reliefs représentant des combats, des trophées, des instruments de guerre, des tridents, des éperons de navire, etc. Les antiquaires sont partagés sur le temps et l'objet de ce monument: les uns le rapportent à Marius, après la défaite des Cimbres; d'autres à Jules César, après la conquête des Gaules; d'autres enfin, au siècle d'Adrien. Le goût du travail, et d'autres petites circonstances, nous ont fait juger que la seconde de ces opinions était la plus probable. Ce monument a été gravé plusieurs fois, et ne l'a jamais été exactement.

On trouve encore dans cette ville les restes d'un théâtre ancien ; les gradins sont presque tous détruits, mais la scène est demeurée dans son entier. C'est un mur d'environ cent dix pieds de hauteur, et de près de trois cent vingt-huit de longueur, orné d'arcades, et construit avec des pierres d'environ deux pieds en carré, taillées et unies ensemble avec un art infini. Le goût, la solidité, la grandeur, tout se trouve réuni dans ce monument précieux.

Si l'impression qu'on en reçoit pouvait être effacée, elle le serait sans doute par le pont du Gard et les antiquités de Nîmes. Ce pont est un ouvrage des plus grands, des plus beaux et des plus hardis que les Romains nous aient laissés ; et l'imagination est effrayée quand on pense que ce monument n'était destiné qu'à soutenir un aqueduc pour transporter la petite rivière d'Eure auprès d'Uzès jusqu'à Nîmes, où l'on trouvait d'ailleurs les eaux abondantes de cette fontaine célèbre qui ne tarit jamais et qui subsistait du temps des Romains. Mais c'est à Nîmes principalement où tout devient un objet d'admiration pour un antiquaire ; c'est là qu'on trouve l'amphithéâtre le mieux conservé de tous ceux qui subsistent, et cette maison carrée qu'on regarde depuis long-temps comme le chef-d'œuvre de l'architecture ancienne, et le désespoir de la moderne. Cependant on ne jouit de ce spectacle qu'avec une sorte de douleur. Un peuple grossier, logé dans l'intérieur, et sur les gradins mêmes de l'amphithéâtre, le dégrade sans cesse et détruit

impunément ce que les flammes avaient épargné
du temps de Charles Martel. Dans les travaux de
la nouvelle fontaine on a vu des ouvriers barbares
mutiler des statues, des mosaïques, et replonger
dans les fondements des inscriptions que le hasard
leur faisait découvrir. Les soins de M. de Saint-
Priest en ont sauvé quelques-unes de la fureur de
ces iconoclastes. Mais ces soins, qui s'étendent sur
tous les monuments de Nîmes, ne sauraient triompher de la négligence des subalternes. Plusieurs
personnes de goût, et dignes de foi, nous ont attesté qu'on a vu quelquefois des enfants assiéger
la maison carrée, et détruire les ornements d'architecture qui la décorent, pour y prendre des
nids d'oiseaux. On nous a montré les traces de ces
déprédations; nous avons vu les belles feuilles d'a-
canthe qui forment les chapiteaux des colonnes,
brisées à coups de pierres, et nous avons regretté
qu'un si beau monument ne fût point à couvert
de pareilles insultes. Indépendamment des outra-
ges des hommes, la maison carrée a beaucoup
souffert des injures du temps; un des murs a perdu
son aplomb dans la partie du milieu, vraisemblablement par le toit dont on l'a recouvert, et par
les ouvrages qu'on a construits en dedans de l'é-
difice, lorsqu'on a voulu en faire une église (1).

---

(1) Le savant et généreux Seguier a restauré depuis, à ses
frais et par ses soins, la maison carrée; il a tâché encore d'en
rétablir l'inscription. Si ses conjectures là-dessus ne sont pas

En sortant de Nîmes, nous avons vu, à Saint-
Remi, l'ancien *Glanum*, un arc de triomphe en
l'honneur d'un général romain, et son tombeau

---

hors de tout doute, on doit néanmoins avouer que son procédé
est fort ingénieux. Mais lui appartient-il? c'est ce qu'on a cru
jusqu'à présent. Pour prouver le contraire, il suffit toutefois de
lire ce qu'en a dit Barthélemy, dans son *Mémoire sur les monuments de Rome*, lu à l'académie des Belles-Lettres, le 30 août
1757, en parlant de l'inscription ancienne qui avait été placée
sur l'architrave de cet édifice : « Les lettres de métal ont dis-
« paru; mais l'empreinte des crampons qui les fixaient dans la
« pierre subsiste encore, et je suis persuadé, malgré les doutes
« du marquis Maffei, que ces indices, étudiés avec soin, suffi-
« raient pour rétablir au moins une partie de cette inscription.
« J'en découvris plusieurs lettres avec assez de facilité, et je fus
« sur le point de faire dresser des échafauds pour voir de plus
« près les traces des autres, etc... » Et dans une note : « Ce fut
« en conséquence de ces difficultés et de ces réponses, que M.
« Ménard écrivit à Nîmes pour avoir une copie exacte de ces
« trous. M. Seguier se chargea de ce soin, et ne tarda pas à
« rectifier l'inscription entière. Il a rendu compte de son tra-
« vail, dans une dissertation imprimée en 1759. *Acad. des insc.*
« t. XXVIII, p. 580. » Il est tellement certain que c'est d'après
les idées de Barthélemy que Seguier a fait cette opération, qu'il
n'y croyait pas lui-même un an auparavant. J'en ai sous les
yeux la preuve indubitable dans une lettre qu'il écrivit à ce
sujet à l'antiquaire Graverol. Elle est datée de Nîmes, le 10 mai
1758, et conçue en ces termes : « Quoique je sois encore d'une
« santé assez faible, je me suis senti assez de force pour faire
« ce que M. l'abbé Barthélemy désire de moi. Je vous envoie
« la copie exacte des trous qui sont à l'architrave de notre mai-
« son carrée, d'après un dessin que j'en fis, il y a plus de 30
« ans, et que j'ai vérifié hier sur l'original; je vous prie de la
« lui présenter, et, en l'assurant de mes respects, dites-lui, je

placé tout auprès. Ces deux monuments, dont on
n'a donné que des dessins informes, même dans
les mémoires de l'académie des Belles-Lettres, mé-
riteraient d'être dessinés plus exactement. On lit
sur ce mausolée ou cénotaphe: SEX. L. M. JVLIEI.
C. F. PARENTIBVS. SVEIS, que j'explique par
ces mots: *Sextius, Lucius, Marcus, Julii Caii Filii,
Parentibus Suis* (1). Dans ce canton on dut écrire,
d'après la prononciation, EI pour I; l'inscription
de l'arc de Saint-Chamas en fournit la preuve. Celui de Saint-Remy avait été érigé en l'honneur de

_____

« vous prie, que je suis charmé de lui être utile. Je ne doute
« point que l'étendue de son savoir et de ses connaissances ne
« lui fasse découvrir l'usage de ces trous, qui, à mon avis, *n'ont*
« *jamais servi pour les lettres d'une inscription.* J'ai sur cela des
« idées qu'il serait trop long de vous détailler, et dans lesquelles
« je me suis encore plus confirmé depuis que j'ai examiné de près
« les anciens édifices d'Italie, etc... » Le modeste Seguier, en se
rappelant cette lettre, n'aurait donc pu revendiquer l'honneur
d'un pareil procédé, et on a eu tort de le lui attribuer. L'idée en
appartient entièrement à Barthélemy, qui d'ailleurs s'en était déjà
servi avec succès à Rome, pour rétablir l'inscription de l'arc de
Septime-Sévère. Mais est-il bien démontré que celle de la maison carrée, imaginée par Seguier, soit la véritable, ou, si l'on
veut, la seule qui ait été placée sur l'architrave de ce bel édifice?
Il serait possible de soutenir la négative, sans s'écarter des règles d'une saine critique. Qu'on lise sur ce sujet des remarques
insérées dans le *Magasin Encyclopédique*, première année,
t. II, n° 8, pag. 537, 541. *Note de l'Éditeur.*

(1) Barthélemy a rapporté cette même leçon dans son *Mémoire sur les monuments de Rome;* celle ci est, assure-t-il, la
treizième, et, j'ose le dire, la véritable. pag. 579. *Note, id.*

Caius Julius, auquel ses trois fils, Sextius, Lucius et Marcus élevèrent le tombeau qui est à droite auprès du monument de sa gloire. Il est placé sur un tertre qui domine une grande plaine, dans laquelle vraisemblablement ce Julius avait remporté quelque avantage signalé sur ses ennemis. L'arc d'Orange se trouve à peu près dans la même situation.

Ces deux arcs et celui de Carpentras sont du même travail et du même goût. Pour fixer le temps où ils ont été construits, il faudrait connaître l'âge de ce Caïus. Or, nous voyons, sur les médailles attribuées vulgairement à César, un trophée orné de boucliers et d'autres armes fort semblables à celles qu'on trouve sur les monuments dont il est ici question, lesquelles portent cette légende : IMP. CÆSAR. Peut-être ces médailles pourraient se rapporter à l'événement qui a fait élever ces arcs, et qu'elles appartiennent à un des ancêtres de Jules César.

Arrivé à Marseille, je me suis occupé à faire la vérification des médailles du sieur Cary (1), dont j'ai procuré l'acquisition au cabinet du roi, et suis très-satisfait de la rareté et de la conservation des pièces que j'y trouve.

J'ai acquis plusieurs autres médailles précieuses, parmi lesquelles il en est une qui suffirait, en

---

(1) Savant connu par quelques ouvrages; entre autres, l'*Histoire des rois de Thrace et du Bosphore Cimmérien, éclaircie par les médailles*, in-4° 1752, dont Barthélemy a été l'éditeur. *Note de l'Éditeur.*

quelque façon, pour justifier mon voyage; c'est
une médaille d'or de *Vetranio Augustus*, qui manquait non-seulement au cabinet du roi, mais dans
tous les cabinets connus. Elle était entre les mains
d'un antiquaire de Marseille, qui, depuis vingt-
cinq ans, la voyait tous les jours et croyait toujours la voir pour la première fois. Il s'était toujours
refusé aux offres avantageuses qu'on lui avait
faites de divers endroits; enfin, à force de raisons, de prières et de complaisances, je l'ai con-
traint à la céder au cabinet du roi, dont elle fera
un des principaux ornements. Je l'ai estimée environ 800 livres, et j'ai donné environ moitié de
cette somme en médailles doubles.

N° II.

Découverte de Tauræntum.

A une demi-lieue de la Ciotat, en Provence, au
fond du golfe des Baumelles, sont les ruines d'une
ancienne ville, qui nous parurent mériter quelque
examen. Nous nous y rendîmes avec une douzaine
de paysans et quelques plongeurs, parce qu'on
nous avait dit qu'une partie de ces ruines était
dans la mer. Le premier objet qui s'offrit à nos regards, fut un rang de dix-sept piles placées sur le
rivage et distantes les unes des autres d'environ
douze à quinze pieds; car cette distance varie. La

plupart s'élevaient à deux ou trois pieds sur terre, d'autres étaient entièrement ensevelies sous le sable. Nous en fîmes découvrir quelques-unes; elles étaient isolées, et aboutissaient d'un côté à une espèce de bassin qu'on a détruit il y a quelques années, et de l'autre à un édifice qui paraît avoir été fortifié, mais dont il ne reste plus que des débris informes. Ces piles étaient peut-être destinées à porter un aqueduc, et à servir d'arc-boutant à un mur parallèle qui n'en était éloigné que de quelques toises et dont les fondements subsistent encore. On voit dans cet édifice les restes de différents petits appartements dont les murs ne sont plus qu'à hauteur d'appui; l'intérieur était recouvert d'un marbre blanc dont on voit des vestiges en quelques endroits. On découvre aux environs les fondements de plusieurs maisons, et l'on n'y peut creuser sans trouver des morceaux de pavés en mosaïque, et des fragments de poterie chargés d'ornements d'un assez bon goût. L'ouvrage, en général, paraît être romain. Il était presque tout fondé sur le roc; une partie est tombée dans la mer, où l'on ne put plonger parce qu'elle était fort agitée; l'autre est ensevelie sous le sable que les pluies entraînent des montagnes voisines. Il faudrait pour le dégager beaucoup de temps et d'ouvriers, et peut-être que les découvertes qu'on y ferait dédommageraient faiblement des peines qu'on se serait données.

Il restait à connaître le nom de cette ville. Je soupçonnai, en voyant ces ruines, que c'étaient

les restes de *Taurœntum*, ville ou château que les
Marseillais avaient fondé sur cette côte, et où leurs
forces se joignirent à celles de Nasidius, lieutenant
de Pompée, dans la guerre qu'ils firent à César.
Cette conjecture me parut d'autant mieux fondée,
que les habitants donnent encore à ce canton le
nom de *Taurent*. Cependant, comme elle ne peut
se concilier avec le témoignage apparent de quelques géographes anciens, je me réserve à l'examiner avec plus d'attention dans un temps où,
libre de tout autre soin, je pourrai trouver, dans
le secours des livres qui me manquent ici, de quoi
la confirmer ou la détruire (1).

* * *

N°. III.

Sur quelques ouvrages du Puget.

La plupart des ouvrages du Puget, tels que le
Milon, l'Hercule de Sceaux, les Thermes de Tou-
lon, le Saint-Sébastien, donnent l'idée d'un génie
mâle, capable de peindre les grands effets, les

(1) Cela me paraît avoir été démontré par M. Marin, ancien
et fidèle ami de Barthélemy, dans un mémoire lu à l'académie
de Marseille, le 25 avril 1781, et inséré dans le *Journal des Savants*, juin 1782, premier vol., pag. 349, et, même mois, second
vol. 413. L'auteur y est entré dans des détails aussi complets
qu'exacts sur l'état actuel des ruines de Taurœntum. *Note de
l'Éditeur.*

grandes passions, et ces sortes de génies échouent bien souvent dans des sujets doux et paisibles. Mais le Puget avait toutes sortes de pinceaux ; pour s'en convaincre, il suffit de jeter les yeux sur son assomption, que l'on conserve à Gênes dans l'*Albergo dei Poveri*. La Vierge s'élève dans les cieux : sur son visage admirable règnent la paix, la sérénité, les prémices des joies du ciel : sa draperie flotte légèrement au gré des vents : ses mains sont étendues et tournées vers la terre ; elle est portée par des anges entrelacés dans des nuages ; deux ou trois sont à ses pieds, deux autres sont à ses côtés et la soutiennent avec leurs ailes : leurs têtes ne paraissent point détachées. On a pensé que l'artiste a été gêné par le bloc. Si cela est, c'est un grand mérite d'avoir triomphé de cet obstacle comme l'a fait le Puget. L'ange de la droite cache en partie sa tête dans le nuage qui touche aux pieds de la Vierge ; on dirait que c'est l'acte du plus profond respect. L'ange de la gauche baisse sa tête ; il regarde vers l'autel et paraît lier le mystère de l'assomption, dont il est un des ministres, avec celui qui se célèbre sur l'autel et dont il est témoin : si l'idée que je suppose est bonne, elle est sûrement de lui ; si elle est mauvaise, je ne la lui attribue pas. Quoi qu'il en soit, on ne peut se lasser d'admirer cette figure. L'intention y est si bien marquée, que l'œil croit y apercevoir un mouvement secret et craint de le laisser échapper. L'ange de la droite a les mains croisées ; il tient quelque chose qui ressemble à des fleurs.

Peut-être est-ce à cause du *Rosa mystica* dont on qualifie la Vierge; peut-être est-ce une idée poétique et très-bien à sa place : l'autre main s'appuie sur un bouclier, et de ce bouclier semble sortir une palme que tient un ange placé sous les pieds de la Vierge. Ces attributs m'ont paru mal placés. Il faut croire qu'en cet endroit le Puget a été véritablement gêné par le bloc, et qu'il a eu besoin de lier, au moyen de cette palme, le petit ange qui est sous les pieds avec celui qui est à droite. On a fait à cette figure un piédestal en forme de deux consoles, mais ce piédestal est trop haut de plus d'un pied. Il est de *schiaffino*.

A Sainte-Marie des Vignes, j'ai vu un autel du Puget, qui est en forme de tombeau antique. Les oves, les cannelures, tout est divinement sculpté. Mais ce qu'il y a de singulier, c'est d'être soutenu par les quatre animaux qui représentent les quatre évangélistes, pour signifier que le mystère de l'autel est fondé sur le témoignage de ces évangélistes. L'âne et le bœuf soutiennent par les côtés : leurs pieds sont couverts de plumes; cela est assez conforme à la description de l'apocalypse et sauve la difformité qui aurait résulté des pieds représentés au naturel. La tête de l'âne n'est pas assez agréable; celle du bœuf est fière. L'autel ou le tombeau est réellement soutenu par deux bases de marbre, et entre deux sont un aigle et un lion, qui paraissent faire des efforts pour le soutenir aussi. Ces deux animaux sont bien petits; ils sont disposés à être vus de moitié ou même de trois quarts; c'est ce motif sans doute qui a engagé l'artiste à les mettre en cet endroit; car il pouvait les placer sous le tombeau même, en ôtant les deux dés de marbre. Mais alors on ne les aurait vus que de côté.

~~~~~~

N° IV.

Explication des bas-reliefs d'un tombeau antique.

A l'entrée de l'église de Tortone, en dedans, on voit un tombeau antique trouvé dans le château. Il est très-beau et très-bien conservé, et a été érigé en l'honneur de P. Ælius Sabinus, par sa mère Antonia Tisipho. Cet Ælius Sabinus mourut âgé de vingt-quatre ans. Les bas-reliefs du tombeau font presque tous allusion à son âge. Sur le devant Phaéton tombe de son char : cet emblème désignerait-il que Sabinus avait péri pour s'être engagé dans une entreprise audacieuse ? Sur la même face Castor et Pollux. Auprès du premier on a tracé ces mots grecs : ΘΑΡCΕΙ ΚΑΙ ΕΥΓΕΝΕΙ. Auprès du second : ΟΥΔΕΙC ΑΘΑΝΑΤΟC. Peut-être que Sa--binus avait un autre frère qui lui était fort attaché et qui avait souhaité que leur amitié fût éternisée sur ce monument, en s'y faisant représenter sous la figure de Castor, et avec une inscription qui l'exhortait à prendre courage ; tandis que son frère paraissait sous la figure de Pollux, et une

devise qui annonçait la nécessité de mourir. Au
côté droit de l'autel, deux génies ailés sont témoins
d'un combat entre un coq et un autre animal. Le
coq est vaincu; le génie qui est de ce côté-là paraît consterné; l'autre tient une palme, et lui montre que la victoire est de son côté. Ces deux génies
sont vraisemblablement ceux de la vie et de la
mort : le coq représente Sabinus.

Au côté gauche est l'autre bas-relief. Deux
autres génies ont jeté leurs osselets; celui qui a
perdu essuie ses larmes, pendant que le vainqueur
se baisse et se fait un plaisir de lui montrer avec
le doigt son osselet.

Par derrière sont deux autres bas-reliefs. Dans
l'un, une figure à tête de bélier en embrasse une
autre qui a un carquois pendu sur le côté droit :
on voit deux chiens à leurs pieds et deux arbres
par derrière. Dans l'autre bas-relief est un enfant
qui semble gémir. J'ignore la signification de ces
deux bas-reliefs.

Le couvercle est orné de plusieurs beaux ornements. Sur la face de devant se trouve une urne
d'où sortent deux ceps de vigne chargés de feuilles
et de raisins, et serpentant sur toute l'étendue du
tombeau. Deux enfants tiennent chacun une grappe
de raisin : une de ces grappes, qui ne tient plus à
la vigne, est tombée avant sa maturité; c'est Sabinus qui est mort. L'autre grappe tient encore
au cep; mais le petit enfant qui semble vouloir l'enlever, ne désignerait-il pas quelque maladie dont
les jours du frère de Sabinus étaient menacés?

Dans les quatre angles du couvercle on voit par devant deux têtes de femmes : je ne sais ce qu'elles font là. Par derrière est d'un côté Léda avec son cygne, et de l'autre un chien auprès d'un laurier.

	pieds.	pouc.	lig.
Largeur de face................	6	6	3
Hauteur non compris la base et le couvercle......................	2	9	
Base........................		11	
Largeur des côtés.............	2	8	
Saillie du couvercle............	1	9	

Le couvercle se termine en pointe.

N° V.

Voyage de Plaisance à Bologne.

Nous partîmes de Plaisance le 29 septembre 1755, à midi, et arrivâmes à Parme à six heures, ayant passé par Fiorenzela, et de là à Bronni : le chemin est très-beau, assez bien aligné ; il se trouve sur l'ancienne voie Æmilia, qui allait depuis Plaisance jusqu'à Rimini ; cependant M. Danville a raison dans son analyse, en disant que, malgré cet alignement, il doit y avoir de petites courbures. Le territoire est si beau, si intéressant, qu'il serait impossible d'en donner une véritable idée.

Au dôme ou cathédrale de Parme, on remarque la coupole peinte par le Corrège. Une partie a été

détruite par le temps, et l'autre partie n'est pas
visible. Cette coupole est si élevée, que les peintures ne peuvent avoir été faites pour l'usage des
hommes. On dit qu'elles représentent l'assomption
de la Vierge ; une foule innombrable de saints et
d'anges se prosternent, brûlent des parfums ou
des branches d'olivier, idée singulière et neuve ;
d'autres jouent de divers instruments et même de
tambours de basque. Les ennemis du Corrège disaient que c'était un ragoût de grenouilles : il est
vrai qu'on ne voit que des jambes, des cuisses,
des têtes, etc.

On voit dans l'église de Saint-Jean près du
dôme, chapelle à gauche, deux tableaux du Corrège, l'un du martyre de saint Placide et de sainte
Flavie, l'autre une descente de croix. Le premier
a de grandes beautés : les bras des bourreaux font
réellement des efforts pour plonger l'épée dans le
sein de sainte Flavie, et pour couper la tête à
saint Placide ; mais rien n'est si beau que le tableau opposé. Jésus-Christ est étendu sur les
genoux de la Vierge : à ses pieds la Madeleine ;
auprès de la Vierge, Marie Salomé, et une autre
figure indéfinissable auprès de Marie Salomé ; un
homme descend de la croix, tenant les clous dans
sa main ; c'est celui qui a détaché le corps. Le caractère du visage est la fermeté. Je ne voudrais
pas que sa tête fût environnée d'un nimbe ; cet
attribut le suppose chrétien, et, en ce cas, il faudrait qu'il fût un peu plus affligé. Je ne parle pas
de la figure inconnue, et qui étend ses mains.

d'une manière inconcevable. Le corps de Jésus-Christ est très-beau, les trois femmes sont dans la douleur, mais dans des douleurs variées; la Vierge est morte, Madeleine se meurt et Marie Salomé est bien malade. On s'afflige avec cette dernière, on s'attendrit avec la seconde, mais on a le cœur déchiré avec la première. Le coloris est fort beau, et les draperies sont bien jetées. Je ne sais si c'est une illusion, on a plus de plaisir à fixer ses regards sur des expressions de douleur que sur celles de la joie. On ne peut s'arracher du spectacle dont je viens de tracer une si légère ébauche. Ce sentiment profond dont la Vierge et la Madeleine paraissent pénétrées, agite l'âme du spectateur et la remplit. Pourquoi tant d'attraits pour ces situations terribles? Sommes-nous donc faits pour la douleur plutôt que pour le plaisir? Mon Dieu! cette pauvre Madeleine; elle a dû bien souffrir.

Un autre tableau du Corrège était conservé autrefois chez des moines qui cherchaient à s'en défaire; aujourd'hui il se trouve au dôme par ordre de la ville. La Vierge tenant l'enfant Jésus, la Madeleine lui baise un de ses pieds, derrière la Madeleine, un enfant qui tient le vase de parfums dont la Madeleine veut oindre apparemment les pieds de Jésus; de l'autre côté on voit une grande figure d'homme, qu'on dit être saint Jérôme debout, tenant de la main droite un rouleau à l'antique déplié, de la gauche un livre à la moderne ouvert, dans lequel un ange montre à l'enfant Jé-

2   6

sus, ou les principes de la lecture, ou les prophé
ties qui le concernent.

Le Corrège a pu supposer qu'une femme amie
de la Vierge, instruite du mystère, est venue rendre ses hommages à l'enfant; il a pu anticiper
l'effusion du parfum qui se fit chez Simon le lé-
preux. Ce serait une licence, mais pardonnable à
un si grand peintre. Mais que fait cette grande figure? si c'est un saint Jérôme, il est ridicule; si
c'est le maître d'école du village, c'est un person-
nage bas est inutile. Il y a un bras de la Madeleine
très-mal dessiné, c'est le gauche, et d'autres in-
corrections de dessin. Mais que ce tableau est admirable! sur le visage de la Vierge, quelle noble
majesté, quel doux sourire, quelle beauté décente,
quelle paix suave! dans celui de l'enfant, quelle
joie naïve, quelle agréable vivacité! dans celui de
l'ange, quelle satisfaction, quelle admiration, quel
respect! dans celui de la Madeleine enfin, quel
tendre empressement, quel amour! dans toutes les
têtes, il y a finesse et élégance de traits; mais celle
de la Madeleine est le modèle le plus parfait. Je
ne sais où les peintres ont pris que cette sainte
fût si belle. Dans un temps où on la confondait
avec la pécheresse, aurait-on cru que toutes les
femmes de mauvaise vie avaient de la beauté? non
certainement; mais les peintres ont été bien aises
de trouver pour les sujets saints une femme qui
réunît en elle les perfections de la beauté; ils
avaient Vénus pour les sujets de la fable; ils ont
pris la Madeleine pour les sujets de l'histoire sa-

crée. Il faut voir comment ils profitent de la liberté qu'ils ont prise. La Madeleine n'est plus qu'une amante souvent passionnée, et quelquefois tendre même en versant des larmes. Les peintres pouvaient faire autrement; n'en doutons point : les plus licencieux donnent à la Vierge même un air de décence ; ils auraient pu également trouver un caractère, une expression pour la Madeleine ; mais la plupart n'ont point de génie, et ceux qui en ont, sont souvent des libertins. Ceci est une vérité fondée sur ce principe que tout doit être peint avec ses propres couleurs.

Au Sépulcre, il y a trois tableaux du Corrège : dans l'un saint Joseph cueille des fleurs, les donne à l'enfant qui se jette sur les genoux de la Vierge, laquelle tient de sa main droite une tasse. J'ai vu ce tableau sur le soir : la figure de l'ange m'a paru mal posée.

Il y a plusieurs autres ouvrages du Corrège à Parme : il faudrait du temps pour les voir, et des connaissances pour les apprécier. Voici l'idée générale que je me suis faite de ce peintre : fin, gracieux, élégant dans les têtes, surtout dans les têtes de femmes, habile à grouper, vrai et fort dans ses couleurs, souvent incorrect dans le dessin, savant dans l'art des expressions, non-seulement par rapport à l'espèce, mais encore par rapport aux nuances (1).

_____

(1) Voyez, sur le mérite du Corrège, ce qu'en dit son admirateur Ant. Raff. Mengs. *Opere*, t. I, p. 50, t. II, p. 135.

Deux statues colossales de basalte ou de pierre noire, de douze pieds romains de hauteur, ont été trouvées, en 1724, dans le palais des Césars, aujourd'hui le jardin de Farnèse. L'une représente Hercule ou Caracalla, tenant la massue, la peau de lion et trois pommes; l'autre, Bacchus appuyé sur un satyre : toutes les deux ont été gravées par les soins de M. Bianchini (1). Celle d'Hercule ressemble à Caracalla. Les deux satyres sont mutilés; il manque à celle d'Hercule le bras droit, et presque tout le gauche, le reste du corps est bien conservé. Le groupe de Bacchus a plus souffert; il lui manque la jambe droite, le bras droit et une partie du ventre, qui a été restaurée. On avait commencé à rétablir le reste, mais l'ouvrage a été interrompu; il va se reprendre, et on mettra ces deux grands morceaux dans le nouveau jardin qu'on doit construire.

La proportion de la brasse de Parme au pied de Paris, est comme quatre cents à deux cent trente-huit.

La latitude de Parme, prise cette année par le R. P. Tortosa, Jésuite, professeur de mathématiques au collège de Parme, est de 44° 48′ 44″ 30′.

Le théâtre si célèbre qu'on voit dans le palais est, dit-on, de la construction de Vignole: il est en demi-ovale, a douze gradins en amphithéâtre, et au-dessus deux rangs de loges; depuis leurs extrémités jusqu'au théâtre proprement dit, il y a un

---

(1) *Del Palazzo de' Cesari.* Verona, 1738, tab. XIX et XX.

espace assez considérable où sont deux portes, au-
dessus les statues en stuc de deux princes de la
maison Farnèse. Tout l'intérieur est en bois,
les gradins, les loges, excepté les deux murs de
refend qui sont sur le théâtre. Ce bois est d'une
espèce de chêne, nommé *pesso* en Italien, le même
dont on fait les tables de violon. Le parterre s'i-
nonde quelquefois jusqu'à hauteur des gradins pour
y donner des naumachies au moyen d'une quin-
zaines de petites chaloupes. Le soubassement des
gradins et du théâtre était couvert de plomb que
les Allemands ont pris dans la dernière guerre.

Le hazard a fait qu'un écho s'est rencontré dans
cette salle, mais il ne résonne que lorsque la salle
est vide. Nous nous donnâmes une petite représentation. Du fond du théâtre je récitai des vers à voix
assez basse qu'on entendait du fond de la loge opposée. Les voyageurs frappés de cet accident en
ont fait honneur à l'architecte; mais plusieurs personnes nous ont assuré que dans les grandes
représentations l'écho se tait, et qu'on n'entend
presque pas les acteurs. On dit que ce théâtre contient quatorze mille personnes; il est assez dans le
goût des anciens. De celui-ci on entre par une
porte latérale dans un autre très-joli, qui est du
chevalier Bernin.

Étant partis de Parme à sept heures et demie du
matin, nous arrivâmes à Reggio, où nous nous
sommes arrêtés trois quarts d'heure pour voir des
tableaux qu'on ne voit pas, étant mal placés. Nous
fûmes à Modène sur les deux heures, et nous ren-

dîmes visite à la housarde au père Zacharie, jésuite,
qui faisait la méridienne : interrompre son sommeil,
parcourir ses livres, lui faire quelques mauvais compliments, lui demander du chocolat, en prendre
et partir, tout cela fut l'affaire d'une demi-heure.
Je tiens de lui qu'on ne trouve plus à Modène que
quelques inscriptions de peu de conséquence et
déjà publiées.

La route de Parme à Bologne est assez droite,
et il y a un très-beau chemin. La campagne est
toute hérissée de noyers, saules, chênes, peupliers
et d'autres arbres alignés, divisant tout ce terrain
en compartiments carrés, qui font autant de pièces
de terre différentes, toutes coupées par des canaux
qui fournissent à deux grands qui bordent tout
le chemin. C'est là que viennent aboutir toutes ces
allées dont les arbres sont liés ensemble par des
guirlandes ou des festons de vignes ; quelques-unes
de ces guirlandes viennent même tomber dans
le chemin. Chaque vigne s'appuie sur son arbre
comme sur un sigisbée ; dès qu'ils sont unis, ils ne
s'abandonnent plus.

Ayant passé le petit Rhin, fleuve nuisible à l'état
de Bologne, surtout depuis qu'il ne peut plus se
jeter dans le Pô, nous sommes arrivés, le vendredi
sur les sept heures, à Bologne, où se trouvent deux
cardinaux, dont l'un est légat et par conséquent
étranger, et l'autre archevêque et par conséquent
originaire du lieu. Sabellioni était légat, et Malvezzi
archevêque. Nous entendîmes la messe à Sainte-
Petrone, où assistaient les deux cardinaux : il y

avait belle et grande musique de Pesto, exécutée
par plus de quarante violons et de cent musiciens.
Cette musique finit au *credo*.

Les maisons de Bologne sont bâties de brique,
de même que les églises; les colonnes même sont
de cette matière, quoique cannelées. On prépare
quelquefois la brique pour la faire servir à ces colonnes, en la faisant en forme de triangle curvi-
ligne. Il n'y a point de marbre aux environs; on
se sert, mais rarement, du rougeâtre de Vérone,
de celui de Massa et de Carrara, qui ne peut guère
arriver que par Venise. C'est la même chose à
Parme, où les jésuites ont fait construire un autel
de marbre qui revient à plus de 20,000 livres. On
ne trouve point d'ardoise, qu'ils ne connaissent
ici que sous le nom de pierre de *Lavagne*. La
même chose est à Parme.

On trouve sur les hauteurs voisines de petites
pierres dures à plusieurs lits dont on peut faire
des camées, beaucoup de coquilles pétrifiées, et
une sorte de pierre qui n'est qu'un composé de
grains de sable, tendre, légère et propre à couvrir
les terrasses. Le terrain depuis Modène jusqu'à Bologne est fort gras, argilleux, retenant les eaux
qui s'y trouvent en abondance.

Plaçons-nous à Plaisance, de là jusqu'à Rimini,
où allait aboutir la voie Æmilienne: des marais
sans nombre y étaient autrefois formés par les
pluies d'automne et les eaux des Apennins, qui
devaient naturellement se répandre dans cette
plaine entourée de montagnes jusqu'au Pô, où

elles se trouvent retenues par la nature du sol.
Æmilius Scaurus, suivant Strabon, dessécha les
marais par des canaux navigables depuis le Pô jusqu'à Parme (1). Xylander a corrigé le texte et a
mis *a Placentia Parmam usque.* Il prétend que
(παρμησῶν) est Parme, et Cluvier est de son sentiment; Casaubon en doute. Je ne sais pourquoi
l'on veut changer le Pô en Plaisance. Que seraient
devenues toutes ces eaux transportées dans des
canaux depuis Plaisance jusqu'à Parme ? on peut
conserver le texte comme il est, et supposer que
les canaux allaient de Parme jusqu'au Pô.

Quoiqu'il en soit, on voit par ce passage que
le pays était fort marécageux, et que la voie Æmilienne devoit être fort élevée : j'ai cru en découvrir
des vestiges ; ils sont semblables à ceux qu'on
trouve au sortir de Tortone, et qu'on serait d'abord
tenté de prendre pour des restes d'aquéduc. Le
petit Rhin, qui est près de Bologne, inonde une
partie du territoire vers le Pô, où il ne trouve
plus d'issue.

Dans Bologne il y a soixante-dix mille habitants;
et dans le territoire, vingt mille.

L'étendue de ce territoire est, de l'est à l'ouest,
d'environ trente milles, du nord au sud d'environ
cinquante milles.

L'institut est un établissement digne d'Auguste
ou de Louis XIV : il a été formé par un simple officier disgracié, et un ecclésiastique de Bologne

_____

(1) Geogr., lib. V, édit. Vignon, p. 150.

nommé Bollette en a donné l'histoire. On trouve
dans cette ville de belles peintures, des cabinets,
de belles suites d'histoire naturelle, un cabinet de
médailles données en grande partie par le pape régnant (Benoît XIV), dans lequel est une suite de
médailles grecques du cardinal Porto Carrero, enfin, un cabinet d'antiques, où l'on remarque des
sarcophages même en brique, trois morceaux de
peintures antiques, une tête de femme, et un Hercule dans le jardin des Hespérides.

Dans toute cette plaine, depuis l'arc de Suze
jusqu'à la mer, il n'y a point de grands monuments;
c'est 1° parce qu'ils n'avaient point de pierres, et
que tout se fait encore en brique; 2° qu'il n'y a
pas de pays dans le monde qui ait plus souffert
par les causes physiques et morales, par l'exhaus-
sement du sol, et par les inondations des eaux
et des barbares.

Bologne fut habitée d'abord par les Étrusques,
qui la nommèrent *Felsina*, ensuite par les Gaulois
Boïens, qui peut-être l'appelèrent *Bononic* à cause
de la ville de ce nom qui est dans la Gaule Bel-
gique. Elle devint colonie romaine l'an 563 de la
fondation de Rome, et reçut alors trois mille
nouveaux habitants. Après bien des guerres inté-
rieures, elle s'est donnée au pape Nicolas dans le
treizième siècle.

A l'église de Saint-Jean *in Monte*, on admire un
tableau de Raphaël. Il représente sainte Cécile,
sainte Madeleine, saint Augustin, saint Jean et
saint Paul, surmontés d'une gloire de six anges.

Sainte Cécile tient un orgue renversé qui lui sert
apparemment d'attribut, mais on ne tient pas un
orgue comme un violon : toutes les têtes sont fort
belles ; celle de la Madeleine est très-décente, elle
m'a paru ressembler un peu à celle de sainte Cécile. L'attitude de saint Paul est admirable ; on y
lit la profondeur, la sublimité des idées dont elle
était remplie, et le courage intrépide qui l'animait.
Il me semble qu'il doit être difficile à un peintre
de placer cinq grandes figures debout sur le devant
d'un tableau, sur-tout lorsqu'elles ne sont pas animées par un intérêt commun ; mais Raphaël les a
si bien groupées, contrastées et peintes, qu'on
se laisse aller à l'admiration. On avait sans doute
exigé de ce grand peintre de mettre tous ces saints
ensemble. Otez ce motif et analysez ce tableau,
vous verrez sainte Cécile les yeux tournés vers le
ciel, et tenant d'une main une file de tuyaux d'orgue ; à la droite saint Paul qui de sa main droite
soutient sa tête, de la gauche s'appuie sur son
épée ; et près de la sainte d'un côté est saint Jean,
dont on ne voit guère que la tête, de l'autre son
commentateur saint Augustin, caractérisé par une
crosse ; ils lorgnent la sainte : ensuite Madeleine
qui, les yeux fixés sur les spectateurs, tient un
vase de parfums. Ne prenons pas garde aux attributs, ils ne servent qu'à caractériser les personnages : mais ces personnages que font-ils là ? quelle
est l'action principale à laquelle les autres sont as-
sorties ? J'avoue mon tort : je ne puis encore m'ac-
coutumer à ces assemblages bizarres de saints que

nos peintres mettent en compagnie, quoiqu'ils n'aient jamais eu rien à démêler ensemble. Du reste, ce tableau est si beau, les draperies sont si fines, si bien jetées, le dessin est si correct, qu'on a raison de le regarder comme un des plus divins morceaux du divin Raphaël.

A Saint-Paul, au maître autel, il y a un groupe en marbre de l'Algarde. Saint Paul à genoux, plein de résignation, de fermeté et de douceur, attend le coup fatal qui va le frapper. Le bourreau debout tient l'épée levée et ne montre guère plus de mouvement que s'il devait abattre une tête de pavot; son visage respire la fureur, et son corps est tranquille. Les draperies des deux figures sont belles; et le morceau, en tout, produit l'admiration.

Au *Corpus Domini*, ou Sainte-Catherine, le tableau du maître autel, qui est de Francischini, représente la cène. Jésus-Christ n'est pas à table; il est debout et donne la communion aux apôtres: cette supposition fournit plus de liberté au peintre; il en a profité. L'apôtre qui va recevoir le corps, celui qui, après l'avoir reçu, s'en va les mains jointes, les autres qui sont également affectés, tout cela jette beaucoup de mouvement dans ce tableau, qui d'ailleurs ne brille pas moins par les autres parties de l'art.

A Saint-Philippe de Neri, on voit Jesus-Christ enfant, la Sainte Vierge, saint Joseph, le Père Éternel en haut, accompagné de plusieurs anges qui montrent à l'enfant les instruments de la passion. La tête de l'enfant levant ses regards vers son père,

est d'une beauté inconcevable ; celle de la Vierge
est fort belle aussi : elle est attentive au mystère
révélé. A l'égard de saint Joseph, il ne paraît
pas avoir connaissance de cette apparition ; mais
comme il doit y prendre part, le peintre le représente lisant un livre ; et je suis sûr que c'était le
chapitre d'Isaïe, ou le psaume de David, qui parle
de la passion. Ce tableau est de l'Albane.

A Saint-Michel *in Boscho* est un tableau du Guer-
chin. Saint Thomas, instituteur des olivetans, y reçoit sa règle des mains d'un ange : le saint est à
genoux, l'ange sort des nuages, la Vierge est au-
dessus du saint, tenant de la gauche l'enfant Jésus,
et de la droite les armes de la maison, qui sont
trois petites montagnes surmontées d'une croix entourée de deux branches d'olivier. C'est un des plus
beaux tableaux qui soient à Bologne. Les têtes en
sont charmantes, et les draperies fort bonnes : il
fait effet ; mais jamais figure plus inutile que celle
de la Vierge dans ce tableau : le saint ni l'ange ne
la regardent pas ; il semble qu'elle vient là pour
voir si l'ange s'acquitte bien de sa commision. Sans
doute les moines l'avaient voulu ainsi ; ils avaient
distribué les personnages au Guide, comme si Auguste avait voulu distribuer à Virgile ceux qu'il
devait mettre en œuvre. C'est un grand malheur
que les peintres soient tant de fois obligés de se
plier aux volontés capricieuses de ceux qui les font
travailler. Les Italiens appellent ces sortes de tableaux *obligati*, tableaux ou sujets de commande.

Le cloître de cette maison était autrefois cou-

vert de très-belles fresques que le temps a fort en-
dommagées. Il y en avait de plusieurs peintres
différents, et, entre autres, d'un des Carraches;
mais celle qui faisait le plus grand effet était un
saint Benoît prêchant dans le désert, par le Guide.
Ce sont les plus belles têtes que j'aie jamais vues,
sur-tout la tête de femme qui est dans le milieu,
et qu'on nommait la *turbantine*, parce qu'elle est
couverte d'un turban. Un peintre nommé Viani a
tiré une copie de ce tableau en 1689, et l'a mise
dans le sanctuaire.

Dans la vallée sur laquelle domine, du côté de
l'ouest, le couvent de Saint-Michel, est un monument ancien qu'on appelle les bains de Marius. il
est de brique, de forme ronde, et s'élève sur terre
de quelques pieds, couvert par une plate-forme,
au milieu de laquelle est un soupirail. L'entrée est
en bas; elle introduit d'abord à une pièce qui sert
comme de vestibule, et ensuite à une autre qui
prend jour par le soupirail et dans laquelle on descend par un escalier de plusieurs marches; le sol
en est divisé par plusieurs parties creusées et ca-
pables de contenir de l'eau, et dans le milieu est
un vide à travers lequel passe le jour d'en haut
pour éclairer une autre salle qui est dessous. Il
règne autour du mur un espace de quelques pieds
pour passer librement, et des ouvertures en forme
de portes qui donnent entrée à des aquéducs qui
vont bien avant dans la montagne. Ces aquéducs
sont fort hauts; deux petits ruisseaux conduisent
l'eau jusqu'à ces petits bassins dont j'ai parlé. Une

de ces ouvertures conduit, par le moyen d'un petit
escalier de trois à quatre marches, à une autre
petite salle de bains; et de celle-ci on va, par le
moyen d'un autre escalier, à une troisieme salle
qui est sous la première. On prétend qu'ici est un
aquéduc qui transporte cette eau à la fontaine du
palais public; cette fontaine où l'on voit de si belles
figures de Jean de Bologne, un Neptune qui écarte
les jambes, et en bas des femmes qui se terminent
en poisson. Observez que ce bain ou ce réservoir
d'eau n'a subsisté si long-temps que parce qu'il est
sur le penchant d'une montagne, et que les eaux
et les barbares n'ont pu le détruire.

La tour Asinelli, bâtie dans le douzième siècle
par un nommé Asinelli, est haute de trois cent
soixante-seize pieds de Bologne. L'ancien escalier
est détruit, on y a substitué des échelles qui ser-
pentent autour des murs; ainsi le milieu est absolument vide. Il y avait autrefois d'espace en espace
des planchers dont il ne reste plus que les naissances.
Vers le haut, les côtés de la tour ont environ treize
pieds dans œuvre; l'épaisseur des murs est en bien
des endroits d'environ cinq pieds. A quoi pouvait
servir un bâtiment de cette nature? Au-dessus est
une cloche. Les pères Grimaldi et Riccioli ont mesuré géométriquement la distance de la tour Asinelli. Suivant une inscription tracée sur cette tour,
elle penche de trente-huit pouces du côté de l'occident.

De dessus la tour on voit le haut de la Garisande qui est à côté; on a demandé si elle avait

été construite avec cet air penché, ou si quelque accident le lui avait donné. Il paraît assez claire- ment que c'est un ouvrage de l'art : 1º il y a trois de ces tours en Italie; est-il vraisemblable que la nature eût répété un effet si extraordinaire jusqu'à trois fois? 2º il n'y a pas de crevasse dans la tour, ni sur le côté même opposé à celui qui est penché; 3º on prétend à Bologne que par-dehors l'inclinai- son est de sept pieds, et par-dedans d'un pied seulement : si cela est, la question est décidée; il faut avouer que l'ouverture supérieure de cette tour paraît bien placée dans le milieu. Je n'ai pas pu y monter; mais je l'ai vu de dessus la tour Asi- nelli, qui n'en est distante que de quelques toises. J'ajoute néanmoins que cette observation ne con- clut rien; l'architecte de la Garisande, qui, pour empêcher qu'on ne montât sur le haut, ne l'a mu- nie d'aucun garde-fou, et en a même fermé l'ou- verture avec une grille de fer, a pu placer cette ouverture dans le milieu, afin de tromper ceux qui voudraient épier son ouvrage de dessus la grande tour; car, à quelques pieds de l'ouverture, on voit une bâtisse qui semble prendre une autre direction.

L'endroit où l'on croit que se fit la division du monde entre les triumvirs, est à cinq milles et demi de Bologne, au lieu nommé Saint-Chiamo, en-deçà du Lavino. On y voit une colonne avec deux inscriptions, l'une à l'est et l'autre à l'ouest; l'une antique et l'autre moderne. Magini, dans sa carte du territoire de Bologne, faite en 1599, place

cette entrevue dans l'endroit nommé Forcelli, entre
le Ghironda et le Lavino ; mais les lieux ont bien
changé depuis Magini.

Il y a une inscription célèbre à un mille de
Bologne (AELIA. LAELIA CRISPIS), dans un endroit nommé *Castello Realte*, où est un séminaire :
elle est enclavée dans le mur d'une cour. Une autre
inscription par-dessous montre que celle-ci n'est
qu'une copie.

ÆNIGMA
QVOD PEPERIT GLORIÆ
ANTIQUITAS
NE PERIRET INGLORIUM
EX ANTIQUATO MARMORE
HIC IN NOVO REPARAVIT
ACHILLES VOLTA SENATOR (1).

La latitude de Bologne est de 44° 29' 50", à ce
que dit le second astronome de l'institut. Voyez
l'*Introdutt. all. Ephemer.* Le pied de Bologne est
de dix pouces un quart, et la brasse de vingt pouces.

Au *Palazzo publico*, on voit un Saint-Jean dans
le désert, de Raphaël. Il montre la croix et prêche :
son air, son attitude, tout parle ; ses regards pour-
suivent le spectateur, et le pénètrent. Je n'ai jamais entendu un meilleur prédicateur.

Dans la même salle sont deux tableaux du Guide :
l'un a été fait pour la délivrance de la peste dont
Bologne fut attaquée en 1630. On le peignit en
soie, et il servait de guidon. On l'a collé sur toile.

---

(1) Cette famille de Volta ne subsiste plus.

La Vierge est avec l'enfant Jésus sur l'arc-en-ciel.
En bas sont les sept protecteurs de la ville; saint
François est dans le milieu à genoux : d'un côté,
saint Dominique, également à genoux; saint Pro-
cule et saint François-Xavier sont debout; de
l'autre côté, saint Pétrone est en chape à genoux;
saint Florien et saint Ignace sont debout. Parmi cette
sainte bande, saint François attire la principale
attention, c'est le plus dévot de tous; le jeûne,
l'onction et la ferveur sont peints sur son visage;
son attitude est merveilleuse: c'est une belle figure,
comme celle de saint Pétrone, dont la chape est
d'un travail singulier, et dont la barbe fait un beau
contraste avec le menton nu de saint François.
Ces deux saints implorent le secours du ciel dans
une persuasion humble, que ce secours est nécessaire; saint Dominique paraît dans une persuasion
théologique; saint Ignace, comme si l'on pouvait
s'en passer (1); saint François-Xavier, comme n'é-
tant pas encore décidé; saint Florien et saint Pro-
cule, comme deux militaires qui n'entendent rien
aux disputes de la grâce, et à qui tout est bon;
au fond, ils n'ont l'air ni trop affligé ni trop fervent.
Je ne voudrais pas que le Guide eût rapproché,
comme il a fait, la tête des deux saints François;
elles sont toutes deux pâles, maigres et déchar-
nées, et comme elles occupent le milieu du tableau;
elles offensent la vue. L'arc-en-ciel sur lequel la

---

(1) Il n'était cependant question alors ni de molinisme ni de
jansénisme.

2 7

Vierge descend du ciel, est une idée heureuse pour exprimer la cessation de la peste.

On remarque, vis-à-vis, le Samson du même Guide. Samson debout reçoit, de la mâchoire d'âne, une liqueur qui le désaltère; il déploie un beau corps, de belles jambes, et pose un de ses pieds sur deux ou trois Philistins abattus sous ses coups. Cette figure n'est pas assez nerveuse: le peintre en devait faire un Hercule; il en a fait un Bacchus, tenant dans sa main le vase qui a renversé à ses pieds une foule de buveurs dont il triomphe. L'avis d'un ignorant ne fait rien aux productions des grands hommes; mais que deviendrait-on, si l'on était obligé de se taire quand on ne sait rien?

Dans la même salle, on trouve encore un saint Jérôme qui médite sur un gros livre; il est de Simon Cantarini de Pesaro. Le saint semble sortir du tableau. On y voit le genre de pénitence rigoureuse qu'embrassent communément ceux qui, avec un cœur tendre, ont un caractère brusque.

N° VI.

Description abrégée de la galerie de Florence.

Loin de nous ces esprits bornés qui osent admirer les conquérants de la terre; loin ces âmes froides qui ne peuvent ressentir les douces impressions des chefs-d'œuvre des arts, ou qui s'y livrent sans

PLAN DE LA GALERIE DE FLORENCE.

1 Rien.

2 Corridor pour aller au palais Pitti.

3 Porcelaines

4 Portraits

5 Vestibule

6 Médailles

7 Rien

8 Rien

9 Chambre

10 Arsenal d'Antiques

11 Fenêtre

12 Cabinets d'Antiques

13 Armes

14 Id.

15 Id.

16 Tribunes

17 Hermaphrodite

18 Les Arts

19 Bas-reliefs de Michel-Ange

20, 21, 22, 23. Théâtre détruit

24 Corridor pour aller au palais

25 Pour aller chez Siries

26 Plusieurs chambres; dans l'une l'autel pour St Laurent.

Siries

enthousiasme et sans vigueur; loin encore tous ceux pour qui les médailles ne sont que des morceaux de cuivre, les tableaux des toiles couvertes d'huile, les statues des rochers taillés. Ici les grands projets des Égyptiens se trouvent réunis avec la délicatesse des Grecs et la magnificence des Perses; ici de simples particuliers, devenus les pères et les chefs de leur nation, ont recueilli l'esprit de la Grèce prête à s'éteindre, ont préparé dans l'Europe la révolution des arts et des sciences, ont fait fleurir dans leurs états le commerce, les lois et la vérité par une politique qui n'a point coûté de sang et de larmes au genre humain. C'est aux cœurs bien nés qu'il appartient d'apprécier le mérite des Médicis; c'est à ceux qui sont bénis du père des arts qu'il appartient de goûter les beautés de la galerie.

L'histoire de cet établissement est dans le troisième volume du *Museum Etruscum*, ou des antiquités d'Étrurie; voyez aussi le *Museum Florentinum*, publié, en 1741 et les années suivantes, en six volumes *in-folio* avec les explications du savant Gori. Mais commençons cette description abrégée par le cabinet des médailles, n°. 6. (*Voyez la planche ci-jointe*).

Ce cabinet jouit depuis long-temps d'une très-grande réputation. Les médailles sont dans des armoires posées sur des espèces de tables; le tout fort simple. Les armoires sont adossées contre un des murs de la salle, ornée de grands tableaux qui n'ont aucuns rapports à l'antiquité. La suite des médailles d'or, quoique la plus belle de toutes, ne

va guère qu'à sept cents : il y manque plusieurs
têtes capitales, et beaucoup de revers; elles sont,
du reste, assez bien conservées. Ce qu'il y a de
plus beau, c'est un grand médaillon de Dioclétien
et de Maximien, des médaillons de Pharnace,
d'Antiochus et de Persée, et un Æmilien admirable,
de grandeur ordinaire. Les médaillons de bronze
vont à peine à trois cents; ils sont beaux : il y a
de plus une suite de contorniates assez nombreuse.
Les médaillons de grand bronze sont au nombre
d'environ dix-sept cents, bien choisis et d'une
conservation singulière. Il y a peu de grecs, plusieurs têtes rares. Le moyen et le petit bronze sont
peu nombreux, ainsi que les rois et les villes. Le
docteur Cocchi a la garde de ce cabinet et donne
des leçons de médailles aux Anglais.

Les pierres gravées sont au nombre d'environ
deux mille, tant camées que pierres en creux. Il y
en a beaucoup de modernes, et encore plus de
médiocres; elles sont fort au-dessous de celles du
roi. La suite des médailles perd encore plus dans
la comparaison, quoiqu'elle jouisse depuis long-
temps d'une grande célébrité (1).

Dans un des cabinets nommé l'Arsenal, n°. 10,

_____

(1) On parle ici de l'état du cabinet des médailles tel qu'il
était en 1755. Il consistait alors seulement en vingt-six médaillons des empereurs en or, en mille cinq cent cinquante médailles impériales en or, en mille médaillons en bronze, et en
quatre mille deux cents médailles des empereurs en grand
bronze.

on trouve un casque assez bien conservé, découvert près de Cadix ; sur le bord intérieur est cette
inscription :

A NA ϶ ⟩ Ψ ⵏ ⵀ.

Une lyre en bronze avec dix-sept chevilles d'un
très-joli travail.

L'Apollon assis sur un rocher, jouant de la flûte
à sept tuyaux, comme celui du roi, paraît moderne.
Le Bacchus avec la peau de tigre remplie de raisins, est semblable à celui du roi, excepté que le
chien y est regardé comme ancien.

Dans les cent vingt volumes de dessins de grands
maîtres, reliés en maroquin rouge, j'ai vu ceux de
Raphaël, de Michel-Ange et de Guide : ceux du
premier sont quelques morceaux des loges du Vatican, les Apôtres, des études particulières, des
morceaux de draperies. Les dessins de Michel-Ange
consistent en quelques études pour le Jugement
dernier, etc.

De ce même côté est le cabinet pour les portraits des peintres faits par eux-mêmes. N°. 4, à
droite en entrant par le corridor, on voit l'école
romaine ; au côté opposé, l'école lombarde ; à gauche, l'école française ; à droite, la flamande ; et au
fond, la statue du cardinal Léopold, qui a fait cet
établissement.

De ce cabinet on passe à celui des porcelaines.
Dans le corridor qui communique au vieux palais,
n°. 24, on trouve deux bustes de porphyre : l'un

de Ferdinand Ier, l'autre de Cosme Ier, un buste antique de Solon, avec cette inscription :

ΣΟΛΩΝ Ο ΝΟΜΟΘΕΤΗΣ.

Ensuite est un Saint-Jean, du Bernin; vrai squelette : la peau d'agneau est collée sur la sienne, comme si elle lui appartenait.

Au n° 18, *la Camera delle arti*, est une table carrée de pierres précieuses rapportées, avec des figures de pêcheurs, d'hamaux, en rubis d'Orient, jaspe de Chypre, verre de Bohême. C'est un travail de la galerie. On applique chaque pièce sur un fond d'ardoise : on colle cet assemblage avec les autres pièces; et quand l'ouvrage est fini, on use ces morceaux d'ardoise rapportés, et on met un autre fond de la même matière. Nous avons vu ce travail dans la galerie; Siries nous l'a montré.

On voit une autre table de lapis lazuli : le premier cadre est d'albâtre de Corse; le second, de jaspe de Corse. On trouve de ces tables et des armoires travaillées de la même façon, dans presque toutes les chambres. Quelquefois le travail en est différent : ce sont des pierres enchâssées dans la pierre de touche, dont le noir brillant rehausse l'éclat des pierres.

Vient ensuite une armoire en bas-reliefs d'ivoire avec de petites colonnes d'albâtre oriental, une autre en bois de Brésil, une troisième contenant des ouvrages d'ivoire faits au tour, enfin, une quatrième avec des ouvrages d'ambre. Huit figures d'argile représentent les travaux d'Hercule, de Jean de Bologne, qui les aurait exécutées en grand s'il n'avait pas été prévenu par la mort. Deux ouvrages de l'abbé Zumbo, en cire : le premier offre le corps humain dans tous les degrés de corruption ; l'autre, une peste. Dans une Sainte-Famille, du Pérugin, suivant les principes de Raphaël, la Vierge passe la main sous le menton de saint Jean. Enfin, on aperçoit une adoration des rois, de Philippes *da Carmine*, qui vivait il y a trois cents ans, et quantité de figures ; il y a de l'expression dans quelques-unes, mais c'est le commencement de la perspective.

De ce salon on entre dans un autre, où est le chef-d'œuvre de Michel-d'Ange ; et de là dans un troisième, où sont des globes, des instruments de mathématiques, et des cartes de la Toscane peintes en fresque, faites il y a soixante-dix à quatre-vingts ans.

Je reviens à Michel-Ange. Dans une armoire ornée de pierres de toutes couleurs, peinte par Breughels, est un tour semblable à ceux des parloirs, et sur une de ses faces un modèle en cire d'une descente de croix par Michel-Ange : il y a dix-huit figures. Deux échelles posées sur les deux bras de la croix, une figure renversée sur la traverse de la croix, cinq autres sur les échelles : la tête du Christ renversée sur la poitrine, ne peut se voir ; ses mains et ses pieds tombent d'eux-mêmes, ce qui fait un désordre décent dans la figure. Au pied de la croix est un groupe admirable de cinq ou six figures. La Vierge, à ce que je crois, soutenue par une femme et un homme dans la douleur, ramasse un reste de force pour tourner la tête et regarder son fils; par derrière, deux vieillards, un voile sur la tête, se regardent et se communiquent leur tristesse profonde. A côté, deux autres figures, l'une de femme, tournée du côté de la croix, levant une main, portant l'autre sur sa tête dans une attitude de désespoir; de l'autre côté, une autre femme et deux hommes. Tout cela a de l'expression, mais l'expression la plus vive, la plus noble: non, je ne crois pas qu'on puisse trouver une plus belle poésie. Ce dessin a été peint par Daniel de Volterre. Le tableau est à Rome.

Dans un autre cabinet, du même côté, se trouve le dessin en grand du Jugement de Michel-Ange, et un phallus antique qui n'a pas été fait d'après nature. Il est orné de plusieurs autres phallus, et a de hauteur quatre pieds un pouce et demi, et de circonférence trois pieds trois pouces et demi.

Dans le cabinet de la galerie opposée se voient deux vases étrusques de terre, l'un de trois pieds de hauteur, circonférence quatre pieds sept pouces; et l'autre ayant de hauteur trois pieds cinq pouces, circonférence quatre pieds deux pouces.

Dans le cabinet des antiques, n° 12, au fond de la galerie qui unit les deux autres, on aperçoit Junon *Sospita*, dont le bras droit est brisé et ne tenant rien du gauche. La peau couvre la tête et une partie du corps : au-dessous est une robe d'environ quatre pouces et demi. Ensuite se présente un groupe de Laocoon en bronze, différent de celui que l'on connaît. La figure principale est à peu près semblable à celle de Rome. L'enfant de la droite se renverse sur la cuisse droite de son père; l'autre s'appuie sur son bras gauche: quatre serpents, un pour chaque enfant, les deux autres pour le père; l'un le mord au-dessous du bras droit, l'autre à la cuisse gauche. On voit un aigle, qu'on croit légionaire, la tête élevée: du bout du bec à l'extrémité de la queue il y a neuf pouces; les aîles déployées ont dans leur plus grande largeur six pouces et demi: sur l'aîle droite est écrit: XXIIII. O. Un Faune joue de la double flûte; sur la bouche est une courroie avec deux trous par où il embouche les deux flûtes.

La Tribune est le nom qu'on donne au principal cabinet de la galerie: il a la forme octogone; au milieu est une table de rapports, tels que rubis, calcédoines, etc., le fond de pierre de touche: autour de la table sont six statues de lutteurs, dont la première est à gauche; le dessin, la force, l'expression, tout se trouve réuni dans ce groupe admirable. Après vient une Vénus, à peu près semblable à celle de Médicis, excepté que de la main droite elle tient une pomme; les bras, la tête et les pieds ont été refaits; cette statue est fort belle, mais infiniment moins que la célèbre Vénus de Médicis qui est placée tout auprès. Celle-ci veut cacher sa gorge de la main droite; on connaît l'attitude de l'autre. Les bras, les mains et les pieds

pourraient bien être modernes : on reconnaît pour
tels les deux doigts du milieu de la main droite;
mais les autres ne valent pas mieux. La tête est
petite, le nez aquilin, le front assez étroit, les yeux
sont à demi-fermés ; rien de suave, et presque
point d'expression dans le visage, mais le corps
admirable, surtout le dos, qui est d'un contour à
ravir.

Cette statue est de petite nature, comme sont
communément les grecques. Il faut consulter là-
dessus le passage de Lucien où il est parlé de la
Vénus de Praxitèle (1). Sur la plinthe de la statue
se lit une inscription grecque qui paraît moderne :

ΚΛΕΟΜΕΝΗΣ ΑΠΟΛΛΟΔΩΡΟΥ ΑΘΗΝΑΙΟΣ.

Dans l'autre Vénus, à demi nue, mettant la main
droite sur sa tête et tenant de l'autre sa robe, les
mains sont refaites; mais on a retrouvé la droite
antique, qui était autrefois à Bologne.

De même le Faune a bien des parties refaites :
le tronc antique est si beau que M. le Gros disait
que c'était un corps pétrifié. Enfin, ici est le Rémouleur, qu'on a pris pour un esclave, et je ne
sais pourquoi; il a simplement sur son épaule
gauche un peu de robe qui ne suffit pas pour le
caractériser. Cette statue est admirable. Des artistes ont donné la pomme à la Vénus de Médicis;
ils y ont été sans doute entraînés par la beauté et
des finesses de dessin que tous les hommes ne sont

(1) Luc. in Amor. sect. XXIII.

pas en état de distinguer. Je suis persuadé que si l'on exposait pour la première fois ces six statues aux yeux du public, le plus grand nombre des suffrages serait pour les Lutteurs, le Rémouleur et ensuite la Vénus.

Aux angles sont d'autres petites statues, ou bas-reliefs. A gauche en entrant est un bas-relief en marbre blanc qui représente Morphée avec quatre ailes, dont deux à la tête, dormant sur une peau de lion, et tenant des fleurs de pavot. Sur le marbre on voit encore un lésard, que je regarde comme un symbole de l'ouvrier et peut-être de son nom. Voyez à ce sujet Pline.

Ensuite on trouve une petite statue de basalte représentant Britannicus ou Annius Verus, avec la toge et le rouleau; très-joli morceau. Un enfant assis qui tend la main; fort joli encore. Ce qu'on prend pour le Rotateur est la figure du Phrygien qui écorcha Midas par ordre d'Apollon : elle est posée de la même manière sur une pierre de M. le baron de Stosch, dont j'ai l'empreinte. Cette figure fut trouvée à Rome avec deux autres, l'une d'Apollon, l'autre de Marsyas : celle de Marsyas est dans la villa Médicis; celle d'Apollon, à *Scala Nuova*. Le Gladiateur de Rome est un discobole; le bras qui tient le bouclier est ajouté : il se trouve sur un soufre de M. de Stosch. La Cléopatre avec un serpent au bras, est une Sémelé, à qui le serpent sert de brasselet. La statue du jeune Papirius pourrait être une Andromaque avec Astianax : tout cela paraît sur les pierres.

La comédie du Dante est peinte à fresque dans l'église de *Santa-Maria-Novelle* dans la chapelle de *gli Strozzi*.

Au vestibule de la galerie on lit l'inscription suivante :

P. FERRARIVS

HERMES

CAECINIAE DIGNAE

CONIVGI KARISSIMAE

NVMERIAE MAXIMILIAE

CONIVGI . BENE

MERENTI

ET P. FERRARIO PRO

CVLO . FILIO ET POSTE

RISQVE SVIS.

Au-dessous de l'inscription est une règle, ayant de hauteur un pied huit lignes deux cheveux, divisée dans le milieu par un point, et par les deux extrémités en quatre pouces, qui donneraient la quantité du pouce romain, si les lignes de division étaient bien nettes; mais elles sont assez larges et assez irrégulières dans leur étendue : il faut observer simplement que cette règle faisait seize pouces romains, et que les quatre quarts paraissent assez justes entre eux.

Au côté droit est une espèce de patère avec un bord et une queue, un peigne, une coste de spatule, deux souliers sur lesquels sont gravés deux compas; à gauche, un instrument semblable à une hache, etc.

Au vestibule, on a placé un petit Amour de mar-

ore, couché sur une peau de lion, ayant un flam-
beau à côté, sa tête sur sa main gauche, une pointe
le cheveux en forme de flamme, par-derrière,
sur le bloc, un serpent, symbole de l'ouvrier.

Dans le même vestibule est une figure égyptienne accroupie, apportée de Livourne, de trois
pieds onze pouces de hauteur, d'un marbre rouge
et blanc, la touffe de cheveux sur l'oreille droite;
la tête est cependant couverte de cheveux : ses
mains sont croisées; de la main droite elle tient
une espèce d'instrument, de la gauche un plat,
au-dessus duquel une tête d'animal : de chaque côté
paraissent des naissances de mamelle, jusqu'à la
mentonnière, et des hiéroglyphes par-devant, et
par-derrière, sur la plinthe.

Voici ce qu'on remarque encore dans la galerie :
une Chimère blessée; certainement il y avait à côté
la statue de Bellerophon; une grande figure de
bronze étrusque avec des caractères, sur le quatrième doigt est un anneau; un Albinus avec des
prunelles (1); un Julianus, de même; un Esculape
qui tient de sa main comme des feuilles; un Per-
tinax, sur la poitrine duquel est une tête de lion;
un Commode et Crispine, qui ont des prunelles à
peine indiquées; une grande tête d'Alexandre, penchée; un Hadrien, sans prunelles; la statue de

---

(1) Barthélemy fait cette observation, parce qu'il a prouvé
que les sculpteurs n'ont commencé à tracer des prunelles dans
les yeux que du temps d'Hadrien. *Acad. des Inscr.* t. XXVIII,
pag. 493. (*Note de l'Éditeur.*)

Brutus, et sur la base ces mots, *Dum Bruti effigiem sculptor de marmore ducit, In mentem scelus venit, et abstinuit;* une Sabine, sans prunelles; M. Aurèle, Faustine jeune, L. Verus et Lucille, avec prunelles; Antonin et Faustine mère, de même; Ælius César, sans prunelles; une tête de Méduse; un buste de Vestale, avec des cheveux sous le voile, avec des boutons sur les bras, et une ceinture sous la gorge; un Hadrien avec la tête de Méduse sur l'épaule, au bout de laquelle est une tête de Lion; Nerva, Plotine et Matidie, sans prunelles; Domitia, avec prunelles; Domitianus, avec une tête de Méduse, deux serpents; et sans prunelles, Julia, Titus, Vespasien, Vitellius, Othon, Galba, Néron, Antonia, Caligula, Tibère et Agrippa; enfin, une Vestale, belle statue, avec des cheveux sous le voile.

Dans toutes les têtes de Méduse, on ne distingue que deux serpents. Les premiers empereurs, jusqu'à Hadrien inclusivement, n'ont point de prunelles, à l'exception de Domitia, qui peut-être n'est pas antique.

Enfin, on trouve une carte de la Toscane manuscrite, par Jean Anastagi, de quatre pieds en carré, qui coûterait environ 150 livres; et une autre, par Vicariat, en quarante-huit feuilles, tirée du dépôt du tribunal des communautés, à peu près autant, moins exacte que la première.

Autant le cabinet des médailles du roi est supérieur à celui de Florence, autant son cabinet des antiques est inférieur à la galerie de Médicis. On pourrait néanmoins balancer cet avantage, si l'on réunissait dans un même endroit les statues, bustes et autres monuments de l'antiquité qui se trouvent dispersés dans les maisons royales ; et si l'on y joignait les ouvrages des Puget, des Girardon, et des autres sculpteurs français, comme on a mis dans la galerie de Florence plusieurs morceaux de Michel-Ange et du chevalier Bernin, on en formerait aisément une collection qui, peut-être, égalerait celle des Médicis, et qui du moins serait un objet continuel d'étude pour les artistes, qu'elle instruirait, et d'admiration pour les étrangers, qu'elle attirerait à Paris. Il faudrait surtout y classer, comme dans celle-ci, toutes les statues suivant l'ordre des temps ; ce qui présenterait aux yeux, les progrès, la décadence et l'histoire de la sculpture.

N° VII.

Second voyage de Florence à Rome.

Après avoir examiné à Florence, dans un second voyage, quelques cabinets, je suis revenu à Rome par une route peu connue des étrangers ; c'est celle d'Arezzo, de Cortone et de Pérugé. Elle est plus longue que l'autre ; on y trouve bien moins de commodités, mais on en est bien dédommagé par le spectacle presque continuel d'une campagne fertile et de paysages délicieux qu'une autre route n'offre que rarement. Mais rien n'égale en beauté cette

vallée qui est en face de Cortone, et qui a pris son
nom de la *Chiana*, dont elle est arrosée. Il faut
imaginer une plaine en forme de carré long, de
cinquante à soixante milles de longueur sur dix
de largeur, coupée par des canaux, couverte d'arbres disposés en allées, terminée au levant par le
lac de Péruge, et entourée vers les trois autres
parties du monde de riches collines qui s'appuient
au loin sur les montagnes de l'Apennin.

Sur ces hauteurs sont plusieurs villes, entre autres, Cortone, qui a trois mille habitants, trente
académiciens résidents, et un hôpital de deux cents
bâtards. Ses murs, restaurés en différents temps,
étaient construits de grands quartiers de pierre,
dont quelques-uns ont jusqu'à douze pieds de longueur. C'est l'ouvrage des anciens Toscans, qui
imprimaient un caractère de grandeur à tout ce
qui sortait de leurs mains. L'académie de Cortone
est destinée à éclaircir les monuments antiques et
surtout ceux de la Toscane. Elle doit son origine
au zèle de quelques particuliers, et sa principale
réputation au choix des académiciens externes (1);

(1) L'académie étrusque de Cortone a commencé en 1726,
et son premier lucumon est François-Marie Zefferini, comte
de Poggioni. On sait que le nom de *lucumon* était celui
des princes ou plutôt des chefs des états fédérés de l'Étrurie.
Non-seulement l'académie de Cortone prit ces espèces de
protecteurs annuels en Toscane, mais encore elle en déféra
le titre à des étrangers, tels que les cardinaux Ottoboni, Cor-
sini, Bernis, etc., les ducs de Medina-Sidonia, de Liria, etc.
Elle a publié neuf volumes de mémoires, le premier en 1731,

semblable à la république de Carthage, où les troupes auxiliaires faisaient la principale force de l'état. Sans une pareille confédération, il n'était pas possible qu'une si petite ville pût soutenir un pareil établissement. Les académiciens associés envoient, en forme de tribut, ou des dissertations, ou des monuments. Les uns enrichissent son cabinet; les autres, le recueil des mémoires qu'elle a mis au jour. Ce cabinet renferme des manuscrits, des livres imprimés, des médailles, des pierres gravées et des figures de bronze. Il y a dans toutes ces classes des choses singulières et précieuses. J'y ai copié l'inscription des fameuses tables eugubines, calquée sur les originaux avec beaucoup de soin. On trouve dans cette ville d'autres cabinets d'antiquités, qui s'augmentent journellement par les découvertes continuelles qui se font aux environs de Cortone.

---

et le dernier en 1791, auxquels ont travaillé d'abord les plus savants hommes de l'Italie, les deux Venuti, Poleni, Olivieri, Muratori, Fontanini, Mazzochi, Maffei, Lami, etc., et dans ces derniers temps, Zanobi, Oderico, Lampredi, Fierli, Laparelli, Amaduzzi, Canovai, etc. Les savants étrangers, coopérateurs de ce recueil, sont Bimard-la-Bastié, Bourguet, Michel Fourmont et Robert Walpole. Quoique les mémoires soient fort inférieurs à ceux de l'académie des Inscriptions et Belles-Lettres, à laquelle celle de Cortone a survécu, ils ne sont pas moins un monument précieux de littérature. On doit désirer que tous les gens de lettres qui restent en Europe s'empressent à fournir des mémoires à cette dernière société, qui, en les adoptant après un sévère examen, rendra son recueil plus important, et succédera à celle dont les amis des lettres déplorent la perte. *Note de l'éditeur.*

2 8

En sortant de cette ville on côtoie les montagnes jusqu'au lac de Péruge, ou le lac de Trasimène, célèbre par la victoire qu'Annibal y remporta sur le consul Flaminius. Polybe l'a décrite en homme de guerre et en historien instruit du local. Il faut avoir sous les yeux la carte de l'Italie par M. Danville. Flaminius était posté à Arezzo. Annibal part de Florence, traverse dans sa longueur toute cette belle vallée dont j'ai parlé plus haut : arrivé sur les bords du lac de Trasimène, il prend à gauche, c'est la route ordinaire, et distribue ses troupes sur ces montagnes et collines qui s'étendent depuis Cortone jusqu'à Passignano. Le consul, irrité du ravage qu'Annibal avait fait dans la plaine, le poursuit, double ces montagnes de Cortone qui se prolongent presque jusqu'au lac, et se trouve engagé dans un terrain étroit et entrecoupé de collines, ayant le lac à sa droite, l'ennemi à sa gauche, en face le poste de Passignano occupé par les Carthaginois. Annibal s'empara aussitôt de la gorge par laquelle les Romains venaient d'entrer (1), et les défit entièrement.

Je ne dirai rien de Péruge, de Spoleto et autres villes qu'on trouve sur cette route, parce que tous les voyageurs en ont parlé. Je me suis borné à l'exa-

(1) Vid. Polyb. lib. III, paragr. 83, 84, 85, pag. 371, 372 et 373, tom. I, edit. Ernesti. Il faut également consulter sur ce passage d'Annibal une bonne dissertation du chevalier Guazzesi, imprimée en 1751, dans le tome VI des *Mémoires de l'Académie de Cortone*.

men des cabinets que différents particuliers y ont rassemblés. L'antiquité n'est qu'une étude de rapports : plus on voit de monuments, plus on est en état de les éclaircir les uns par les autres. J'ai acquis peu de médailles dans ce voyage; mais j'ai acquis des lumières qui seront peut-être utiles au cabinet du roi et à mes successeurs. Elles roulent sur des médailles sans inscriptions que l'on croyaient frappées en Afrique, et qui, se trouvant communément dans ces cantons, paraissent avoir servi au commerce des peuples qui y habitaient. Elles roulent encore sur des monuments étrusques ou toscans, dont on n'a formé jusqu'ici aucune collection dans le cabinet du roi. Cette branche d'érudition, négligée en France, n'est cultivée avec succès en Italie que depuis une trentaine d'années; auparavant on n'était pas en état de lire les inscriptions étrusques : on s'est aperçu depuis qu'elles ressemblaient aux anciennes lettres des Grecs et des Romains, et qu'ainsi les Toscans les avaient reçues des premiers et les avaient transmises aux seconds. Leur langue n'est pas encore éclaircie : on y distingue néanmoins quantité de mots de la langue latine avant qu'elle fût polie, et l'on présume avec raison que c'était la langue des habitants originaires du pays, enrichie par les Grecs, qui y avaient établi des colonies. Les monuments étrusques dispersés dans les villes de Toscane sont presque la seule histoire que nous ayons d'un peuple très-ancien, très-éclairé, et qui paraît tenir aux Grecs, aux Égyptiens et aux Romains. Disciples des deux pre-

miers, ils furent les maîtres des derniers, en fait
de religion et des sciences qui polissent une nation.
Les principaux traits de la guerre de Troie et de
celle de Thèbes sont tracés sur une infinité de ces
monuments. J'ai acquis un beau médaillon d'argent avec la tête d'Alexandre-le-Grand et une
légende étrusque (1). Les Toscans, ainsi que les
Égyptiens, terminaient leurs figures en gaine, et
ornaient leurs tombeaux de pyramides. C'est ce
peuple de qui les Romains empruntèrent les jeux
du cirque, les combats de gladiateurs, la manière
de combattre, et la plupart de leurs cérémonies
religieuses : c'est lui qui construisit à Rome le
temple de Jupiter Tarpeïen, et vraisemblablement
aussi cet égout admirable qui subsiste encore,
et qui servait à l'écoulement des eaux depuis le
Forum Romanum jusqu'au Tibre : les grands quartiers de pierre dont il est revêtu rappellent l'idée
des anciens murs de Cortone, de Volterre, de Fie-
sola et d'autres villes de Toscane. Ces Étrusques
recherchèrent d'abord la solidité, qui, jointe à la
régularité, forme toujours le grand. Dans la suite,
soit à force de réflexions, soit par des idées reçues
de la Grèce, ils mirent plus d'élégance et de pureté de dessin dans leurs ouvrages. On peut s'en
convaincre par l'examen suivi de leurs monuments,

---

(1) Barthélemy a fait mention de cette médaille très-singu-
lière, et sur laquelle il est permis d'avoir quelques doutes,
dans son *Mémoire sur les anciens monuments de Rome. Acad.
des Inscript.*, tome XXVIII, page 597. *Note de l'éditeur.*

et il en résulte que la Toscane fut le berceau des
arts dans les deux grandes époques de leur formation et de leur renaissance en Europe, je veux dire
du temps de la république romaine et sous les
Médicis.

N° VIII.

Remarques sur le Panthéon.

M. Baldani, chanoine du Panthéon, m'a assuré
qu'en pavant cette église, on s'était aperçu que
tout autour des murs il y avait un massif qui avait
plus de douze palmes de saillie en dedans, et qui
laissait dans le milieu un espace circulaire rempli
de terre. Le massif qui servait de base ou de fondement à tout l'édifice, est composé de ciment et
de petits morceaux de pierre ou de brique; ce qui
fait un corps très-dur et très-solide. En racommo-
dant la voûte, on vient de s'apercevoir que le
maçonnage n'allait que jusqu'à la corniche, et
qu'elle était composée de *matoni*, de *tufo*, et de
l'écume de la lave du Vésuve; ce qui rend cette
voûte très-légère. Elle était en dedans ornée de
caissons, et les bandes qui séparent les caissons,
de même que l'espace compris entre ces mêmes
caissons et l'ouverture, recouverts d'une composition arrêtée par des feuilles de plomb attachées
par des clous de bronze, comme tous les orne-

ments de la voûte. Cette enveloppe intérieure
étant tombée par morceaux, on a pris le parti de
l'ôter, et l'on a fait en conséquence cette belle machine qui marche sur la corniche : c'est par là
qu'on s'est aperçu que la coupole n'était pas parfaitement ronde, et qu'en certains endroits la différence allait jusqu'à une palme et demie.

Il y avait autrefois deux urnes de porphyre, l'une
qui est à présent à Saint-Jean de Latran, et contient le corps de Clément XII ; l'autre, à demi bri-
sée, avait été vendue, depuis long-temps, à un
particulier. L'abbé Baldani a trouvé cette anecdote
dans les archives de son chapitre.

En continuant de travailler à la coupole du Panthéon, on a détaché, au mois de février 1757, les
marbres qui couvraient les murs de cette espèce
d'attique : ils étaient attachés par des crampons
de bronze, à ce que m'a dit le chef des ouvriers,
homme intelligent, le même qui a fait cette belle
machine dont je viens de parler. En abattant l'appui d'une fenêtre de l'attique, on a trouvé des
matoni ou briques antiques, avec différentes inscriptions (1), qu'il serait trop long d'expliquer
ici, mais qui prouvent que toutes ces briques
étaient tirées d'une manufacture, du temps d'Hadrien, et que ses esclaves exploitaient. Il paraît

---

(1) On n'en rapportera que deux : la première est conçue en
ces termes : EX FIGLINIS MARCIANIS C. CALP. ET ANT.
FAVORIS DOLIARE ; et la seconde : DOL. ANTEROTIS.
SEVERI. CÆSARIS. n.

que cette manufacture s'appelait *Isiaca*, parce qu'elle était voisine d'un temple d'Isis, peu éloigné du Panthéon; et on aura, dans la restauration de ce dernier édifice, employé par préférence des briques faites dans cette manufacture (1). Quoi qu'il en soit, il paraît constant que les quatre briques inscrites et trouvées au Panthéon sont ou des dernières années de l'empire de Trajan, ou des premières d'Hadrien, qui rétablit ce bel édifice.

(1) On trouvera des notes instructives sur le Panthéon, les différentes restaurations et les fouilles qui y ont été faites, 1° dans *Fontana; 2°* dans *Nardini, Roma Antica; 3°* dans les *Recherches de Flaminio Vacca,* qui sont quelquefois à la fin de l'édition de Nardini; 4° dans l'ouvrage de Piranèse le père, et dans celui que le fils a publié depuis. Ce qu'on sait encore, c'est qu'un très-beau fragment de figure de jeune homme avec une corbeille sur la tête, espèce de cariatide, fut trouvé dans les fouilles de ce monument, lors de la restauration du parement. On voit ce fragment au palais Farnèse. On trouva encore les débris d'un char de bronze et des pieds de chevaux, qui pouvaient avoir appartenu à un quadrige placé au sommet du fronton à l'extérieur. Il paraît également certain que l'on descendait plusieurs marches dans l'intérieur; ce qui était nécessaire pour donner à cet édifice une proportion élégante. Les chanfreins ou biseaux qui se voient actuellement au-dessus des filets bas des caissons de la voûte sont dans une inclinaison qui indique également que le point de vue était plus bas originairement, ces chanfreins ne devant point être aperçus du sol antique. (*Note communiquée par M. Legrand, architecte.*)

Nº IX.

Observations sur les Thermes de Titus.

J'allai avec Piranèse aux Thermes de Titus, pour
voir les souterrains. Ils sont immenses, en face du
Colisée et sous le théâtre des Thermes. Ce sont des
salles parallèles fort longues, assez hautes encore,
quoique presque toutes comblées : elles se trouvent éclairées par des jours d'en haut, percées
d'un côté de chaque salle et répondantes à la cour
comprise entre les Thermes proprement dits et la
circonférence carrée. Au fond d'une de ces salles
est l'endroit où l'on prétend qu'était le Laocoon,
dont on voit la niche. Dans cette pièce, ornée de
peintures, on voit le tableau de Coriolan. Il a été
gravé d'après un dessin d'Annibal Carrache, conservé dans le cabinet du chanoine Victorius, et il
forme la première planche du recueil de Pietro
Sante-Bartholi. L'original de ce tableau est entièrement effacé. Il représentait quatre figures, Coriolan, sa mère Véturie, Volumnia sa femme, et une
autre femme, qui toutes le priaient de faire retirer
ses troupes.

Vers le même endroit des Thermes, on va, par
une foule d'ouvertures et de pièces, dans un corridor qui servait aux bains inférieurs : il est voûté,
décoré de peintures en arabesques, et éclairé par

les mêmes jours qui sont dans les salles. L'enduit où est appliquée la peinture est dur, poli, blanc comme l'albâtre, et inaltérable à l'eau qui en découle sans cesse : la composition s'en trouve, je crois, dans Pline. Il est visible que ces salles, ces corridors, ainsi embellis, éclairés et distribués, ne pouvaient servir qu'à des bains, et que ce qu'on voit dans le jardin supérieur, c'est-à-dire, ces exhèdres, etc., faisaient le second plan des Thermes de Titus. La même chose était à ceux de Caracalla. Nous y avons vu, avec MM. Moreau et Wailly, des souterrains éclairés par des trous semblables qui débouchaient dans le jardin ; et le jardinier m'a dit qu'on en avait trouvé un grand nombre.

Je reviens aux Thermes de Titus (1); il en résulte que cette partie de l'Esquilin qui allait aboutir au Colisée de ce côté-là n'était pas autrefois aussi élevée. Piranèse a remarqué aussi que tout autour de ces édifices souterrains sont d'autres ruines qui s'y appuient sans s'y raccorder. Il conjecture que c'est un édifice plus ancien, et peut-être la maison de Mécène. Effectivement on s'aperçoit d'un autre travail. Les parties anciennes sont composées de l'*opera incerta*, morceaux de brique, de *tufo* et de pierres mêlées ensemble. L'autre n'est que de morceaux de brique, *tavolazza*.

Piranèse a une bonne idée sur le *Monte-Testaceo*. Il dit, d'après Pline, que les vases de terre

---

(1) Ils ont été découverts sous Léon X, et gravés magnifiquement, sous Pie VI, par les soins de Louis Mirri.

brisés servaient à faire le *lastricum* ou ciment.
Or, quelle quantité n'en fallait-il pas pour un bâtiment comme celui des Thermes, etc.? Lorsqu'on
voulait construire quelques grands édifices, on faisait des amas de ces morceaux : celui-ci avait été
fait dans cette intention, qui ne fut pas remplie.

N° X.

Notes sur quelques monuments de Rome.

Dans le palais Colonne, j'ai examiné avec soin la
fameuse apothéose d'Homère, qui a tant exercé
quelques savants du dernier siècle. Les côtés de la
partie supérieure de ce bas-relief sont détruits; ce
qui fait qu'elle semble se terminer en pyramide. Le
premier mot n'est pas EΥΜΕΛΙΑ; la première lettre
peut être effacée. Ce n'est pas la seule observation
qu'on pourrait faire sur les mots qui désignent
les figures. Le travail en est très-bon; et je ne
doute point que ce que les petits rats rongent ne
soit un rouleau. La Muse placée sous Homère tient
évidemment une lyre (1).

(1) Après avoir parlé d'autres bas-reliefs, l'un représentant
les travaux d'Hercule, celui sur la guerre de Troye, et un
troisième dont le sujet est tiré du dixième livre de l'*Odyssée*,
tous conservés à Rome, Barthélemy conjecture qu'ils étaient
destinés par les rhéteurs grecs, chargés de l'éducation, à remettre sous les yeux les principaux traits de la mythologie.
Acad. des Inscr., tome XXVIII, pag. 596. *Note de l'éditeur.*

Au Capitole, dans le palais des Conservateurs, l'Esclave qui se tire une épine du pied est la plus belle des figures de ce genre, quoique j'en trouve le travail un peu sec. On voit également dans ce palais la statue d'Hercule dorée, tenant la massue. Elle est à côté des prétendues statues de Cicéron et de Virgile. On a enchâssé dans le mur d'une des salles les fameux restes des fastes capitolins.

Dans la chambre des Philosophes au Capitole, on voit sur un bas-relief une femme qui tient une lyre à sept cordes. Elle est très-bien drapée et appuyée sur un autel. Vis-à-vis s'offre une femme presque toute nue, tenant de la main gauche l'archet. Sur l'autel est la figure d'un dieu, ayant de la main droite une haste, de l'autre une patère, sur la tête une écrevisse et un diadême. Ce sujet me paraît être un hymne chanté en l'honneur de ce dieu par une de ces femmes, qui, peu contente des sons qu'elle tirait de son instrument, prie l'autre d'en tirer de plus expressifs. Ce bas-relief, qui est très-beau, renferme une idée poétique, dans le goût de Bion et de Moschus. Je le crois fait en Sicile, et je ne doute pas que la figure ne soit celle d'Apollon. D'ailleurs, rien de si touchant que la figure qui s'appuie sur le bras de ce même Apollon.

Au Belveder, on admire la statue d'Apollon. Le bras gauche, depuis le coude, est moderne, mais quatre des doigts sont antiques; les jambes, qui étaient brisées, ont été bien remises; la main droite est moderne. On voit sur le côté de la cuisse gauche un reste de tenon. Quelques parties de la draperie sont encore modernes; ainsi que les bouts des gros doigts des pieds. Il n'y a point de prunelles (1). Sur la tête du serpent on aperçoit quelque chose de semblable au scarabée; serait-ce le symbole de l'ouvrier?

Le Laocoon n'a également point de prunelles, mais il est plus maltraité que l'Apollon. L'enfant de la droite est du même bloc, tandis que celui de la gauche n'y pourrait tenir sans les serpents. Or, la partie du serpent inférieur, qui enveloppe l'enfant et qui vient aboutir à un autre pli, autour de la cuisse du Laocoon, ne se raccorde pas avec ce même pli, composé de plusieurs morceaux ajoutés; la liaison n'est pas indiquée, c'est un bout de serpent coupé qui venait s'appuyer par-derrière sur la partie du serpent attachée à la cuisse du Laocoon. La partie supérieure qui sert de liaison est pleine de cassures et de parties modernes. Les trois figures ont été finies à la masse, et on y voit encore les coups de ciseau. Le bras droit et la partie du serpent du Laocoon, les doigts de son pied gauche, la tête du serpent qui mord Laocoon, les doigts du pied droit, la main et une partie du bras de l'enfant à gauche, les calottes des deux enfants, leurs bouts de nez, presque la base entière ou siège, excepté la partie antérieure, tout cela est moderne et a été restauré. Il y a sous l'épaule droite du Laocoon une trace sur le marbre

_____

(1) Voyez l'observation en note, pag. 109.

qui semble désigner l'endroit où le serpent mor-
dait : elle est plus épaisse qu'elle ne devait l'être
pour y appuyer la queue; et, ce qu'il y a de singulier, c'est qu'elle a la même longueur et largeur
que la tête où la morsure du serpent est placée
de l'autre côté. Cependant il ne paraît pas vraisemblable que les têtes des deux serpents aient été
du même côté.

Le 8 octobre 1756, j'ai vu de près le tableau de
la Transfiguration que l'on copiait pour mettre en
mosaïque, à Saint-Pierre. Les deux figures qui
sont en haut, à côté du mystère, représentent
saint Laurent et saint Jules, et comme ce tableau
fut acheté par les Médicis, après la mort de Raphaël, et qu'ils le donnèrent eux-mêmes à l'église
où il se trouve à présent, on soupçonne que Laurent et Jules de Médicis y firent ajouter leurs patrons, ou par Jules Romain, ou par quelqu'un de
l'école de Raphaël. Le peintre qui le copiait prétendait trouver de la différence dans les touches.

Dans le palais Rospigliosi, on conserve cinq
tableaux du Poussin. Le premier représente les
quatre états de la vie, qui dansent au son de la
lyre, que le Temps a dans ses mains : un petit enfant auprès de lui tient un sablier; et un autre fait
des boules de savon, pour désigner que tout cela
est frivole. L'on voit un terme de Janus, et au-dessus
Apollon dans son char avec les Heures, qui l'accompagnent. Ce tableau est plein de poésie. La figure
couronnée de fleurs, représentant, je crois, le Plaisir,
m'a paru désagréable pour la tête, qui ressemble à

celle d'une bacchante. L'autre figure, sur le devant, est fort belle. Le Travail, qui regarde la Pauvreté en se plaignant, me paraît un trait bien heureux. L'idée du tableau me fait de la peine, et je n'en puis démêler la raison. Cette Pauvreté et ce Travail qui dansent ne désignent pas trop la vérité; à moins que le Poussin ait voulu dire simplement que ces quatre états roulent et circulent sans cesse.

Le même peintre, dans un second tableau, représente le Temps qui découvre la Vérité. Il est fort beau, et m'a fait naître une idée. Pourquoi représente-t-on le Temps sous l'image d'un vieillard? Il n'est pourtant ni enfant ni vieux; il est toujours jeune, ou plutôt dans un âge parfait. A la vérité, l'image d'un vieillard avec des ailes est plus frappante et fait plus d'effet, quoiqu'elle exprime moins la rapidité. Un second tableau du Poussin passe pour représenter la Peste; je n'en ai pas trop compris la composition. Les deux autres m'ont échappé, ils me reviendront peut-être; mais s'ils ne me reviennent pas, je m'en consolerai.

Le plafond de l'église de Saint-Louis vient d'être achevé par M. Natoire; et il me paraît fort beau. On y voit Jésus-Christ dans sa gloire; saint Louis qui est représenté par la Religion, derrière lequel est Charlemagne. Des Vertus soutiennent les nuages qui portent Jésus-Christ et saint Louis. En bas se trouve la France éplorée, auprès d'un autel; un soldat qui tient un étendard, et dans le lointain le camp attaqué par la peste. Les têtes de femmes sont très-agréables et bien dessinées. On a critiqué la jambe gauche de saint Louis, comme trop longue et estropiée. La figure de Charlemagne me paraît froide et faire un mauvais effet. Il embrasse un gros globe avec son bras droit : sa tête est trop petite pour un gros corps. Je trouve aussi que non-seulement saint Louis paraît malade, mais encore le Sauveur ; d'ailleurs, ces deux figures se ressemblent. Néanmoins le plafond, dans son ensemble, m'a fait grand plaisir (1).

N° X I.

Voyage à Tusculum et à Palestrine.

Arrivé à Tusculum, le 14 janvier 1756, j'examinai l'amphithéâtre, dont l'enceinte, en pierre et ciment, est encore conservée. Le champ est plein de roseaux, et on aperçoit quelques restes des

---

(1) On jugera par ce petit nombre d'observations qu'aucun objet n'échappait à Barthélemy dans Rome. Cependant il n'a rien laissé d'une certaine étendue sur cette ville que le mémoire déja cité, qui se trouve inséré dans le vingt-huitième volume du *Recueil de l'académie des Belles-Lettres.* Tout le reste ne consiste qu'en notes mémoratives, mais sans aucune reflexion ni développement. Il avait copié toutes les inscriptions qu'il avait vues, et cela seul formerait nn bon volume, et quelques-unes sont accompagnées de diverses leçons. De toutes ces nombreuses notes, je n'ai pu employer que celles rapportées dans cet article, et les deux précédents. *Note de l'éditeur.*

gradins : ils avaient vingt-huit pieds ; et le plus grand
diamètre de tout l'amphithéâtre est de deux cent
quarante. Les murs du côté du vallon étaient sou-
tenus extérieurement par des massifs ou arcs-bou-
tants. De ce côté, on trouve une voûte fort large
et assez haute qui passait dans le grand diamètre
dont je viens de parler.

A une portée de fusil de cet amphithéâtre sur
une petite hauteur, on voit un vaste édifice, nommé
dans ce canton, les caves de Cicéron. L'aspect en
est très-beau : il s'étend en largeur au-dessus d'une
plaine très-fertile, au milieu de laquelle passe le
chemin qui conduit à Monte-Callino, ayant au midi
Castel-Gandolfo, à gauche Monte-Cavo (*Rocca di
Papa*), à droite un petit rideau formé par différentes collines, sur l'une desquelles est la maison
des jésuites, où l'on remarque une mosaïque représentant Rome ou Pallas.

Le bâtiment dont il s'agit présentait dans sa face
méridionale plusieurs chambres voûtées en parallèles, dont la longueur paraît avoir été de trente-
deux pieds, sur quinze et demi de large. Je n'ai
pu déterminer la hauteur à cause des décombres.
L'ouvrage est de pierres enchâssées dans de grosses
couches de ciment : les murs sont revêtus de pierres
en losange, et, par intervalle, d'une bande de
briques. On y compte dix pièces communiquant
toutes avec une longue galerie voûtée d'environ
treize pieds de large. Au fond de chaque pièce est
une porte cintrée, entourée de grandes briques.
De cette galerie on communiquait à d'autres pièces

vis-à-vis des premières : elles sont pleines de décombres ; et quelques-unes, dont la voûte est entière, paraissent n'avoir reçu le jour que par la porte ; on n'aperçoit aucune communication entre elles. Derrière est encore une galerie obscure, mais plus basse ; enfin, une troisième, qui l'est encore davantage.

A droite de la première galerie sont plusieurs pièces carrées ou oblongues, la plupart privées de lumière. De-là on entre dans les pièces du côté droit, à la lueur des flambeaux ; elles sont petites et enfilées les unes dans les autres. On y descend par des crevasses faites dans les voûtes qui servent de plancher. L'édifice paraît en totalité avoir été de forme carrée ; et ce qui en reste, mesuré par en haut, a deux cent quatre-vingts pieds de façade. Il est tourné du côté de Rome, et on y jouit d'une vue admirable. Ce fut là vraisemblablement où Cicéron se livrait tout entier à l'étude de la philosophie, où il composa ses beaux dialogues qui ont immortalisé le nom de Tusculum : c'est encore dans le territoire de cette ville où Lucullus et Mécène, et plusieurs autres illustres Romains, eurent aussi des maisons de campagne ; je n'ai pas eu le temps d'en faire une recherche assez exacte pour en parler d'une manière satisfaisante (1).

Dans le mois de juillet de la même année, j'allai voir l'émissaire du lac Albano, qui est à Castel-Gandolfo, presque à l'opposite de Palazzolo, et dont

_____

(1) Voyez *Chaupy*, Description de la maison de campagne d'Horace, tome II, page 234.

l'ouverture peut être de douze ou quinze pieds.
Voici l'idée que je me suis formée de ce canal. Il
est soutenu de chaque côté par deux murs qui, à
vingt-cinq pieds de profondeur, deviennent plus
épais de quatre à cinq; et jusqu'à huit et demi en
l'endroit où le roc commence. L'eau entrait dans
la montagne par plusieurs rangs de trous, les uns
sur les autres, d'environ neuf pieds de diamètre,
et creusés dans de grandes pierres. On ne peut
savoir si dans l'origine elles étaient liées avec du
ciment; elles le sont actuellement. Plusieurs gros
chênes verts ombragent l'entrée du canal sur lequel je ne m'arrêterai pas davantage, Jean-Baptiste
Piranèse en ayant donné une exacte description (1).

Dans la montagne, sous le château du pape, sont
des grottes, dont une a servi autrefois de temple
ou de bain. On y a élevé tout autour des murs recouverts de briques et de pierres en losange, ornés
de niches qui sont percées de trous carrés; ceux-
ci paraissent aboutir à la montagne, et je n'ai pu
en deviner l'usage. Il y a une voûte très-hardie,
faite avec de petites pierres et du ciment. On monte
au-dessus par un chemin pratiqué au fond d'une
des niches, et on y trouve une pièce sans jour qui
est simplement la partie supérieure de la grotte,
masquée par la voûte dont je viens de parler.

---

(1) *Antichità d'Albano e di Castel Gandolfo,* in-4°. Ce savant
et habile architecte a publié, depuis 1750 jusqu'en 1786, neuf
ou dix grands ouvrages qu'il faut nécessairement lire pour bien
connaître les antiquités de Rome et de ses environs. *Note de
l'éditeur.*

Le 18, je me mis en marche pour Monte-Cavo.
On prend par-dessus le Belveder, en côtoyant la
villa Brasciano, jusqu'à ce qu'on rencontre le chemin de Monte-Castino. On va vers la Mocara, au-
dessus de l'ancien Tusculum; on se rend à Rocca
di Papa. Le chemin est très-beau et entre des cha-
taigniers. Rocca di Papa se trouve adossé à une
pointe de montagne où était peut-être le temple
de Vénus. On traverse ce village par une montée
très-escarpée; et ayant pris sur la droite on arrive
dans cet endroit que la tradition dit avoir été le
camp de César, et qui paraît être le lieu où s'as-
semblaient les peuples latins. C'est une plaine de
figure circulaire, entourée de montagnes couvertes
de bois, et ouvertes du côté de Tusculum, à
l'exception de la pointe de montagne qui couvre
Rocca di Papa. Monte-Cavo est à droite. En y mon-
tant, on trouve le chemin ancien, pavé de grandes
pierres, et qui est bien conservé, et conduit jusqu'à la cîme. Là, s'offre une plaine assez grande,
au bas de laquelle sont les deux lacs de Nemi et
d'Albano, formant le plus bel aspect du monde.
Tous deux ont la forme d'entonnoir. Celui de Nemi
est plus régulier dans sa rondeur; leur position
ressemble à une lunette, et l'isthme qui les sépare
paraît d'en haut n'avoir qu'un mille. Cette plaine,
qui est à peu près de forme carrée, a du levant au
couchant environ cent dix pas, et du nord au midi
quatre-vingt-dix. Elle pourrait avoir été autrefois
plus grande et circulaire; car autour règne un
terrain mobile, avec des débris, et terminé, à une

distance de vingt pas au moins , par une haie d'ar-
brisseaux disposée en cercle. Je n'ai vu en cet
endroit aucun mur; on y a tellement remué des
terres qu'il est impossible de rien découvrir du
temple de Vénus.

Le 20 juillet, j'arrivai, avec le baron de Gleichen,
à Palestrine, et nous aperçûmes le reste de la voie
ancienne qui conduisait à Præneste : elle a en certains endroits douze pieds huit pouces de large,
en d'autres douze pieds huit pouces, et dix pieds
onze pouces. Palestrine, l'ancienne Præneste, est
célèbre par la mosaïque qui couvrait autrefois le
sanctuaire d'un temple à Præneste. On la voit aujourd'hui dans le palais des princes Barberin, à
Palestrine. Sa longueur est d'environ dix-huit pieds,
sa largeur de quatorze pieds quelques pouces. Elle
représente, dans sa partie supérieure, un pays de
montagnes rempli de chasseurs et d'animaux, qui
ne laisse aucun lieu de douter que la scène ne
soit en Égypte. Les noms de ces animaux sont
tracés en caractères grecs. Je les ai vérifiés avec
d'autant plus de soin, que dans les gravures quelques-uns ne répondent pas aux animaux qu'ils
désignent, que d'autres ont été omis, et que plusieurs ont été entièrement altérés. Dans la partie
inférieure de la mosaïque on voit le Nil serpentant
autour de plusieurs petites îles, des bateaux à rames
ou à voiles, des Égyptiens poursuivant des croco-
diles qui se cachent dans les roseaux, des cabanes
rustiques, des édifices superbes, des prêtres s'oc-
cupant de cérémonies religieuses dans leurs tem-

ples, des Égyptiennes couchées au bord d'un canal, sous un berceau, en tenant des coupes ou des instruments de musique; enfin, une tente superbe, auprès de laquelle un général, suivi de plusieurs soldats armés de lances et de boucliers, s'avance vers une femme qui, tenant une palme de la main gauche, lui présente de la droite une espèce de guirlande. J'ai examiné avec la plus scrupuleuse attention chaque signe; mais je n'en donnerai point ici l'explication, parce que je compte en faire l'objet particulier d'un mémoire (1) pour l'académie. Je ferai seulement une observation sur ce que le père

(1) Ce mémoire, imprimé dans le trentième volume du *Recueil de l'académie*, pag. 5o3, est divisé en deux parties. Dans la première, Barthélemy examine quel est l'objet du monument; dans la seconde, il en explique les détails. D'abord il rapporte cet endroit où Pline dit : « Les pavés qu'on nomme « *lithostrota* furent en usage à Rome sous Sylla, et l'on voit « encore à Præneste celui qu'il fit construire dans le temple de « la Fortune. » Liv. XXXVI, chap. 25. Et il fait voir qu'on ne peut s'en servir pour expliquer la mosaïque de Palestrine. Il y en avait plusieurs dans cette ville : à quel signe distinguera-t-on celle dont parle Pline? Il serait nécessaire de prouver qu'elle était dans le même temple de la Fortune que celui où elle a été trouvée. Il faut donc rejeter toutes les conséquences qu'on a tirées du passage de Pline. Barthélemy, qui cherche dans la mosaïque même les lumières propres à l'éclairer, y reconnaît Hadrien. L'habillement des soldats est un habit romain; une galère qu'on y voit, est figurée comme sur des médailles d'Hadrien; on y reconnaît l'aigle de l'empire. En conséquence de ces traits, et de quelques autres qui caractérisent un sujet romain, Barthélemy fait voir qu'il n'est point de prince à qui les

Vulpi dit, dans son *Latium Antiq.* tom. IX, p. 114,
d'un phare qu'il suppose avoir été au temple de

---

détails de la mosaïque conviennent mieux qu'à l'empereur Hadrien.

Ce prince passa en Egypte dans la quinzième année de son règne,
y fit un séjour assez long, la parcourut presque tout entière,
et pénétra jusqu'à Thèbes, accompagné de l'impératrice Sabine.
Il rapporta avec lui le goût des monuments qu'il avait admirés;
sa maison de Tivoli fut embellie de statues égyptiennes, et son
voyage fut rappelé dans la mosaïque de Palestrine; en effet,
on y aperçoit sa figure à la tète de plusieurs soldats. Il tient
dans sa main un vase, et trois autres vases sont posés sur une
espèce de buffet. Or, ce prince, écrivant d'Egypte à son beau-
frère Servien, lui dit : « Je vous envoie des vases à boire, que
« le prêtre d'un temple est venu m'offrir. » Ces vases, appelés
rhyton, étaient fort en usage dans l'Egypte. Ce trait seul est un
fort préjugé pour le sentiment de Barthélemy. On en trouve
d'autres dans la suite du mémoire, qui servent à le confirmer
davantage. Auprès de la tente, on voit un chien dont le cou
est orné d'un collier; on sait qu'Hadrien aimait ces animaux
au point de leur élever des tombeaux.

Les savants ne sont pas d'accord sur le temple où la mosaïque a été trouvée : les uns pensent que ce temple était celui
de la Fortune, d'autres, un asyle où l'empereur Antonin faisait
élever un certain nombre de jeunes filles. Barthélemy croit avec
l'abbé Dubos, que c'était un temple de Sérapis, où étaient encore les figures d'Isis, d'Anubis, d'Harpocrate, etc. Une inscription trouvée à Palestrine, sert à établir ce sentiment. Ce
temple, où était la mosaïque, avait été bâti, suivant l'inscription, par C. Valerius Hermaïscus; et une autre inscription en
fixe l'époque sous le consulat de Barbarus et de Regulus, l'an
de Jésus-Christ 157, dix-neuf ans après la mort d'Hadrien. On
voit par là que l'objet de la mosaïque qui représente l'Égypte,
avait un rapport direct avec l'édifice qu'elle décore; c'est ce qui

la Fortune, et aperçu de la pleine mer. Ce qu'il
prend pour les restes de ce phare est évidemment

---

ne se trouve point dans les autres explications qui ont été données de monument.

L'auteur de la mosaïque a représenté l'arrivée d'Hadrien non-
seulement dans un canton de l'Égypte, mais encore dans la
saison de l'année où cet évènement s'est passé, ce que l'on reconnaît par le débordement du Nil, qui couvre toute la campagne depuis le mois de septembre qu'il est dans sa plus grande
élévation; par le lotus, qui ne paraît sur la surface du Nil que
dans le mois de juillet, d'août et de septembre; par les raisins
dont un berceau est chargé, qui annoncent la vendange qui se
fait vers la fin de juillet; enfin, par le millet monté en épis, qui
n'est dans cet état qu'au commencement de septembre. C'est
donc cette partie de l'année qui est représentée sur la mosaïque.

A l'égard du lieu de la scène, Barthélemy pense que la mosaïque désigne un canton de la haute Égypte, et particulièrement l'île d'Éléphantine. L'hippopotame, qui vient de l'Éthiopie
dans la haute Égypte seulement, un puits particulier pour me-
surer les accroissements du Nil, et qui ne se trouvait qu'à Mem-
phis et à Éléphantine, sont deux circonstances qui appuient
cette conjecture. De plus, l'île était habitée en partie par des
Éthiopiens que l'on voit encore sur la mosaïque. Tout cela s'accorde singulièrement avec le voyage d'Hadrien. Ce prince, qui
était à Thèbes dans les mois de novembre et décembre, devait
être à Éléphantine en août et septembre.

La seconde partie de ce mémoire a pour objet les figures, les
édifices, les barques ou bateaux, les animaux et les plantes
que l'on voit dans la mosaïque. Il faudrait que le lecteur eût
sous les yeux cette peinture, pour entendre tout ce que Barthélemy dit de curieux sur ce sujet. Il y fait remarquer de nouveau les traits qui caractérisent Hadrien, différents usages de
l'Égypte pour l'explication desquels il a été obligé de lire tous
les ouvrages qui parlent de ce pays. *Note de l'éditeur.*

une grande arcade ou niche, revêtue de petites pierres en lozange, dans la maison d'un pauvre paysan ; au milieu on y a fait un plancher, au-dessus duquel on monte difficilement. On'y voit effectivement des écoulements noirs d'une matière huileuse, comme celle des moulins à huile, avec de grandes taches blanches, produites, ce me semble, par de la chaux délayée dans l'eau. Le paysan les prenait pour des figures sans tête, et disait que c'était de la peinture antique. Il y a eu peut-être par-dessus quelque moulin à huile, ou quelque fabrique dans laquelle on employait des matières huileuses. Quoi qu'il en soit, c'est un exemple assez remarquable de la manière dont se trompent les plus savants antiquaires.

En venant de Gensano, on descend à Larica. Au-delà de ce lieu, en venant de Rome, est le seizième mille, et le quinzième au-delà du prétendu tombeau des Horaces. C'est un grand massif, composé de petites pierres et de ciment. Il était autrefois revêtu de grosses pierres, et portait sur un soubassement dont la corniche paraît d'un côté à fleur de terre. Sa largeur est de quarante-cinq pieds. Il se trouve posé sur le roc, taillé en cet endroit, de même que la partie de la voie appienne qui y passe. Il en résulte qu'il est moins ancien que cette voie ; ainsi il ne peut être le tombeau des Horaces. Des cinq pyramides qui accompagnent ce monument, deux, du côté de la voie appienne, sont assez bien conservées, quoique leur sommité paraisse manquer. Elles avaient de vingt à vingt-cinq pieds de hauteur. Celle du milieu était plus haute ; et il n'en reste plus que le noyau, composé de pierres et de ciment. Les grosses pierres dont il se trouvait revêtu n'étaient point liées. Sa base est encore entière, et peut avoir quarante pieds de circonférence. De cette base à celle des quatre autres pyramides, il n'y a qu'un pied de distance : les pierres de revêtement ont plus de quatre pieds de longueur sur plus de deux de hauteur. Des deux pyramides du côté de la campagne, l'une est entièrement détruite ; et il ne reste qu'une partie du noyau de l'autre, dont les pierres étaient liées par des crampons (1).

N° XII.

Des fouilles d'Herculanum.

Les fouilles d'Herculanum se font actuellement à près de quatre-vingt-dix pieds de profondeur. On y descend par un escalier pratiqué dans la lave. Ces souterrains ressemblent à des carrrières ; les passages en sont exhaussés et faciles. On est occupé depuis long-temps à fouiller un palais immense, où l'on a déja trouvé plusieurs statues et différents manuscrits. Les murs étaient de briques

(1) En lisant cet article, on doit se rappeler que Barthélemy n'avait pas achevé d'en faire la rédaction. *Note de l'éditeur.*

chargées de peintures, et la plupart des appartements se trouvaient pavés de marbre. Telle était,
entre autres, un pièce que l'on venait tout récemment de déblayer, et qui avait dix-huit pieds en
carré. Non loin de là on monte par un escalier de
douze à quinze marches à une chambre plus petite
encore, mais également pavée de marbre; et dans
un autre endroit on a trouvé un second escalier
qui conduisait peut-être aux caves de la maison.
Mais l'eau qui sortait à gros bouillons n'a permis
de le découvrir que jusqu'à la quatrième marche.
Cette eau, qui est douce, arrête fort souvent les
ouvriers, et fait présumer qu'une petite rivière
s'est perdue au milieu de ces débris.

Quand on a fouillé un appartement, on enlève
les peintures et les mosaïques dont il était orné,
et on le remplit ensuite de décombres. Les fouilles
paraissent d'ailleurs bien conduites. Lorsqu'on s'est
assuré du sol de la ville, on suit un mur dans sa
direction et dans ses sinuosités, on pénètre dans
les ouvertures; on mine tout, mais en même temps
on dessine tout, de manière qu'on pourra se flatter
d'avoir un jour le plan de la ville, rue par rue, et
maison par maison. Ceux qui n'ont pas vu les travaux et les lieux ont blâmé cette conduite: ils
auraient désiré qu'on eût découvert, ou du moins
débarrassé, la ville en entier. Mais ce projet était
d'une difficile exécution. 1° Pour démolir cette
route énorme qui couvre la ville souterraine, il
eût fallu détruire avec le village de Portici plusieurs
maisons de campagne, et enlever dans l'espace

de plusieurs milles jusqu'à cent pieds de terre et de laves. 2° Il n'était pas possible de conserver les maisons dans leur premier état. La plupart ont reçu une si forte secousse que les murs en sont déjetés ou même renversés. Les poutres et tous les bois sont brûlés; la rouille a dévoré le fer, et l'humidité a détruit ce que les autres accidents avaient épargné. De plus, qu'aurait-on fait d'une foule de maisons petites, obscures et peu commodes? Si on l'avait laissé sans habitants, on les aurait laissé sans réparations; si on y avait placé des habitants, ils auraient bientôt converti cette ville ancienne en une ville moderne. D'ailleurs, les maisons ne font aujourd'hui qu'un corps avec cette lave qui les a conservées en les comblant. Privées de ce soutien, exposées aux impressions de l'air voisin de la mer ou aux torrents qui descendent du Vésuve, elles tomberaient bientôt en ruine. Mais fallait-il encore, pour remplir un simple objet de curiosité, détruire le village de Portici, et tant de maisons de campagne qui bordent la côte? détourner un grand chemin, et enlever, l'espace de plusieurs milles, une si grande masse de terre et de laves, et tout cela, pour donner aux étrangers le faible spectacle d'une ancienne ville, assemblage irrégulier de maisons chétives et toujours prêtes à s'écrouler?

Nº XIII.

Du cabinet de Portici.

Tous les monuments trouvés à Herculanum sont rassemblés dans les cabinets que sa majesté Sicilienne a fait construire à Portici. Ceux à qui la garde de ce dépôt est confiée, fidèles aux ordres de ce prince, ne laissent prendre aucune note, et rien ne peut tromper leur vigilance. On n'a donc que la liberté de se rappeler à loisir ce qu'on a remarqué de plus essentiel, et de négliger des détails dont la plus heureuse mémoire ne pourrait se charger qu'au préjudice des articles plus considérables. On en peut juger par l'état sommaire de tous les monuments d'antiquité contenus dans les cabinets de Portici. Environ huit cents morceaux de peinture, trois cent cinquante statues, bustes, têtes de différentes grandeurs, soit de bronze, soit de marbre; sept cents vases différents par la forme ou la grandeur, presque tous de bronze, et la plupart destinés aux usages de la vie civile; une vingtaine de trépieds de bronze; environ quarante candelabres ou chandeliers de la même matière, sur lesquels on posait les lampes qui éclairaient les appartements; huit cents manuscrits, et six cents autres morceaux, comme des lampes, des instruments, des anneaux, des bracelets, des colliers, des miroirs, etc.

Parmi les statues dont j'ai parlé je comprends dans ce nombre toutes les petites figures de bronze et de marbre, multipliées aujourd'hui dans presque tous les cabinets d'antiquités. Ces sortes de monuments ne méritent de l'attention que lorsqu'ils représentent des formes élégantes, lorsqu'ils font connaître des attributs propres à caractériser les divinités des anciens, enfin, lorsqu'ils restituent l'exacte ressemblance de ces hommes célèbres dont nous admirons les actions ou les écrits. Je me contenterai de citer quelques petits bustes qui portent les noms d'Épicure, de Zénon, de Démosthène et du philosophe épicurien Hermachus. Les statues de grandeur naturelle sont au nombre d'environ quarante, dont près de la moitié est en bronze, et le reste en marbre. Parmi ces dernières on a beaucoup célébré la figure équestre de Nonius Balbus, que sa majesté Sicilienne a fait placer dans le vestibule du cabinet de Portici. Les artistes conviennent tous du mérite de ce monument, et ne craignent pas de le comparer au Marc-Aurèle du Capitole. C'est en donner une grande idée. On a découvert une autre figure équestre de marbre, mais fort mutilée, et qu'on a restaurée avec un art infini. Parmi les statues de bronze on peut remarquer deux figures de jeune homme, d'environ quatre pieds de proportion, trouvées sur les bords d'une fontaine : ils sont dans l'attitude de gens prêts à se jeter dans l'eau. L'expression, le dessin et le travail en sont admirables. Les autres statues ont aussi de grandes beautés. Dans celles qui pa-

raissent n'avoir représenté que de simples particuliers, on aperçoit une manière de vêtements
assez semblable à celle qui est encore en usage
aux environs de Naples.

Il paraît que, dans l'éruption du Vésuve qui
combla la ville d'Herculanum, les habitants eurent
le temps de s'échapper au danger, et de sauver la
plupart de leurs effets. Voilà ce qui fait qu'on n'a
point trouvé de bijoux en or, et qu'on n'y a découvert que de petits vases en argent. Ceux de
bronze sont en très-grand nombre, et, en général,
d'un contour agréable et d'un travail excellent.
Les ornements y sont diversifiés en cent façons
différentes, mais toujours avec sagesse : tantôt ce
sont des feuillages incrustés en argent, qui circulent
sur le bord ou au cou du vase, tantôt ce sont de
jolies petites figures entrelacées qui tiennent lieu
d'anses : la plupart sont en forme d'aiguière, d'é-
cuelle, de soucoupe. Les antiquaires, qui, pour
relever le prix de leurs travaux, veulent ennoblir
tout ce qu'ils expliquent, regardent pour l'ordinaire
ces monuments comme des vases de sacrifice ; mais
la quantité qu'on en découvre tous les jours dans
la ville d'Herculanum, prouve qu'ils étaient simplement destinés aux usages de la vie civile. Le
soin qu'on a pris de les embellir, prouve en même
temps que le goût des Grecs ne se bornait pas aux
grands ouvrages, mais qu'il s'étendait jusqu'aux
plus petits objets. Il en est un qu'il ne faut pas oublier ; il consiste en des balances de différentes
façons, et surtout en deux pieds de bronze qui

contiennent environ onze pouces de notre pied de roi. Un pain fixe aussi l'attention des curieux : on y trouve une inscription qu'on verrait à peine, si on pouvait l'examiner sans obstacle, et qu'on voit encore moins depuis qu'on l'a recouvert d'une glace. Cette inscription contient deux lignes. J'ai cru lire dans la seconde le mot latin qui signifie pois chiches. Il paraît que la police ordonnait de marquer sur chaque pain le genre de farine dont il était composé.

Au reste, toutes les différentes classes de monuments déterrés à Herculanum feraient la matière de plusieurs articles, mais je ne m'arrête qu'aux manuscrits, comme étant le plus essentiel. Pour en avoir d'abord une juste idée, il faut concevoir une bande de papier plus ou moins longue, et large d'environ un pied. On distribuait sur la longueur de cette bande plusieurs colonnes d'écriture, séparées entre elles et allant de droite à gauche. On la roulait ensuite, mais de façon qu'en ouvrant le manuscrit on avait sous les yeux la première colonne ou page de l'ouvrage, et que la dernière se trouvait dans l'intérieur du rouleau.

Les manuscrits d'Herculanum furent trouvés dans une chambre d'un palais qu'on n'a pas encore achevé de fouiller. Ils sont de papier d'Égypte et noirs comme du charbon. On fut long-temps sans connaître le moyen de les dérouler, et dans cette incertitude, on prit le parti d'en couper quelques-uns dans toute leur longueur, comme si on divisait un cylindre suivant la direction de son axe. Cette opération laissait apercevoir distinctement l'écriture. Mais les manuscrits furent entièrement perdus. Les différentes couches de papier étaient tellement collées ensemble qu'on les réduisait en poussière en les détachant, et tout ce qu'on pouvait se promettre par cette voie, c'était de conserver une seule page ou colonne d'un manuscrit qui en contenait peut-être cent.

Il se présenta dans ces circonstances un moine industrieux et patient qui proposa un moyen de dérouler entièrement les manuscrits. Il fit des essais qui demandaient beaucoup de temps, mais qui réussirent; il les continue avec le même succès et la même lenteur. Il cherche le bord extérieur du manuscrit; il y attache plusieurs fils de soie qu'il roule autour d'autant de chevilles engagées dans un petit chassis. Il tourne ces chevilles avec précaution et le manuscrit se déplie imperceptiblement. On ne doit pas compter sur les premières couches du papier, elles sont déchirées ou pourries. Il faut parvenir à une certaine profondeur et rencontrer la partie du manuscrit qui n'est que calcinée. Quand on a déroulé quelques colonnes, on les coupe et on les colle sur de la toile. Il faut plusieurs mois pour déplier un de ces manuscrits, et depuis le temps qu'on y travaille, on n'a pu sauver que les trente-huit dernières colonnes d'un ouvrage grec contre la musique, fait par un nommé Philodémus, dont il est parlé dans Strabon et dans d'autres auteurs (1). Son nom et le sujet de son livre

_____

(1) M. Charles Rosini a publié à Naples, en 1793, le troisième

se sont heureusement trouvés à la fin du manuscrit. Ces trente-huit colonnes ont quelques petites
lacunes, mais, en général, l'écriture en est très-
belle et très-lisible.

On montre aussi deux autres colonnes de deux
manuscrits grecs qu'on avait partagés, avant qu'on
eût le secret de les dérouler. L'une et l'autre paraissent avoir fait partie d'un traité de philosophie.
Celle que j'ai examinée avec le plus de soin contient
vingt-huit lignes; j'en ai retenu vingt-trois, que
j'enverrai incessamment à l'académie. J'ai tâché de
retenir aussi la forme des lettres et le nombre que
chaque ligne en contient, et je ne crois pas m'être
trompé : au reste, cette page ne m'a paru renfermer
que des généralités sur les philosophes, et le nom
d'Épicure s'y trouve cité avec honneur. Le manuscrit que l'on déplie actuellement paraît être un
traité de rhétorique : on y distingue du moins ce
nom en plusieurs endroits (1).

---

livre de cet ouvrage περὶ μουσικῆς, sur lequel M. Schutz, professeur à Iéna, s'est empressé de faire des observations qui ont
paru en 1795. Voilà donc le seul fruit qu'on ait encore retiré
de la découverte presque miraculeuse de tant de manuscrits.

(1) Pour faire connaître le sort des manuscrits dont Barthélemy vient de parler, je rapporterai l'extrait de trois lettres du
secrétaire de l'ambassade de France à Naples, chargé d'en
prendre des informations. La première est du premier juin 1786.
« Les *papyrus*, que M. Bertin a su qui avaient été jetés à la mer,
« sont ceux qu'un mauvais chimiste avait dissous par une pré-
« paration mercurielle, en voulant les rétablir comme ils étaient
« avant l'embrasement. C'est une perte sans ressource ; s'il était
« arrivé qu'on eût jeté en mer des rouleaux entiers, ils n'au-

~~~~~~

N° XIV.

Remarques sur l'arc de Suze.

L'arc de Suze est d'une seule arcade, d'une pierre blanchâtre, très-bien conservé, à l'exception de quelques fragments de corniche. On y voit quatre colonnes avec des chapiteaux corinthiens. La voûte

---

« raient pu se conserver dans l'eau. Les rouleaux en charbon
« ne sont que du papier brûlé. Ils ne résisteront pas un siècle
« au grand air. Jugez ce qu'ils seraient devenus dans la mer, etc. »
Dans une lettre antérieure, du 15 août 1785, ce même secrétaire disait : « Sur environ quinze à dix-huit cents rouleaux dé-
« terrés, douze cents ont été détruits par un ignorant qui pré-
« tendait leur rendre, avec une drogue, ce que le feu avait
« ôté. Il reste encore quatre à cinq cents rouleaux; plusieurs
« sont très-endommagés. Les quatre qu'on copie sont des mieux
« conservés; il y aura pourtant des lacunes assez nombreuses.
« L'on ne s'est point avisé d'aller chercher les titres des ou-
« vrages pour s'attacher au plus intéressant. Ceux que l'on tra-
« vaille à copier, depuis plus de vingt ans, ne nous apprendront
« pas grand chose. Il y a sans doute des milliers de rouleaux
« semblables sous les ruines, qui n'ont pas été fouillées, d'Her-
« culanum, de Pompeia, et de tant d'autres villes ou maisons
« de campagne des environs du Vésuve. C'est où l'on doit re-
« trouver tous les livres de l'antiquité qui nous manquent. Ce
« fond est certainement trop vaste pour les savants de Naples;
« il y a du travail pour eux et pour tous les académiciens de

est sans caissons, sans aucune espèce d'ornements ; elle a une seule bande de pierre qui fait comme une clef prolongée. Les pilastres à côté de l'arcade sont surmontés d'un feuillage assez grossier ; les colonnes et les figures m'ont paru d'un mauvais travail. Il y a des trous dans les joints des pierres, comme au Colisée, etc. ; ils vont jusqu'à une certaine hauteur. L'inscription est très-difficile à lire ; les lettres étaient de métal attachées avec des crampons qu'on n'avait pas placés sur les extrémités, mais dans le centre ou les côtés de chaque lettre, de sorte qu'il faut faire moins d'attention à ces trous qu'aux traces des lettres. Si l'on ajoute à cela que plusieurs traces des lettres sont effacées, et qu'il manque en quelques endroits des mots entiers, on verra aisément que l'inscription est dans

---

« l'Europe. » Enfin, dans une dernière lettre, du 11 octobre 1787, il dit encore : « Sur environ quinze cents *papyrus* tirés d'Her- « culanum, et conservés dans le cabinet de Portici, il y en a « plus des deux tiers qu'il sera impossible de dérouler ; ils se « trouvaient pressés ; les feuilles ne forment qu'un morceau de « charbon. Dans l'autre tiers, plusieurs sont endommagés ; le « noyau seul est bon. D'autres, qu'on a essayé d'une manière « barbare d'ouvrir avec un couteau, ont souffert. Le nombre de « ceux à peu près entiers, où il n'y a que des lacunes, n'est pas « très-considérable. L'académie établie pour l'explication des « antiquités d'Herculanum, va faire dérouler et copier le com- « mencement de chaque manuscrit, afin de connaître de quelle « matière il traite. C'est par là que l'on aurait dû commencer. » Winckelmann a dit aussi des choses fort judicieuses dans ses lettres sur les découvertes d'Herculanum, au sujet de ces mêmes ma- nuscrits. *Note de l'éditeur.*

un très-mauvais état. J'en ai lu une assez grande partie, mais il faudrait avoir plus de temps pour s'assurer de la vraie leçon des autres mots (1). Ce monument est à la porte de la ville du côté de la Novalèse, en sortant à droite ; il est renfermé dans le Gouvernement, sur une petite hauteur au bas de laquelle passait vraisemblablement le grand chemin ; il était exposé à la vue des passants. J'ai observé le même emplacement à l'arc de Saint-Remy en Provence, et à celui d'Orange.

Le goût de cette architecture est fort simple, comme je l'ai dit ; n'y ayant point de caissons dans la voûte. Il n'en est point de même des arcs de Saint-Remy, d'Orange, de Titus, de Septime Sévère et de Constantin, qui sont tous chargés d'ornements. Celui-ci ressemble plus à celui de Rimini, qui avait aussi été élevé pour Auguste. Il n'y a entre ces édifices, relativement à la richesse, que la différence nécessaire entre un monument posé sur une grande route dans le centre de l'Italie, et un autre placé entre les montagnes et construit par des peuples presque barbares.

---

(1) Cette partie se trouve dans les portefeuilles de Barthélemy, et peut être comparée avec ce qu'en rapporte Pline ; elle confirme surtout que ce savant académicien avait mis en pratique, avant tout autre, la manière de rétablir les inscriptions par les traces des lettres et les trous des crampons, qui lui avait été suggérée par un passage de la *Vie de Peiresc*, écrite par Gassendi. *Note de l'éditeur.*

RÉFLEXIONS

SUR

QUELQUES PEINTURES MEXICAINES.

———

Peu de temps après que Fernand Cortès fut arrivé
dans le Mexique, il reçut de l'empereur Montezuma
des ambassadeurs qui avaient à leur suite des peintres chargés de représenter sur des toiles de coton
l'habillement et les armes des Espagnols, ainsi que
le nombre et l'état de leurs troupes. Ce général,
s'en étant aperçu, cru devoir profiter de cette occasion pour donner à Montezuma une grande idée
de ses forces. Des courses de bagues, un combat
de cavalerie, diverses évolutions militaires, des dé-
charges fréquentes de la part de l'infanterie et de
la cavalerie, remplirent les Indiens de terreur et
fournirent à leurs peintres le moyen de déployer
leurs talents. On les vit aussitôt dessiner des soldats rangés en bataille, peindre des chevaux dans
l'agitation des combats, inventer de nouvelles images
pour rendre les nouveaux objets dont ils étaient
frappés; ils figuraient un coup de canon par du
feu et de la fumée, et le bruit de l'artillerie par
ces traits lumineux dont ils avaient coutume de

représenter la foudre. Il faut observer qu'ils suppléaient quelquefois à l'insuffisance de l'image ou de la figure par des signes de convention qu'ils plaçaient tout auprès (1).

Ce récit des historiens espagnols peut nous donner une idée de l'écriture mexicaine. Tantôt elle se bornait à copier fidèlement les objets matériels, tantôt elle appliquait à la circonstance actuelle des images étrangères, quelquefois elle employait des signes dont on était convenu; tels étaient, entre autres, ceux dont ils se servaient pour exprimer les nombres : les premiers étaient désignés par des globules; cette note P signifiait vingt; un épi, quatre cents; une bourse garnie de quatre houppes, huit mille.

Dès que les Mexicains avaient imaginé des signes pour rendre sensibles les idées que la peinture ne pouvait exprimer, il est visible que si leur empire avait subsisté encore quelques siècles, leur écriture, par des progrès successifs, serait devenue

_____

(1) Herrera, qu'on doit regarder comme un auteur classique, en ce qui concerne les premiers temps de la découverte de l'Amérique, parle des peintures des anciens Mexicains en ces termes : « Ils avaient des livres d'histoire et des calendriers sur « lesquels ils faisaient leurs remarques au moyen de figures. « Pour désigner les évènements, c'étaient des roues, chacune « exprimant un siècle, et à côté ils peignaient les plus mémo- « rables; par exemple, ils dessinaient un chapeau et un habil- « lement long de couleur rouge, dans le signe de la canicule, « pour marquer l'invasion des Castillans, etc. » *Voyez* liv. II, chap. 28, etc. *Note de l'éditeur.*

entièrement hiéroglyphique, comme celle des Égyptiens et des Chinois.

Des historiens espagnols ajoutent que les peintres mexicains étaient assez habiles pour rendre exactement l'entretien de Cortès avec les ambassadeurs de Montezuma. Si le fait est vrai, on doit supposer qu'ils avaient auparavant disposé sur leur toile des représentations relatives aux éclaircissements que desirait Montezuma. Comme ce prince voulait savoir si les Espagnols étaient dans la résolution de quitter ses états ou de suivre leur route jusqu'à la capitale, il ne fut pas difficile aux peintres de tracer le chemin que les Espagnols devaient tenir. Cette explication est fondée sur ce que les toiles des peintres étaient déja *imprimées* (1) quand ils se présentèrent devant Cortès; c'est-à-dire, que les questions de l'empereur s'y trouvaient énoncées par de faibles esquisses aisées à terminer.

Ce qui est plus difficile à concevoir, c'est la manière dont ils pouvaient rendre les idées morales et abstraites. Nous n'avons sur cela que de faibles lumières.

Quoique cette écriture fût soumise à certaines règles, on était pourtant obligé à tout moment d'inventer de nouveaux signes pour les nouvelles idées qu'acquérait la nation; et cela exigeait, de la part des artistes, de l'expérience et une sorte de talent. Aussi leur profession était-elle honorée parmi les Indiens, et nous voyons qu'on avait donné

(1) *Solis*, Conq. du Mex.

par distinction à une ville de la province de Gua-
timala le nom d'*Amatitlant*, qui signifie *ville des
lettres*, parce que ses habitants excellaient dans
l'art d'écrire (1).

L'art de lire n'exigeait pas moins d'étude. Il faisait partie de l'éducation, et les enfants apprenaient
dans les écoles publiques à découvrir le sens des
peintures offertes à leurs yeux (2). On sent aisément que ces peintures n'étant accompagnées d'aucune inscription, et la plupart ne présentant point
de symboles propres à caractériser les principaux
personnages, on ne pouvait pour l'ordinaire pénétrer ces mystères sans le secours de la tradition
qui se perpétuait dans les écoles publiques (3) et
dans les chansons que tout le monde savait par
cœur.

Les Espagnols, dans les premiers temps de la
conquête, étaient bien éloignés de s'occuper de
cet objet. Ils trouvèrent dans les temples, et dans
les maisons des particuliers, quantité de volumes
dessinés et peints avec plus ou moins de grossiè-
reté. Les uns avaient rapport au culte sacré, les
autres contenaient les annales de la nation; d'autres,
à ce qu'on prétend, traitaient de l'histoire naturelle. Il aurait fallu rassembler ces monuments et
en demander l'explication aux Mexicains éclairés
qui avaient échappé au carnage. On prit un autre

---

(1) Voyage de Gage, part. IV, chap. 1.
(2) *Solis*, Conq. du Mex., liv. III, chap. 16.
(3) *Antoine Herrera*, Voyage, liv. II, chap. 18.

parti. Un cordelier, nommé Zumarranga, élu premier évêque de Mexico, se fit apporter tous les
volumes qu'on put découvrir, et, sous prétexte
qu'ils contenaient des caractères magiques, il les
fit brûler.

Il s'est sauvé de cet incendie : 1° un recueil que
l'on conserve, dit-on, dans la bibliothèque du Vatican, et qu'on a toujours négligé de publier;
2° un morceau que Gemilli Carreri a fait graver,
et qui représente un cycle de cinquante-deux années solaires, désignées par leurs symboles et dis-
posées de manière qu'on pouvait dessiner sous
chaque année les événements dont on voulait conserver le souvenir; 3° une collection de peintures
que Thévenot, d'après Purchas, a publiées sous
le titre d'*Histoire de l'empire du Mexique, représentée par figures* (1). Ce monument, gravé en plus
de soixante planches, est divisé en trois parties :
la première contient la chronologie et les principaux exploits des empereurs du Mexique ; la seconde, la nature et la quantité des tributs que ces
princes retiraient des bourgades soumises à leur
empire ; la troisième, des détails sur les mœurs des
Mexicains. Elles sont accompagnées, dans l'ouvrage
de Purchas et dans celui de Thévenot, d'une interprétation traduite de l'espagnol en anglais et en

_____

(1) Il y en a une quatrième, au musée de Velletri, appartenant au cardinal Borgia. On y remarque un rouleau de peau,
long de quarante-cinq palmes romains, et peint des deux côtés.
M. l'abbé Fabrega, Mexicain, travaille à l'expliquer.

français. L'historique de ce précieux monument est à la tête de l'explication; j'ignore ce qu'est devenu l'original. Aux trois tableaux que je viens de citer, on doit ajouter plusieurs morceaux qui sont en Espagne entre les mains de quelques particuliers et les deux peintures récemment apportées du Mexique.

Ces dernières ne sont que des fragments, et se trouvent dénuées de l'interprétation que les Mexicains étaient seuls en état d'en donner; elles ne peuvent donc fournir que des conjectures. Celles que je vais proposer seront fondées, tant sur le récit des historiens que sur l'analogie qui se trouve entre les figures de ces tableaux, avec celles des planches publiées par Purchas et Thévenot.

CONJECTURES

SUR CES PEINTURES.

Premier fragment (1).

Je commence par la bande carrée qui contient six figures. Les trois qui sont à droite paraissent

---

(1) Quelques recherches que j'aie faites pour retrouver le dessin qui accompagnait ce mémoire, elles ont toutes été jusqu'aujourd'hui très-infructueuses. Peut-être Barthélemy renvoya le dessin de ces peintures à M. Bertin, qui le lui avait communiqué, et n'en garda par discrétion aucune copie : cela est même fondé sur une lettre qui se trouve dans les papiers de

être des Indiens occupés à la récolte du maïs. Le premier est sur le point d'arracher une tige de cette plante ; le second en tient deux épis dans sa main. Ils ont sur le dos des espèces de crochets pour emporter la moisson, et qui sont arrêtés sur la poitrine par des liens auxquels un de ces moisson- neurs a pris soin d'attacher deux épis de maïs. L'ignorance du peintre ne lui a pas permis de dis- tinguer ces crochets, mais on en trouve de sem- blables dessinés dans la trente-cinquième planche de Thévenot à la lettre G.

Le troisième moissonneur a quitté son travail pour être témoin d'un combat qui s'est engagé entre deux guerriers. Le premier tient de sa main droite une massue élevée, et de la gauche un bou- clier auquel sont suspendues quantité de plumes jaunes : sa tête est ornée d'un grand panache de plumes, et son corps revêtu d'une cotte d'armes de même couleur que le bouclier.

Barthélemy. J'avais d'abord eu le projet de retrancher cette explication ; mais il se peut que le dessin soit découvert un jour, peut-être même qu'il y en a quelque copie à Rome, soit au Va- tican, soit dans le musée de Velletri ; pour-lors, il serait facile de l'adapter aux idées de Barthélemy et d'en vérifier la justesse. Ces raisons, jointes à la répugnance de mutiler ses écrits, m'ont déterminé à conserver en entier celui-ci, qui, d'ailleurs, est de l'an 1771. Du reste, en jetant les yeux sur les peintures histo- riques en usage chez les anciens Mexicains, et que plusieurs au- teurs ont rapportées, il n'est pas de toute impossibilité de se représenter à peu près le monument que Barthélemy décrit ici avec beaucoup de clarté. *Note de l'éditeur.*

Cet habillement prouve que le guerrier dont il
s'agit était un officier de distinction (1). En effet,
les historiens espagnols prétendent que Montezuma
avait institué, pour ceux qui se signalaient dans les
combats, des espèces d'ordres militaires, dont le
premier avait, entre autres privilèges, celui d'être
armé de pied en cap en temps de guerre, tandis
que les autres guerriers ne pouvaient l'être que
jusqu'à la ceinture. L'empereur distribuait lui-même
à ses officiers les cottes d'armes et les boucliers; et
de là vient que quantité de bourgades étaient obligées de lui en fournir tous les six mois ou tous
les ans un nombre prodigieux, toutes enrichies de
plumes de différentes couleurs (2). Ces plumes
étaient appliquées sur des casaques de peaux im-
pénétrables, ou de coton, assez bien piquées pour
résister aux flèches (3).

Le guerrier tracé dans la peinture porte sur sa
poitrine un haussecol, singularité dont je n'ai point
vu d'exemple sur les autres monuments des Mexicains. Les historiens qui ont parlé des ordres militaires établis par Montezuma, disent encore que
trois de ces ordres avaient été institués sous les
titres des ordres de l'aigle, du tigre et du lion, et
que les chevaliers suspendaient à leur cou la figure

_____

(1) Voyez Acosta, Gomara, et les autres.

(2) Voyez Thévenot, planches 13, 14, et 15.

(3) Voyage de Gage, première partie, chapitre 19. *Solis,*
Conq. du Mex., liv. III.

de l'un de ces animaux. Aurait-elle été représentée sur cette espèce de haussecol?

Je dois ajouter que, dans le champ du bouclier, on traçait pour l'ordinaire des symboles qui désignaient ou le grade de l'officier, ou la bourgade qui l'avait offert en tribut. Ici le bouclier présente quatre croissants et un cordon de petites plumes jaunes qui sépare le premier des trois autres. On trouvera dans Thévenot, planche XV, la représentation fidèle de ce bouclier, ainsi que de la cotte d'armes, et les noms des vingt-trois bourgades qui, de six en six mois, étaient obligées d'en fournir soixante à l'empereur du Mexique.

L'autre combattant est d'un ordre inférieur: il a les cheveux liés sur la tête; son corps n'est couvert jusqu'à la ceinture que d'une casaque sans ornements. Il tient d'une main son bouclier, et de l'autre sa lance. Un troisième guerrier, du même état que le second, est étendu mort au-dessus des autres. Il avait combattu avec la massue et le bouclier.

Dans le champ de bataille, entre les deux combattants, sont disposés perpendiculairement quatre symboles, dont le premier est surmonté de ce signe |P, qui désigne le nombre de vingt: pour connaître ce qu'il représente, il faut jeter les yeux sur la planche XXXIV de Thévenot; on y verra à la lettre F une espèce de ballot ovale, sur lequel une turquoise était peinte de la même manière qu'elle est sur le monument que j'examine. Ainsi, ce premier symbole doit exprimer une redevance de vingt turquoises; car il faut observer qu'il dé-

signe une turquoise. Plusieurs bourgades étaient
obligées de payer tous les ans à l'empereur une
quantité de ces pierres plus ou moins fines. Le
second symbole est un bras, auquel paraît attaché
un reste de vêtement. J'ignore ce que représente
le troisième. On reconnaît aisément dans le quatrième un bouclier traversé d'un dard.

La composition totale pourrait signifier qu'une
nation ayant refusé de payer le tribut désigné par
le premier et le troisième symbole, l'empereur
avait fait marcher des troupes contre elle ; que
quelques guerriers de cette nation avaient été tués ;
que d'autres avaient perdu leurs boucliers, et que
le combat s'était donné dans le temps qu'on faisait
la récolte du maïs.

Je n'ai pas parlé des inscriptions tracées au-dessus
des figures par quelque Espagnol. Elles sont très-
difficiles à lire, et je ne conçois pas qu'elles puissent
désigner autre chose que des noms propres très-
inutiles à connaître.

Second fragment.

Les trois figures qui fixent d'abord l'attention
paraissent être trois officiers principaux, ils sont
revêtus de leurs cottes d'armes et chargés de plumes
et de rubans.

Le premier tient une lance et deux dards ; ce
qui le caractérise est une espèce de plaque carrée
qu'il porte au-dessus de la tête, et dans laquelle
est peint un demi-cercle d'où s'échappent plusieurs

rayons de différentes couleurs, dont quelques-uns se terminent en petites boules. C'était le symbole ou l'enseigne de sa bourgade; car chacune de ces bourgades avait des armes particulières (1). Il paraît que leurs chefs s'en paraient eux-mêmes lorsqu'ils marchaient à l'ennemi (2), ou du moins que les peintres les en décoraient pour pouvoir les désigner.

Le second guerrier porte au-dessus de sa tête un cimier d'une hauteur démesurée. C'est peut-être l'enseigne de sa bourgade, ou l'attribut de son grade. On en trouvera d'à peu près semblables dans les planches XV et XLIII de Thévenot, et surtout dans la planche LIX, aux lettres R, S, T, V. Le second guerrier en porte sur ses épaules un quatrième, qui, suivant les apparences, a été blessé dans le combat. La figure du troisième guerrier est presque toute détruite; il avait sur la tête un cimier plus élevé que les autres. Ils ont tous quatre, aux oreilles et aux bras, de ces turquoises dont on payait un tribut à l'empereur et qu'il distribuait à ceux de ses officiers dont il voulait honorer la valeur. Ils ont de plus des rubans rouges autour de la tête, du cou et des bras, ainsi qu'aux souliers, ce qui était encore une marque de distinction (3).

L'édifice placé au-dessus du premier guerrier,

(1) Voyez Thévenot, planches 2, 3, 4, 5, 6, etc.
(2) Idem, planche 2.
(3) Gomara, liv. II. Solis, Conq. du Mex., liv. III, chap. 16.

est un temple. C'est ainsi que les temples sont
figurés dans la planche LVI de Thévenot, à la
lettre G ; et dans la planche LIX, lettre G.

A côté du temple ; et dans la partie inférieure
du fragment, sont deux figures presque entièrement
nues : ce qui prouve que ce sont des gens du peuple. Elles semblent pousser des cris, et se livrer à
des mouvements impétueux : ce qui rappelle la
description que les historiens font des danses et
des fêtes publiques des Mexicains (1). Elles tiennent dans leurs mains des symboles, qui se trouvent aussi répandus dans le champ du tableau. Je
serais porté à croire que ce sont des fleurs ; car le
peuple en répandait sur la tête des vainqueurs (2).

D'après ces observations, je présume que cette
peinture représentait plusieurs guerriers revenant
d'une expédition couronnée par le succès ; que la
marche triomphale se faisait auprès d'un temple,
et que le peuple, dans l'ivresse de sa joie, la té-
moignait par des cris, des danses et les fleurs qu'il
répandait sur les guerriers.

Au-dessous d'eux est une bande jaune chargée
de ce même symbole que j'ai pris pour des fleurs,
et d'un autre que je n'ai vu nulle part. Les points
dont ce dernier est accompagné prouvent que ce
n'est pas un simple ornement. La bande jaune désigne le chemin des triomphateurs. Le symbole inconnu me paraît représenter des pastilles de par-

(1) *Solis*, Conq. du Mex., liv. III, chap. 15.
(2) *Solis*, Conq. du Mex., liv. II, chap. 3.

fum, que dans ces sortes d'occasions les prêtres brûlaient en l'honneur des dieux (1). Suivant cette idée, les points indiqueraient la quantité des pastilles que, pendant la marche, on devait jeter successivement sur le brasier; et les fleurs, celles qu'il était ordonné de répandre sur les guerriers à des intervalles marqués, et dont on ne pouvait pas fixer le nombre. J'avoue néanmoins que, pour insister sur cette conjecture, il faudrait que la peinture fût entière, ou que nous eussions plus de pièces de comparaison.

Enfin, dans un des coins inférieurs du fragment est un espace peint en bleu et divisé par compartiments, dans chacun desquels est un petit cercle marqué par un point dans le milieu. Je crois qu'il désigne la nuit. Les Mexicains la représentaient par une demi-sphère chargée d'étoiles, ou de petits cercles tels que nous les voyons ici (2). Ce symbole prouverait donc que l'expédition ou la marche s'est faite pendant la nuit.

En étudiant avec soin les gravures de Thévenot, il m'a paru que la manière dont les peuples du Mexique exprimaient leurs idées n'était pas aussi grossière que l'ont supposé quelques auteurs, et

---

(1) Dans la planche 53 de Thévenot, lettre Q, on voit, dans une cassolette, une pastille de parfum ou de copal, semblable, pour la forme, à celles qui sont tracées ici. Je dis pour la forme, car la gomme de copal était d'une autre couleur.

(2) Voyez Thévenot, planche 52, lettre P; planche 55, lettres D, E.

que, si l'on voulait être instruit des progrès de l'esprit humain parmi ces Indiens, il n'y aurait pas de voie plus sûre que de rassembler tous les monuments échappés à la barbarie du premier évêque de Mexico.

Il serait facile, par le moyen des élèves de peinture, d'avoir une copie exacte et enluminée des peintures mexicaines qui sont à la bibliothèque du Vatican, et qui, suivant Acosta, s'y trouvent accompagnées d'une explication. On pourrait déterrer l'original de celles que Thévenot a publiées, et en copier les couleurs. J'ai lu quelque part qu'il est à la bibliothèque du roi, où l'on m'a pourtant assuré qu'il ne se trouve pas. Des relations en Espagne augmenteraient nos trésors en ce genre. On graverait ensuite ce recueil au simple trait, on l'enrichirait des couleurs des originaux, comme on a fait pour la tactique des Chinois et pour les peintures antiques publiées par MM. de Caylus et Mariette ; enfin, on y joindrait les explications qu'on avait apportées du Mexique et celles que l'analogie pourrait indiquer. J'ose dire que ce projet, qui réunirait sous un point de vue toute la littérature des Mexicains, serait digne du ministre éclairé à qui l'histoire de France et celle des Chinois ont déjà tant d'obligations.

INSTRUCTIONS

POUR M. DOMBEY,

SUR SON VOYAGE AU PÉROU[1].

Si M. Dombey a un dessinateur avec lui, il pourrait faire dessiner plusieurs monuments qui restent des anciens Péruviens, et qui suffisent pour donner une idée de leur architecture. Ce sont des temples, des palais, des tombeaux. Garcilasso de la Vega en cite plusieurs. Don Antoine de Ulloa en

---

(1) Ce mémoire sur les antiquités du Pérou, et les réflexions sur les peintures mexicaines, ont été composés à la prière de M. Bertin, ministre, ami des lettres, et dont la mémoire doit être chère à tous ceux qui les cultivent. Il avait fait des collections importantes de différents monuments de l'Asie et de l'Amérique; on ignore quel en a été le sort. C'est à son zèle qu'on est redevable de la précieuse collection des mémoires sur les sciences et les arts de la Chine, dont M. de Bréquigny a été l'éditeur. M. Bertin avait des liaisons étroites avec ce savant respectable, ainsi qu'avec Barthélemy, qui lui communiqua, en 1777, le mémoire pour M. Dombey, naturaliste recommandable par sa grande modestie, son rare désintéressement et ses utiles travaux. Il avait été envoyé au Pérou, aux frais du gouvernement, en 1776, et il en revint en octobre 1785. *Note de l'édit.*

11.

a fait dessiner quelques-uns, et, entre autres, une espèce de palais des rois de Quito, qui se nomme Callo, et qui sert de maison de campagne aux Augustins de Quito. Mais il ne nous en a pas donné les proportions, et c'est une omission qu'il serait facile de réparer.

Les monuments de Cusco sont ceux qui méritent le plus d'attention. On y voit les restes d'un temple du Soleil, et d'autres édifices dont les pierres sont d'une grandeur si énorme que, malgré la perfection de la mécanique, on aurait, dit-on, de la peine à les remuer aujourd'hui. Il faudrait avoir des dessins exacts de ces édifices, ainsi que les proportions de ces pierres, et s'informer si elles n'auraient pas été tirées de quelque carrière voisine ; car c'est peut-être pour ajouter au merveilleux qu'on suppose qu'elles avaient été transportées de fort loin.

Les voyageurs ont cité d'autres monuments situés dans la vallée de Pachacamac, à Tomebamba, à Guamanga, etc. Ils ne méritent peut-être pas que M. Dombey prenne la peine de se rendre en ces lieux ; mais, s'il y passait par hasard, il faudrait en avoir des dessins. On dit la même chose de tous les monuments un peu considérables qui se trouveront en des endroits où ses recherches le conduiront naturellement.

Dans les tombeaux on trouve communément des haches de cuivre, des miroirs de pierre, des vases d'argile, des aiguilles et d'autres petits meubles qu'on enterrait avec les morts. Il en est venu en

France et dans les différents cabinets de l'Europe. Les vases d'argile doivent être d'une mince valeur; mais comme ils représentent pour l'ordinaire une tête d'Indien, il serait bon d'en avoir deux ou trois pour se former une idée générale de la manière de dessiner de ce peuple.

On découvre dans les mêmes tombeaux de petites figures de divinités en or et en argent, dont le travail est surprenant : elles sont creuses, d'une seule pièce, et sans la moindre soudure; d'ailleurs, l'or ou l'argent, mince comme une feuille de papier, paraît si fragile qu'on ne conçoit pas qu'on ait pu les évider ou les jeter en moule. Il faudrait tâcher d'en acquérir une ou deux. En général, il ne faut pas négliger tous les petits ouvrages qui attestent l'intelligence et l'industrie des anciens Péruviens (1).

---

(1) Outre une très-grande quantité d'objets d'histoire naturelle destinés pour le Jardin des Plantes, M. Dombey rapporta diverses antiquités qui ont été déposées au cabinet des antiques, le 31 janvier 1786. En voici l'état d'après les registres de ce cabinet; trente vases de différentes grandeurs; deux instruments propres à resserrer les fils passés par la navette; quatre idoles de terre, grossièrement dessinées; deux *topos* d'argent, ou épingles arrondies de femmes; deux autres du même métal, en forme de croissant; des haches de cuivre; un sceptre de bois avec des figures d'une espèce de pélican (*alkatras*); des fragments de l'habillement d'un prêtre du temple de Pachacamac; une tunique de jeune vierge, ou vestale du même temple; un diadème, ou *borla*, de cette vestale; un stilet d'or, trouvé dans le tombeau d'un Inca de Pancartambau, près de Cusco, servant à percer les

Il serait important d'avoir beaucoup de mots de leurs anciennes langues, et surtout de celle qu'on nomme *quicheca*, et qui était la langue des Incas. Il faut distinguer les peuples qui parlent ces différentes langues, et observer attentivement la manière dont ils prononcent les mots. On nous a rapporté quelques-unes de leurs chansons; il faudrait en multiplier le nombre, parce qu'il serait possible d'y trouver quelque trait de l'histoire de ces peuples ou de leur mythologie. Je dis de leur mythologie, parce que certains peuples du Pérou avaient un culte différent de celui du Soleil.

Les Péruviens n'ont jamais connu l'écriture. On prétend qu'ils y suppléaient de deux manières: 1° par des peintures informes, à peu près semblables à celles des anciens Mexicains; s'il s'en trouvait quelque fragment, il serait bon de l'acquérir, ou d'en tirer une copie; 2° par des *quippos*, c'est-à-dire, par des nœuds de laine qui, par la variété de leurs couleurs et de leurs configurations, rendaient toutes les idées de ces peuples (1). Ces quippos sont encore en usage chez eux (2).

---

oreilles; un diadème d'argent; deux balances; une idole d'or, représentant une vestale; une épilatoire d'or; deux plaques d'or trouvées sur les yeux d'un Inca; une idole de bois d'Otaïti; enfin, un collier d'une sauvage Pehvenche du Chili. *Note de l'éditeur*.

(1) Voyez Acosta, liv. VI, chap. 8; etc.

(2) Par ce moyen, ils conservent, durant plusieurs années, non-seulement l'état circonstancié des contributions en nature qu'ils ont payées, mais encore les détails des concussions, ou des malversations des agents espagnols du fisc, etc.

Très-peu d'Indiens en connaissent parfaitement le mécanisme, et ne le révèlent à leurs enfants qu'à la fin de leur vie. S'il était possible de leur dérober ce secret, nous serions plus en état de juger de la portée de leur esprit et des combinaisons dont il est capable.

Au reste, si on démêle un jour les migrations et l'origine des différentes nations de l'Amérique, ce ne sera que par la comparaison de leurs vocabulaires. Il serait donc très-important d'en rassembler un grand nombre, et d'y ajouter ceux des îles découvertes en dernier lieu par les Anglais, dans la mer du Sud. Ils ont donné de longues listes de mots indiens; on en trouve plusieurs épars dans les autres voyageurs, au temps de la conquête de l'Amérique. Il faudrait qu'un homme de lettres prît la peine de dépouiller ces ouvrages et de classer les débris des langues indiennes. La moisson serait abondante, et j'ose assurer qu'un tel recueil ferait honneur à notre littérature.

MÉMOIRE

LU

À LA COMMISSION DES MONUMENTS[1].

Les objets qu'on se propose de conserver en donnant une nouvelle destination aux maisons ecclésiastiques supprimées, consistent en livres, manuscrits, médailles, pierres gravées, vases, statues, bustes, tombeaux, tableaux, dessins, estampes, tous les morceaux enfin qui ont rapport à l'histoire naturelle, ou aux arts mécaniques.

Il semble que le moyen le moins dispendieux et le plus utile serait d'établir, dans une ville de chaque département, soit qu'elle en fût le chef-

---

(1) Cette commission fut établie en conformité d'un décret du 18 octobre 1792 ; elle était composée de trente-trois membres, divisés en trois classes, la première, celle des arts ; la seconde, celle des sciences ; et la troisième, celle des belles-lettres. Elle fut remplacée par la commission des arts, qui a subsisté jusqu'à la création de l'Institut national. Si ces deux commissions n'ont pas étouffé entièrement le vandalisme, elles sont parvenues du moins à arracher bien des monuments à ses fureurs toujours renaissantes. *Note de l'éditeur.*

lieu, soit qu'elle ne fît que partie d'un district, un muséum où l'on rassemblerait d'abord une grande partie de ces richesses éparses. Une des maisons supprimées serait destinée à les recevoir; la municipalité en confierait le soin à un de ses citoyens, qui commencerait par les distribuer en différentes pièces, à mesure qu'on les lui remettrait. Les tableaux seraient suspendus aux murs de l'église; les statues et autres ouvrages de sculpture seraient placés au-dessous des tableaux; les objets moins volumineux, tels que les livres, manuscrits, etc., dans des chambres particulières. Le garde parviendrait insensiblement à les mettre en ordre. Nous présumons que ce garde, nommé par ses concitoyens, se ferait un devoir de répondre à leur confiance, et d'acquérir des lumières pour justifier leur choix.

Il faut observer en effet, que plusieurs villes principales, telles que Lyon, Aix, Toulouse, ayant déjà des bibliothèques ou des cabinets d'histoire naturelle et d'antiquités, verraient avec plaisir augmenter, par de nouvelles richesses, les trésors qu'elles possèdent; que d'autres, telles que Marseille, Dijon, Toulouse, Bordeaux, Grenoble, la Rochelle, ayant des académies, il s'y trouverait quelque homme de lettres qui se chargerait volontiers de la direction du muséum.

Si cependant, aux motifs de zèle et d'honneur, il en fallait ajouter d'autres, la municipalité pourrait accorder au garde un logement dans le muséum, et y joindre un léger traitement. Cette dépense et celle qu'occasioneraient le transport et l'arrangement de tant de monuments divers, seraient compensées par deux avantages qu'en retirerait la municipalité. 1° Un muséum placé dans une ville, n'offrît-il à l'instruction ou à la curiosité qu'un très-petit nombre d'objets intéressants, n'eût-il d'autre mérite que sa réputation naissante, attirerait, ou du moins arrêterait l'étranger que l'amour des lettres ou des arts fait voyager. Ceux qui ont parcouru l'Italie savent que dans toutes les villes les moindres cabinets, les moindres dépôts ont fixé leur attention, et quelquefois fait prolonger leur séjour.

Un second avantage serait l'établissement de quatre-vingt-trois muséum pour propager les lumières et faire éclore les talents. Une longue expérience nous apprend que le hasard seul a décidé plus d'une fois la vocation d'un homme de lettres et surtout celle d'un homme de génie. Vaucanson, âgé de dix à onze ans, vit une horloge de bois dont le rouage excita ses transports, et il dut à cette rencontre fortuite d'être le premier mécanicien de l'Europe.

Je ne donne que des aperçus; mais il est très-possible qu'une vive émulation s'établisse entre les villes enrichies d'un muséum; que, dans chacune de ces villes, certains dépôts, comme celui de l'histoire naturelle, prennent des accroissements considérables, par la facilité qu'on aura d'y recueillir les productions de la nature; que, dans d'autres, des particuliers lèguent leurs cabinets ou leurs

livres à un établissement consacré à l'utilité générale, comme cela est arrivé quelquefois ; et qu'enfin, les bienfaits d'un muséum deviennent de jour
en jour plus sensibles dans les villes où il se trouvera des écoles d'instruction publique.

Je passe à une autre question. Faut-il laisser les
départements jouir de toutes leurs richesses littéraires ? faut-il en transporter, dès à présent, une
partie à Paris ? Je pense qu'il est d'une mauvaise
politique d'accumuler, dans une seule ville, tous
les objets qui peuvent servir à l'instruction ou à
exciter la curiosité. En dépouiller les provinces,
ce serait refroidir leur zèle. On en serait convaincu,
si on savait combien les amateurs en tout genre
sont jaloux et glorieux de posséder quelques rare-
tés inconnues à la capitale. Cependant, comme il
se peut que des raisons très-fortes exigent des ex-
ceptions, je reprends les différents articles qui
font l'objet de ces réflexions.

1° *Livres et manuscrits.* Je n'ai que de faibles
lumières sur les bibliothèques des chapitres et des
maisons religieuses qui ne subsisteront plus, et je
vois ici des personnes qui en sont mieux instruites
que moi.

2° *Médailles.* Suivant les relations que j'ai eues
dans les provinces, je crois qu'on trouvera très-
peu de médailles dans les chapitres et monastères ;
que ces médailles sont communes, et qu'on peut
sans risque les faire passer au muséum.

3° *Pierres gravées, vases,* etc. Plusieurs des
églises dont il s'agit conservent dans leur trésor

des vases d'une matière précieuse, la plupart d'a-
gate, quelques-uns ornés de bas-reliefs, et d'un
beau travail; elles possèdent aussi des châsses, des
reliquaires, des boîtes, des anneaux d'or où sont
enchâssées des médailles d'or, des cornalines, des
agates, des sardoines et d'autres pierres de prix,
dont quelques-unes sont gravées. Si parmi ces objets il s'en trouvait qui ne fussent pas destinés au
culte public, il serait essentiel de les envoyer à
Paris, conjointement avec les vases dont j'ai parlé;
à moins que, pour la facilité du transport, il ne
parût plus convenable d'en détacher les médailles
et les pierres précieuses pour les faire passer ici,
où leur place leur serait naturellement assignée;
savoir, les vases, médailles et pierres gravées dans
les suites des antiques, médailles et pierres gravées; les pierres non gravées dans le cabinet d'histoire naturelle. Il est inutile d'avertir que, s'il se
trouvait dans le trésor de semblables pierres détachées, il faudrait les joindre aux autres : il serait
encore inutile d'avertir qu'on peut envoyer et
garder provisoirement au muséum tous les objets
énoncés dans cet article, si cela était plus commode.

Je propose de réserver pour Paris les vases et
les pierres précieuses, parce que le transport en
est facile; parce que de pareils objets, pour être
conservés avec soin doivent faire suite; parce que,
pour être étudiés avec profit des naturalistes, des
antiquaires et des graveurs, ils doivent être placés
sous leurs yeux.

4° *Inscriptions, statues, bustes*, etc. Les Romains en ont laissé un très-grand nombre en France, et surtout dans les provinces méridionales. Les inscriptions sont gravées sur des autels, sur des tombeaux ou sur de simples pierres. La moindre teinture de la langue latine et de l'histoire romaine suffit pour les reconnaître. On propose de les transporter toutes au muséum du département : on doit y transporter aussi les inscriptions du moyen âge. Quant aux statues et bustes, ceux qui appartiennent à des saints peuvent être placés dans des églises, les autres au muséum.

5° *Tombeaux et épitaphes*. Outre le respect que ces monuments ont toujours inspiré à toutes les nations, outre l'utilité dont ils peuvent être pour l'histoire et pour les arts, il est certainement de toute justice de conserver ceux des fondateurs des chapitres et des monastères, ceux des hommes célèbres, ceux des citoyens qui ont rendu des services à leur patrie, et ceux qui renferment des témoignages de la piété filiale.

On pourrait, dès à présent, les réunir tous et sans choix dans une des églises abandonnées, placer dans le milieu les tombes distinguées par la matière, le travail ou les figures dont elles sont ornées; revêtir les murs à l'intérieur et à l'extérieur des tablettes de marbre ou de pierre qui contiennent des épitaphes, de manière que, dans la même ville ou dans le même département, on trouvât un muséum qui renfermerait les productions de l'esprit, et un grand mausolée qui rap-

pellerait des noms intéressants pour le département et pour les familles ; de manière encore que
tous ces noms seraient confondus, et qu'à Moulins,
par exemple, à côté du superbe tombeau du maréchal de Montmorenci, on pût lire l'épitaphe d'un
simple particulier qui aurait emporté en mourant
les regrets de sa famille et de ses concitoyens.

Après une première dépense, qui serait indispensable quelque parti que l'on prenne, ce dépôt funèbre ne coûterait plus que l'entretien du
bâtiment. Les clefs en seraient remises entre les
mains d'un pauvre artisan, qui aurait soin de le
tenir propre, et recevrait pour récompense un
petit logement et des étrennes de la part des étrangers qui viendraient visiter ces lieux.

Avant tout, on pourrait proposer aux familles
de retirer les mausolées et les épitaphes qui les
intéressent ; et si leur intention est de les laisser
au dépôt, elles seront invitées à les y faire transporter.

Qu'on me permette encore une réflexion. Ces
mausolées vénérables, exposés à tous les yeux,
pourraient dans la suite produire un idée salu-
taire, et engager chaque municipalité à choisir,
autour de la ville, un enclos où il ne serait permis
d'enterrer que les citoyens qu'elle aurait jugé dignes de recevoir cet honneur.

Si le projet des mausolées est rejeté, il semble
qu'on ne peut rien faire de mieux que de remettre aux directoires des districts le soin de veiller
à la conservation des tombeaux et des épitaphes.

Quant aux autres objets mentionnés ci-dessus, j'ai cru que, pour s'assurer de leur conservation, en facilitant l'arrangement et le choix, et les rendre aussi utiles qu'ils pourront le devenir, il fallait les réunir dans un seul endroit. En attendant, je crois que, pour fixer les opérations subséquentes, il faut demander les catalogues des livres, manuscrits, bijoux qui se trouveront dans les maisons supprimées.

ESSAI

D'UNE

NOUVELLE HISTOIRE ROMAINE[1].

Quand je lis l'histoire dans les auteurs anciens, des fictions agréables me soutiennent quelquefois contre le récit des atrocités; quand je la lis dans les écrivains modernes, je ne vois qu'une suite effrayante de tableaux, dont rien n'adoucit l'horreur. L'homme paraissant tout seul sur la scène, j'ai honte de sa prétendue perfection, et je préfère des mensonges qui m'amusent, à des vérités qui me révoltent.

C'est ce qui m'a fait naître l'idée de rendre à l'histoire ancienne les ornements dont on l'a dépouillée. Je commence par celle des Romains, et je vais renfermer dans un petit nombre de pages ce qu'elle offre de plus essentiel, depuis la prise de Troie jusqu'à la mort de Romulus.

---

(1) Cet essai a déja paru dans le *Mercure de France*, 1792, n° 13. On le réimprime ici sur le manuscrit original de l'auteur, en y ajoutant les citations, qui toutes ont été retranchées par le rédacteur de ce journal. *Note de l'éditeur.*

Dans ce temps-là vivait un homme qui s'appelait Énée; il était bâtard, dévot et poltron, ces qualités lui attirèrent l'estime du roi Priam, qui, ne sachant que lui donner, lui donna une de ses filles en mariage.

Son histoire commence à la nuit de la prise de Troie (1). Il sortit de la ville, perdit sa femme en chemin, s'embarqua; eut une galanterie avec Didon, reine de Carthage, qui vivait quatre cents ans après lui; donna des jeux très-amusants auprès du tombeau de son père Anchise, mort en Sicile, et parvint enfin en Italie, vers l'embouchure du Tibre, où le premier objet qui frappa ses regards fut une truie qui venait de mettre bas trente cochons blancs (2). Là devaient se terminer ses voyages; les oracles l'avaient prédit. Il prit possession de la contrée, et commença par tracer l'enceinte d'une ville. Il voulut ensuite savoir à qui ces lieux appartenaient avant son arrivée; on lui dit : « C'est ici le Latium; ces campagnes offertes « à vos yeux sont cultivées par les Latins : la ville « que vous voyez sur cette colline s'appelle Laurentum, et le château garni de tours qui la cou- « ronne est le séjour du roi Latinus, fils de la « nymphe Marica (3) ».

Latinus était très-vieux, et n'avait qu'une fille très-jeune, nommée Lavinie. Il l'avait promise à

---

(1) VIRGIL., Æneid., lib. II.
(2) DIONYS. HALIC., lib. I, pag. 46.
(3) VIRGIL., lib. VII, v. 47.

Turnus, roi des Rutules, qui joignait une valeur brillante aux grâces de la jeunesse et de la figure. Cet hymen allait se conclure, lorsque des nouvelles effrayantes en suspendent les apprêts. On apprend que des corsaires, descendus sur le rivage, abattent les forêts, s'emparent des propriétés et sèment la terreur aux environs (1). En même temps l'on voit dans la plaine cent ambassadeurs troyens venir à pas précipités (2). Latinus n'a que le temps de se jeter sur le vieux trône de ses aïeux, et les Troyens introduits lui déclarent qu'ils sont venus par l'ordre des dieux, sous la conduite du fils de Vénus, s'établir dans ses états, et lui donnent le choix de la guerre ou de la paix. La cour de Laurentum fut étonnée d'un pareil langage ; mais elle le fut bien plus quand elle entendit le roi proférer gravement ces paroles : « Je vous laisse ce que vous avez pris ; « et je choisis pour gendre le fils de Vénus, à con- « dition qu'il viendra voir le fils de Marica (3) ».

Les cris de la reine, les pleurs de Lavinie, les fureurs de Turnus, rien ne put changer la résolution du roi : on courut aux armes, et la guerre finit par la mort de Turnus, que le vaillant Énée abattit d'un coup de pierre.

Devenu possesseur du royaume des Latins, il acheva la ville qu'il avait commencé de bâtir, et qu'il nomma Lavinium, du nom de sa femme. Pen-

---

(1) Dionys. Halic., lib. I, pag. 46.
(2) Virgil., Æneid., lib. V. 153.
(3) Dionys. Halic., pag. 47. Virgil. lib. VII, v. 263.

dant qu'il s'occupait de ce paisible soin, il fut
témoin d'un prodige qui cachait un mystère im-
pénétrable à tout autre qu'à lui. Le feu ayant pris
naturellement à un bouquet de bois, on vit presque
dans le même instant un loup y accourir et l'ali-
menter en y jetant des matières combustibles ; un
aigle descendre des cieux pour l'agiter de ses aîles ;
un renard en arrêter les progrès en secouant sur
la flamme naissante sa queue, qu'il avait trempée
dans le fleuve : cette scène se réitéra plusieurs fois.
À la fin le bois fut consumé, et le renard se retira.
À l'aspect de cet événement, qu'on ne peut ré-
voquer en doute puisqu'on voit conservées depuis
long-temps, dans la place de Lavinium, les figures
de ces trois animaux en bronze, Énée augura que
la colonie trouverait de grands obstacles à son établissement ; mais que, par la faveur des dieux,
elle triompherait avec éclat de la jalousie des
hommes (1).

Cependant ce sentiment germait parmi les nations voisines. Il fut attaqué par les Étrusques et
les Rutules ; le combat se donna sur les bords du
Numicus, petit ruisseau dont les eaux étaient employées par préférence au culte de Vesta, et qui
s'épuisa, dit-on, un jour que les libations devinrent plus fréquentes (2). Énée, au milieu de

---

(1) Dionys. Halic., lib. I, pag. 48.

(2) Serv. in Virgil., Æneid., lib. VII, v. 150. Cluver., Ital.
ant. lib. III, pag. 895.

l'action, fut poussé dans le ruisseau, et s'y établit si bien qu'il s'y noya (1).

Ainsi finit l'histoire de ses exploits; celle de sa gloire serait plus étendue et aussi surprenante. Errant, fugitif, ayant besoin de tout le monde, et personne n'ayant besoin de lui, ses voyages laissèrent par-tout des traces profondes : ceux qui mouraient à sa suite eurent le privilège d'illustrer les lieux témoins de leurs derniers soupirs. Des îles, des promontoires quittèrent leurs anciens noms, et prirent ceux de ses cousines et de ses nourrices, de son pilote, de son trompette (2); enfin, quoique, suivant la remarque d'un écrivain judicieux, on ne puisse être enterré que dans un endroit (3), plusieurs villes se félicitent de conserver son tombeau.

Ascagne, son fils, se hâta de le mettre au nombre des dieux, de l'enfermer dans les murs de Lavinium, et de proposer la paix aux ennemis.

Mézence, roi des Étrusques, en dicta les articles, et exigea, pour tribut, tout le vin qu'on recueillerait dans le pays des Latins (4).

Nous devons cette liqueur, dit le plus savant des anciens naturalistes, au privilège qui nous distingue des autres animaux, celui de boire sans en

---

(1) DIONYS. HALIC., lib. I, pag. 52; AUR. VICT. Orig. gent. roman.

(2) *Id., ibid.*, p. 42 et 43. AUR. VICT., *ibid.*

(3) *Id., ibid.*, p. 45.

(4) *Id., ibid.*, p. 52. PLIN., lib. XIV, cap, 12, t. I, p. 720.

avoir besoin (1); c'est de tous les droits de l'homme le plus généralement reconnu. Les Latins allaient en être dépouillés, lorsqu'Ascagne prit le parti de consacrer à Jupiter toutes les vignes de ses états, et d'en avertir Mézence (2).

La paix se fit à de plus douces conditions. Le vœu d'Ascagne ne fut point exécuté. Il n'empêcha pas les Romains de s'enivrer du vin de Latium, ni un ambassadeur grec de le trouver aussi mauvais qu'il est en effet (3); mais il empêcha les généraux romains de former des serments indiscrets. Papirius (4), dans sa guerre contre les Samnites, implora l'assistance de Jupiter, et ne lui promit pour prix de la victoire qu'un petit verre de vin.

Ascagne se promenait un jour sur les bords du lac d'Albano, et racontait, peut-être pour la centième fois, à ses courtisans, les circonstances de son arrivée en Italie. Il observa que depuis cette époque, il s'était écoulé trente ans. Ce mot, en lui rappelant les trente petits cochons blancs qu'il avait vus au sortir du vaisseau, fut un trait de lumière pour lui, et le germe des plus grandes choses qui se soient faites dans ce monde. Il conclut du nombre de ces animaux qu'il devait, sans différer, bâtir une ville, et de leur couleur lui donner le nom d'Albe, parce que ce mot en latin désigne la

---

(1) Plin., lib. XXIII, cap. 1, p. 302.
(2) Dionys. Halic., p. 52. Aur. Vict., Orig. gent. roman.
(3) Plin., lib. XIV, cap. 1, t. I, pag. 706.
(4) Id. ibid., cap. 13, pag. 720.

couleur blanche. Il en fit aussitôt jeter les fondements (1), et cette ville, remplacée aujourd'hui par
un couvent de récollets, fut l'origine de Rome et
de ses hautes destinées.

Après la mort de ce prince, Albe fut successivement gouvernée par douze rois pendant l'espace
d'environ trois cent cinquante ans : ils régnèrent
dans le plus grand silence, excepté Alludius, qui
avait trouvé l'art d'imiter la foudre, et qui finit par
l'attirer sur sa maison (2).

Procas, le dernier de ces douze rois, laissa deux
fils, Numitor, à qui le trône appartenait, et Amulius, qui s'en empara. Cet usurpateur, dans la
crainte que Sylvie, sa nièce, ne trouvât dans un
époux le vengeur de son père, l'obligea de se consacrer à Vesta (3).

Sylvie, chargée du soin de sa virginité et des
fonctions du ministère, partageait ses efforts entre
ces devoirs. Un jour que devant offrir un sacrifice, elle allait chercher de l'eau pure dans une
source placée hors de la ville et entourée d'arbres
touffus, elle vit à l'entrée de la grotte, au lieu
d'une nymphe mollement penchée sur son urne,
un grand homme debout, tenant d'une main son
bouclier, de l'autre sa lance, la tête couverte d'un
casque qui ne laissait entrevoir qu'une barbe fort
noire et fort épaisse : cet homme était le dieu Mars.

---

(1) Aur. Vict. Orig. gent. roman.
(2) Dionys. Halic., lib. I, pag. 57.
(3) Liv., lib. III. Dionys. Halic., lib. I.

Elle en fut effrayée; mais ils étaient seuls, et cette solitude, ce gazon, cette fontaine!.. Neuf mois après, Sylvie mit au jour deux jumeaux qui furent nommés Romulus et Rémus. Le roi d'Albe, qui n'avait point été prévenu de leur arrivée, ordonna de les jeter dans le Tibre, et condamna leur mère à passer le reste de ses jours dans une prison où il n'y avait ni dieu ni fontaine.

On mit les enfants dans un berceau, et ce fleuve après l'avoir ballotté pendant quelque temps sur ses flots, grossis par la fonte des neiges, le déposa doucement au pied du mont Aventin, sous un figuier, qui, pour prix de l'ombrage qu'il avait prêté, subsistait encore mille ans après (1). Alors s'approchèrent du berceau deux animaux, une louve, qui leur donna le premier lait, et un pivert, qui de son bec glissait dans leur bouche de petites miettes ramassées çà et là (2).

Je raconte des choses étranges; j'en rapporterai d'autres qui ébranlent également notre foi. Mais Plutarque l'affermit par deux fortes raisons (3): la première, tirée de l'ordre éternel des convenances suivant lequel le colosse prodigieux de la grandeur romaine ne pouvait s'établir que sur des prodiges; la seconde, tirée des jeux de la fortune,

---

(1) Liv., lib. I, cap. 4; lib. X, cap. 23. Tacit., Annal. XIII, pag. 58. Plin., lib. XV, cap. 18, t. I, pag. 746.

(2) Plut. in Rom., t. I, p. 19 et 21.

(3) Id., ibid., pag. 22.

qui, suivant Pindare, gouverne le monde (1), et qu'il est inutile d'interroger puisqu'elle a toujours dédaigné de rendre ses comptes. Je continue.

Après la louve et le pivert, arrivèrent auprès du berceau Faustulus et Acca, sa femme. Faustulus était un homme vertueux que ses services avaient élevé au rang de premier berger du roi : Acca n'avait pas de grandes vertus; mais elle avait de grandes faiblesses qui lui valurent beaucoup de douceurs pendant sa vie, et les honneurs divins après sa mort (2).

, Ces heureux époux se chargèrent de l'enfance des princes, et confièrent ensuite leur éducation à un maître d'école résidant à Gabies, à quatre lieues de distance de leur chaumière.

Ils s'y distinguèrent dans les exercices du corps et dans ceux de l'esprit; et, après y avoir puisé le goût des lettres, de la musique et de la tactique des Grecs (3), ils revinrent à l'âge de dix-huit ans au mont Palatin pour y garder les troupeaux du roi Amulius.

Tout en eux était imposant, la taille, le maintien, l'éloquence, mais surtout la force et le courage; leurs bras vigoureux portaient des coups mortels aux animaux qu'ils poursuivaient à la chasse, aux pâtres étrangers qui osaient franchir les limites qui leur étaient assignées.

Faustulus leur apprit enfin le secret de leur

---

(1) PIND. Olymp. XII.

(2) DIONYS. HALIC., lib. I, pag. 71. PLUT. ibid., pag. 19.

(3) DIONYS. HALIC., Ibid.

naissance, et dès l'instant même ils rassemblent un grand nombre de gens sans aveu, marchent à la capitale, brisent les fers de leur mère Sylvie, font mourir Amulius, et rendent la couronne à leur grand-père Numitor, qui tenta vainement de les retenir auprès de lui; ils savaient qu'obligés de vivre en mauvaise compagnie, ils ne pouvaient plaire à la cour d'Albe, et qu'une liberté sans licence commençait à déplaire à leurs soldats : un autre motif hâta leur départ; ils voulaient, à l'exemple des anciens héros, bâtir une ville qui transmît leur nom à la postérité; déja même Romulus en avait tracé le plan.

Autour du mont Palatin sont six autres collines qui pourraient toutes, à leur sommet, recevoir la ville éternelle. Rémus se décida pour le mont Aventin, parce qu'il était de meilleure défense que les autres; Romulus pour le Palatin, parce qu'il les avait reçus à leur naissance. Les deux projets furent agités dans l'assemblée générale, et il fut réglé que l'on s'en tiendrait à celui que les dieux indiqueraient eux-mêmes. Rémus aperçut six vautours dans un coin du ciel : Romulus s'écria aussitôt qu'il en voyait douze dans un autre coin. Fallait-il se décider sur la priorité de la découverte, ou sur le nombre des oiseaux? Les esprits s'échauffèrent, on en vint aux mains, Rémus périt dans le combat. On dit que ce fut son frère qui le tua, le pleura et l'enterra (1).

_____

(1) Liv., lib. I, cap. 6. Plut. in Rom., pag. 23. Dionys. Halic., lib. I, p. 74.

On acheva aussitôt l'enceinte de Rome. La forme
en était aussi carrée que celle de Babylone. Dans
le milieu s'élevèrent mille cabanes; celle de Romulus les surpassait toutes en magnificence. Des
roseaux, artistement entrelacés, soutenaient le
chaume dont elle était couverte. Il avait pour lit
de la paille, pour chevet une botte de foin (1).

Le goût des arts, et l'amour de la gloire, attirèrent son attention sur les monuments publics.
Il conserva une petite chapelle, située au pied
du mont Palatin, où les chiens et les mouches
n'osaient entrer depuis qu'Hercule y avait offert
un sacrifice (2). Il bâtit sur le Capitole, en l'honneur de Jupiter, un temple dont la longueur était
d'environ quinze pieds (3), et la hauteur telle qu'il
fut possible d'y placer la statue de Jupiter quoiqu'elle fût en pied et de grandeur naturelle (4).

Enfin, s'étant emparé d'une ville d'Italie, il se
trouva parmi les dépouilles un char de bronze;
il eut l'attention de le consacrer à Vulcain, et d'y
placer sa propre statue, avec une inscription qui
fut composée en grec, parce qu'elle devait être
lue par des Latins (5).

---

(1) Ovid. Fastor. lib. I, v. 200; lib. III, v. 184.
(2) Plin., lib. X, cap. 29, pag. 560, lin. 13. Solin., cap. 1,
pag. 2.
(3) Dionys. Halic., lib. II, pag. 102.
(4) Ovid. Fastor., lib. I, v. 201.
(5) Plut. in Rom., t. I, pag. 33. Dionys. Halic., lib. II,
pag. 116.

L'histoire nous a laissé quelques traits du caractère de ce prince. Elle parle en particulier de la
noblesse de ses sentiments, de ses vertus, de sa
prudence consommée, de son respect pour les
dieux, et de sa haine contre toute espèce d'op-
pression (1). Voici l'usage qu'il fit de ces belles
qualités, quand il voulut augmenter le nombre de
ses sujets.

Il ouvrit un asyle où fondirent tout à coup des
hordes d'esclaves fugitifs, de débiteurs insolvables
et d'assassins avérés. Il les mit au rang des citoyens,
et répondit aux plaintes qu'il recevait de toute
part, que telle était la volonté d'Apollon (2).

Aristote nous apprend que dans l'espèce hu-
maine le concours des deux sexes est nécessaire
pour donner le jour à un enfant (3). Cette vérité,
qui n'avait pas échappé à Romulus, l'affligeait
sensiblement. Il voyait sa colonie prête à périr
faute de femmes, car les nations voisines refusaient
de s'allier avec ce tas de brigands dont il était entouré ; mais il trouva le moyen de vaincre leur
répugnance, en les invitant à des jeux qu'on devait
célébrer à Rome. Des tribus de Sabins s'y ren-
dirent avec leurs familles. Les premiers spectacles
excitèrent une admiration générale. Le dernier
jour des fêtes, Romulus prescrivit à ses soldats

(1) Plut. in Rom., tom. 1, pag. 20. Dionys. Halic., lib. II,
pag. 80.
(2) Plut. ibid., pag. 22. Dionys. Halic., ibid., pag. 88.
(3) Arist., de Gen. animal., lib I, c. 1 et 2; lib. II, c. 1.

d'enlever les filles de ces étrangers, mais de respecter leurs femmes. Ce serait un beau sujet de prix à proposer que de demander comment, dans ce tumulte épouvantable, les ravisseurs purent exécuter les ordres de leur maître. Cependant ils mirent tant de discernement dans leur choix que de trente ou six cent quatre-vingt-trois prisonnières (car les auteurs anciens (1) varient un peu sur le nombre), il ne se trouva qu'une femme mariée : on l'avait enlevée par mégarde, et Romulus l'épousa pour la singularité du fait (2).

Cette entreprise eut des suites : on fit la guerre, la paix, la guerre une seconde fois, enfin, un traité qui confondit en un seul peuple les Romains et une partie des Sabins.

Romulus n'avait cessé de s'occuper du gouvernement et des lois. Un jour, ayant rassemblé tous les habitants de Rome, il dit aux uns, Soyez patriciens et protecteurs ; il dit aux autres, Soyez plébéiens et protégés (3); et cela se fit ainsi. Il choisit dans la première classe cent conseillers d'état qui devaient partager avec lui les soins d'une si grande administration, car il commandait à plus de trois mille hommes (4). Quand un certain nombre

---

(1) Dionys. Halic., lib. II, pag. 100. Plut. in Rom., t. I, pag. 25.

(2) Id., ibid., pag. 26.

(3) Id., ibid., pag. 24 et 25.

(4) Dionys. Halic., lib. II, pag. 89.

de familles sabines se furent établies au Capitole, on nomma cent autres sénateurs.

Des lois qui entretenaient les mœurs et la tranquillité dans Rome (1), donnèrent une haute idée du législateur; des guerres et des victoires continuelles en offrirent une plus haute du conquérant. Mais Romulus fut trop ébloui de tant de succès : il flatta les plébéiens, pour augmenter son pouvoir; et blessa les sénateurs, en cessant de les consulter.

Sa mort fut aussi merveilleuse que sa vie. Pendant qu'il parlait au milieu de l'assemblée générale il s'élève une tempête dont on ne peut décrire la violence (2); il partait de tous les points du ciel des tourbillons et des tonnerres effroyables; des torrents d'eau tombaient sur la terre, et la nuit la couvrait de ténèbres épaisses. Le peuple épouvanté prend la fuite; il revient après l'orage, il voit les patriciens immobiles dans leur place, et n'apercevant point Romulus, il les soupçonne et bientôt les accuse de l'avoir mis en pièces et d'en avoir caché les morceaux dans leurs poches (3). On allait les fouiller, lorsqu'un sénateur, nommé Proculus, arriva et tint ce discours, qui ne surprit personne : « En revenant à l'assemblée, j'ai rencontré Romulus couvert d'armes étincellantes comme « le feu; je lui ai demandé pourquoi il nous avait

---

(1) DIONYS. HALIC., lib. II, pag. 94.
(2) PLUT., in Rom., t. I, pag. 34.
(3) Id. ibid.

« si cruellement abandonné. Voici sa réponse : Je
« remonte au ciel, d'où je descendis il y a cin-
« quante-quatre ans ; va dire à l'assemblée que
« Rome sera la maîtresse de l'univers, et que,
« sous le nom de Quirinus, je ne cesserai de la pro-
« téger (1). »

Le peuple applaudit avec transport, et choisit
Quirinus pour son dieu tutélaire.

Je finis par un trait de haute érudition. Les
plus habiles critiques n'ont jamais pu découvrir
l'origine du mot Quirinus. Je présume que Romulus portait ce nom dans le ciel avant que de se
montrer aux hommes. Homère cite plus d'une fois
la langue des dieux ; il en rapporte quelques mots.
On doit peut-être y joindre celui de Quirinus :
peut-être aussi faut-il recourir au bas-breton, qui,
dit-on, renferme les racines de toutes les langues
qu'on a parlées, qu'on parle et qu'on parlera dans
la suite.

---

(1) PLUT. in Rom., t. I, pag. 35 et 37. AUR. VICT., Orig. gent.
roman. LIV., lib. I, cap. 16.

SCIENCE NUMISMATIQUE,

LETTRES, ETC.

AVERTISSEMENT.

La connaissance des médailles fut long-temps un objet de curiosité, de trafic et de charlatanisme; et elle n'offrit des résultats importants ou utiles aux lettres et aux arts que par les veilles de Vaillant, de Norris, de Spanheim, etc... C'est sur leurs traces que Barthélemy a marché, et il n'y a aucun de ses huit mémoires, lus à l'académie des Inscriptions, sur cette matière, qui ne renferme des vues neuves, ingénieuses et pleines de sagacité. Il ne s'amusa pas, comme beaucoup d'antiquaires, à disserter vainement, ou, si j'ose le dire, puérilement, sur des points d'érudition étrangers à son sujet, ou qui ne pouvaient l'éclaircir. Il n'y attacha jamais plus d'importance que la chose ne le méritait; et c'est en quoi consiste le véritable esprit philosophique. Enfin, il se montra toujours supérieur, soit dans la manière de considérer ce même sujet, soit dans celle de le traiter avec autant de clarté que d'agrément. On ne doit pas être surpris de ce que ses écrits, quoique courts et peu nombreux, lui aient bientôt fait une grande réputation. Tous les savants de l'Europe s'empressèrent de le consulter, et la plupart le regardèrent comme leur oracle, en ce genre. Le célèbre Eckhel, qui aujourd'hui est, en quelque sorte, le législateur de la littérature numismatique, lui rendit compte de ses premières études, et ambitionna de l'avoir

2   13

pour guide dans sa carrière (1). Il ne s'y était pas encore distingué, et n'avait composé aucun de ses excellents ouvrages, lorsque Barthélemy, sentant la nécessité
d'un traité classique sur les médailles, en conçut le dessein. Celui du père Jobert était trop superficiel, et n'avait
de prix que par les additions de Bimard-la-Bastie, savantes, mais incomplètes.

Ce nouveau traité devait former la matière de trois
volumes, et être divisé en cinq livres. Dans la préface,
Barthélemy comptait 1° faire l'histoire abrégée du progrès de la connaissance des médailles, depuis deux siècles ; 2° indiquer la vraie manière d'étudier ces sortes
de monuments. Le premier livre aurait été subdivisé en
quatre chapitres. Après avoir distingué les médailles
anciennes des médailles modernes, et avoir fixé leurs
limites, il ne s'arrêtait qu'aux premières, et renvoyait
les secondes à un autre ouvrage. Ce premier chapitre
devait être suivi d'un second, qui aurait contenu l'histoire plus étendue des médailles anciennes, qu'il ne
considérait dans leur origine que comme de simples
monnaies. Les définitions des termes de l'art, revers,
exergue, légende, inscription, etc., devenaient l'objet
du troisième chapitre. Dans le quatrième il aurait d'abord
parlé de la division ordinaire des médailles anciennes
en différentes suites de villes, de rois, d'empereurs, de
consulaires, etc. : ensuite il se serait arrêté à une autre
plus générale, celle de médailles grecques, de médailles
romaines et de médailles orientales ou en caractères inconnus. Il projetait de commencer par les impériales,

_____

(1) . . . . . . *Istud a te majorem in modum oro, ut, si casus
id exigeret, tuis me velis consiliis juvare*, etc. Epist. Idibus
Maiis, MDCCLIV.

parce qu'elles sont les plus connues. Dans le second livre, après des observations générales sur la méthode de commencer par les impériales, l'auteur se proposait de traiter, en trois sections, 1° des médailles impériales; 2° des médailles consulaires; 3° des médailles frappées dans quelques villes d'Italie, en avertissant toutefois qu'elles doivent être placées dans la suite des villes. Le troisième livre aurait été consacré aux médailles grecques, et divisé en trois sections, subdivisées, comme dans les précédents, en plusieurs chapitres: la première section aurait concerné les médailles des villes; la seconde, celle des rois, et la troisième, les singularités sur les médailles grecques, les lettres initiales, les monogrammes, les époques, etc.... Le quatrième livre aurait renfermé tout ce qui est relatif aux médailles gauloises, espagnoles, étrusques, orientales, etc.; et le cinquième ou dernier, les règles pour discerner les médailles vraies d'avec les fausses.

Telles sont les premières idées que Barthélemy avait jetées confusément sur le papier, et sur lesquelles il serait sans doute revenu, soit pour les étendre, soit pour les mieux classer, s'il eût avancé davantage l'exécution de son plan. Il ne s'est bien occupé que de la seconde section du troisième livre, et l'a laissée entièrement rédigée. En la lisant, on regrettera qu'il n'ait pas eu le temps de travailler aux autres. A ce fragment, qu'on peut néanmoins regarder comme un traité élémentaire sur les médailles des rois grecs, nous avons fait suivre une instruction sur des recherches numismatiques dans le royaume de Naples et en Sicile, qui est un modèle en ce genre. Ensuite se trouve placé un mémoire sur le cabinet des médailles et antiques. Barthélemy l'avait remis, le 8 juillet 1784, à M. Le Noir, bibliothécaire, pour

être présenté à Louis XVI. Les détails en pourraient
paraître minutieux; mais ils font connaître les acquisitions successives qui ont rendu ce cabinet le premier du
monde, et offrent des moyens d'accroissement et de conservation qu'on ne doit pas négliger. D'ailleurs, ce mémoire est une espèce de compte rendu de la longue,
active et sage administration de Barthélemy.

Le zèle qu'il avait pour augmenter le dépôt précieux
qui était confié à ses soins, l'obligea à se livrer à une
correspondance fort étendue; et il fut en commerce de
lettres avec tous les antiquaires de l'Europe. La réputation que lui acquirent ses premiers écrits, engagèrent
aussi plusieurs savants distingués d'avoir recours à ses
lumières. Wood, Morton, Kennicot, Woide, Maty, Stanley, Hunter, Henley, Dutens, Milles, Horace Walpole,
Duane, etc...., en Angleterre; les cardinaux Spinelli,
Alexandre Albani, Borgia, Garampi, Passionei, l'abbé
Galiani, le marquis Olivieri, le chanoine Mazochi, le
prince de Torremuzza, Guarnacci, le marquis Caraccioli,
Venuti, le père Paciaudi, le prélat Assemani, Schiavo,
Bartoli, Needham, Tardia, Lorenzi, etc...., en Italie;
Richter, Schœpflin, Bruck, Stosch, Eckhel, etc...., en
Allemagne; Bayer, en Espagne; sont les gens de lettres
étrangers dont nous avons trouvé un plus grand nombre
de lettres dans les papiers de Barthélemy. Lorsqu'il était
absent de Paris, ou qu'il ne voulait pas y perdre trop
de temps à faire ou à recevoir des visites, il entretenait
des relations plus ou moins étroites avec des savants
distingués de cette capitale, la plupart ses confrères,
tels que Foncemagne, De Guignes, Bréquigny, Le Beau,
Malesherbes, Larcher, d'Ansse de Villoison, Anquetil
du Perron, Pellerin, Chaupy, etc. En province, il avait
pour correspondants, Cary, Revest, Seguier, Audibert

de Toulouse, Fauris-Saint-Vincens, Bon, Montcarra, Calvet, Bourguignon de Saintes, etc. Le recueil des lettres que Barthélemy en a reçues et qu'il avait conservées, est très-considérable; mais, pour qu'il fût intéressant et utile, il faudrait y joindre ses réponses : il n'en a laissé la copie que d'un très-petit nombre, vraisemblablement de celles qui méritaient, selon lui, le plus d'attention. En conséquence, on a cru pouvoir les faire imprimer, sans outrager sa mémoire, comme plusieurs éditeurs l'ont osé, en mettant au jour des correspondances secrètes, souvent étrangères à la littérature, fruit d'une confiance sacrée, dont l'indiscrétion la plus coupable peut seule abuser, au mépris de tous les devoirs sociaux.

Nous avons fait précéder ces lettres du discours que Barthélemy prononça, le 25 août 1789, dans la séance publique de l'académie Francaise, lorsqu'il y fut élu à la place de M. Beauzée. Ce discours et la réponse qu'y fit le chevalier de Boufflers sont réimprimés littéralement. On ne s'est pas permis le moindre changement dans ce recueil des œuvres diverses de Barthélemy, par rapport aux expressions et aux formules usitées avant la révolution, persuadés qu'un éditeur ne peut commettre de pareils anachronismes de langage, sans manquer à la fidélité et aux convenances.

DE SAINTE-CROIX.

FRAGMENT

D'UN TRAITÉ

DE LA SCIENCE DES MÉDAILLES.

LIVRE III.

DES MÉDAILLES GRECQUES.

CHAPITRE PREMIER.

Idée générale des médailles des rois grecs.

On entend par médailles des rois grecs toutes
les monnaies anciennes sur lesquelles on voit le
nom ou la tête, soit d'un roi grec, soit d'un prince
barbare, en quelque langue et en quelque pays
qu'elles aient été frappées.

Pour développer cette définition, il ne faut pas
remonter à ces siècles reculés, où la plupart des
nations ignoraient le commerce et les arts, ni même
à ces siècles moins anciens où la gravure des monnaies était encore dans une espèce d'enfance : il
faut descendre vers le temps de l'expédition de
Xerxès dans la Grèce, l'an 480 avant Jésus-Christ;
parcourir d'une vue générale la nature et les ré-

volutions des empires qui subsistaient alors, et connaître par ce moyen quelles sont les monarchies dont il nous reste des monnaies, et celles dont on peut se flatter d'en découvrir un jour. L'époque que j'ai choisie est celle des médailles d'Alexandre 1er, roi de Macédoine, les plus anciennes en ce genre qui soient venues jusqu'à nous.

Le nord de l'Europe était désert ou habité par des nations qui ne furent connues qu'après le siècle d'Auguste (1). Le commerce, qui dans tous les temps a fait plus de découvertes sur le globe terrestre que n'en ont fait les expéditions des conquérants et les travaux des géographes, avait rapproché de bonne heure les Phéniciens, les Carthaginois, et peut-être les Grecs, des Bretons, des Gaulois et des Espagnols. Mais ce commerce se fit long-temps par le seul échange des marchandises, et l'art de la gravure des monnaies, trouvé dans la Grèce environ neuf cents ans avant Jésus-Christ, n'arriva qu'à pas lents et ne s'introduisit qu'à la faveur des armes romaines dans les parties occidentales et septentrionales de l'Europe. Les Bretons l'ignoraient encore du temps de César (2), et les Germains sous le règne de Trajan (3). Les uns et les autres, en l'adoptant, ne le consacrèrent qu'à la gloire des Romains ; et si les Gaulois et les Espagnols, qui semblent l'avoir reçu plus tôt, s'en

(1) Strab., lib. VII, pag. 294.
(2) Cæsar, de Bell. Gall. lib. V.
(3) Tacit., de mor. Germ. cap. 5.

sont plus spécialement approprié l'usage, s'ils nous
ont laissé des médailles qui forment dans nos cabinets des suites particulières, il n'est pas encore
prouvé que ces médailles aient été frappées pour
les rois et pour les chefs de ces nations; et l'on
serait également autorisé à les placer parmi celles
des villes, ou parmi celles des rois, ainsi qu'on le
verra dans la suite. En Italie, Rome venait de re-
couvrer la liberté par l'expulsion des Tarquins, et
se préparait à la faire perdre au reste de l'univers.
Les Étrusques obéissaient à des rois, et ne cherchaient peut-être pas à les représenter sur les médailles. L'art de graver ces monuments se per-
fectionnait en Sicile, et fut ensuite porté encore
plus loin. Dans la Grèce, les royaumes d'Argos,
de Sicyone, de Mycènes, etc., ne subsistaient plus.
Celui de Lacédémone n'était qu'une aristocratie
où l'on donnait le titre de roi aux deux principaux
magistrats. Mais les descendants d'Achille régnaient
en Épire (1), et ceux d'Hercule en Macédoine (2).
Ce dernier royaume était entouré de plusieurs
nations soumises à des princes tour à tour ennemis
et alliés de la Macédoine. Au nord de la Thrace
étaient des peuples qui n'obéissaient, suivant les
apparences, qu'à des chefs particuliers. Plus loin
se formait vers ce temps-ci dans le Bosphore Cimmérien une monarchie qui dans la suite nous
fournit beaucoup de médailles, mais dont les com-

---

(1) PLUT., in Pyrrho. PAUSAN., lib. II, pag. 178, edit. Kuhn.
(2) SUIDAS, in Caran. HÉROD., lib. VIII, cap. 137.

mencements ne seront peut-être jamais éclaircis
par ce genre de monuments. Je dis la même chose
des royaumes de Chypre, de Carie, de Bithynie,
de Paphlagonie, de Cappadoce, du Pont, d'Arménie, de Cilicie et de quelques autres principautés
de l'Asie-Mineure, dont les unes rapportaient leur
origine à des temps fort anciens, et les autres à
l'un des seigneurs persans qui avaient fait mourir
le faux Smerdis; mais ces souverains, la plupart
descendants et tributaires de la Perse, ne paraissent
pas avoir joui du droit de battre monnaie.

Les rois de Perse, extrêmement jaloux de ce
droit, déployaient une vaste puissance dans les
pays compris entre l'Archipel, la Méditerranée,
les montagnes de Nubie, la mer des Indes, le fleuve
Indus, le Caucase et le Pont-Euxin (1). Les dariques, dont nous parlerons dans la suite, étaient
presque la seule monnaie qui avait cours dans cette
immense étendue de pays.

Telle était à peu près la constitution de l'Orient
lorsque Alexandre partit de la Macédoine, soumit
la moitié du monde et mourut. Sur les débris de
son empire s'élevèrent plusieurs grandes monarchies, entre autres celles d'Égypte et de Syrie. Alors
on vit les royaumes de l'Asie-Mineure, établis avant
les conquêtes de ce héros, s'affermir et s'accroître;
une armée de Gaulois pénétrer dans ce pays, et y
former un état considérable (2); les nouvelles mo-

---

(1) HÉROD., lib. III, cap. 90.
(2) STRAB., lib. XII, pag. 566.

narchies fondées par les généraux d'Alexandre éprouver des révolutions ou des démembrements, et se résoudre en d'autres principautés. C'est ainsi que le royaume de Pergame fut séparé de celui de la Thrace, qui était échu en partage à Lysimaque; c'est ainsi que ceux de la Cyrénaïque et de l'île de Chypre furent formés d'une portion de celui de l'Égypte. Mais la monarchie qui fit les plus grandes pertes fut celle de Syrie. Plusieurs de ces provinces secouèrent le joug et conservèrent leur indépendance, les unes à la faveur de leur éloignement ou de la haine obstinée qu'ils avaient pour les Grecs, d'autres par l'avantage de leur position et à l'abri des montagnes qui les couvraient de toute part. Telle fut l'origine des royaumes des Parthes, de la Bactriane, d'Édesse, de Judée, de la Commagène, de toutes ces dynasties qu'on voyait sur les confins de la Cilicie, dans l'Arménie, etc.

Ces divisions devinrent plus fréquentes encore lorsque les Romains eurent porté leurs armes en Orient. Ils y réglèrent la succession des princes et le sort des empires, réduisant en provinces romaines quelques royaumes qu'ils avaient conquis ou dont ils avaient hérité, en laissant subsister d'autres, ou en établissant de nouveaux, au gré de leurs caprices ou de leurs intérêts. Ce ne sont plus alors que des trônes abattus, relevés, pour être aussitôt détruits; des monarchies qui se replient et se roulent rapidement les unes sur les autres; des diadèmes devenus la récompense de quelques services rendus à l'empire par de simples particu-

liers. Il est vrai que ces diadèmes brillaient d'un
éclat bien faible. On peut voir dans Plutarque (1)
avec quelle bassesse les rois et les reines de l'Asie-
Mineure venaient à la porte de Marc Antoine,
mendier un de ses regards; et dans Josèphe (2),
avec quelle hauteur Marsus, gouverneur de Syrie,
renvoya dans leurs capitales plusieurs souverains
qui s'étaient assemblés à Tibériade chez Agrippa,
roi de Judée. La plupart de ces princes avaient à
peine le droit de mettre leur nom ou leur image
sur la monnaie. C'étaient, à proprement parler,
des rois en garnison sur les frontières de l'empire
pour s'opposer aux incursions des barbares, et se
joindre au besoin avec leurs faibles troupes aux
gouverneurs des provinces voisines.

Insensiblement les familles royales s'éteignirent;
leurs souverainetés furent réunies à l'empire, à
l'exception des rois du Bosphore, qui, moyennant
un tribut, se sont perpétués jusqu'au milieu du
quatrième siècle. Enfin, hormis quelques princes
dépendants qu'on laissait régner en paix à l'orient
du Pont-Euxin, les Romains, du temps de Trajan, remplirent seuls la scène du monde depuis la
Grande-Bretagne jusqu'à l'Euphrate.

Mais leur grandeur s'évanouit lorsque le nord de
l'Europe, faisant un nouvel effort contre le midi,
eut repoussé dans nos climats les nations guer-
rières que nous traitons de barbares, parce qu'elles

---

(1) In Anton.
(2) Antiq. lib. XIX, cap. 8.

ignoraient nos arts et nos vices, et que les Goths se furent établis en Italie, les Français dans les Gaules, les Visigoths en Espagne et les Vandales en Afrique.

On voit par ce tableau racourci : 1° Quels sont les siècles qui peuvent nous fournir des médailles de rois. Nous avons déjà dit que les plus anciennes remontent au commencement du cinquième siècle avant l'ère vulgaire : mais nous n'avons parlé que de celles qui nous sont connues; car antérieurement à cette époque on a pu en frapper dans la Macédoine, où le gouvernement monarchique était établi. Nous sommes persuadés aussi qu'on en frappait en Lydie, non parce que Spanheim en a rapporté une qu'il attribue mal à propos au roi Alyates mais parce que Pollux cite une sorte de monnaie connue sous le nom de *statère* de Crœsus. Il est à présumer que cette monnaie n'était chargée d'aucune inscription, et qu'on n'y voyait point l'image du souverain. Elle devait être dans le goût des dariques, anciennes monnaies persanes, et c'est à leur suite qu'il faudra placer les médailles des rois de Lydie, s'il s'en découvre jamais qu'on puisse, à des marques certaines, leur attribuer. Si le même hasard nous en procurait des premiers rois de Macédoine, de Carie, du Pont, etc., elles dérangeraient encore moins le plan historique que nous venons de tracer, parce que notre objet est de ne fixer qu'à peu près les limites du temps où l'on doit rapporter les médailles de rois et développer cette notion générale :

Les premières médailles de rois que nous connaissons ont été frappées en Macédoine vers l'an 480 avant l'ère vulgaire, et les moins anciennes, dans le Bosphore, vers l'an 340 de Jésus-Christ.

Il faut observer ici que cette suite finira plus tard, si l'on veut y comprendre les médailles des nouvelles monarchies établies sur les ruines de l'empire romain, telles que les médailles des premiers rois de France, des rois goths, des rois vandales. Elles seraient peut-être mieux placées dans la suite des médailles modernes; cependant l'usage ayant prévalu de les insérer dans celles des médailles anciennes, nous en parlerons en détail dans cette section.

2° L'idée générale que nous avons donnée des médailles anciennes nous fait connaître, en second lieu, quels sont les pays où l'on a frappé des médailles de rois : c'est dans tous ceux que les Perses, les Grecs et les Romains ont successivement soumis à leur puissance; mais c'est principalement dans la Grèce, la Sicile, l'Asie-Mineure, l'Égypte, la Numidie, la Syrie et dans les provinces voisines de ce dernier royaume.

CHAPITRE II.

Dans quel métal on a frappé des médailles de rois.

———————

On trouve des médailles de rois en or, en argent
et en bronze : les premières sont, en général, très-
rares ; celles en argent et en bronze, quoique plus
communes, ne s'offrent pas en si grand nombre
que celles des empereurs romains, et c'est ce qui
oblige de mêler les trois métaux dans la suite des
rois comme nous avons dit qu'on les mêlait dans
celle des villes.

Il y a des suites particulières qu'on n'a que dans
un seul métal. Tous les rois de Cappadoce, connus
jusqu'aujourd'hui, sont en argent ; tous ceux de
la Commagène, en bronze : dans d'autres, comme
dans celles des rois parthes, des rois de Judée, etc.,
on ne voit aucune médaille d'or. Des circonstances
particulières ont bien pu obliger quelques-uns
de ces princes à n'employer pour leur monnaie
qu'une matière commune ; mais il est à présumer
que dans la plupart des grandes monarchies on a
frappé pour chaque roi des médailles dans les trois
métaux ; que le temps qui restitue lentement les
richesses qu'il nous enlève remplira quelque jour
les lacunes qui sont aujourd'hui dans nos suites.

Alexandre second, roi de Macédoine, est un des premiers rois grecs qui ait frappé des médailles en or; Philippe, père d'Alexandre-le-Grand, un de ceux qui en ont frappé un plus grand nombre. Les mines de la Thrace, découvertes ou, si l'on veut, exploitées de nouveau sous son règne, le mirent en état de convertir ce métal précieux en monnaie. Son exemple fut suivi par ses successeurs sur le trône de Macédoine, et par ceux de ses élèves qui fondèrent les royaumes d'Égypte et de Syrie. Il battit sur le fin; ses médailles d'or sont à vingt-trois carats et demi : celles des autres monarchies sont à peu près de la même pureté, à l'exception pourtant des médailles du Bosphore, qui, portées à un semblable dégré de raffinage, commencèrent à baisser de titre vers le temps de Néron, et devinrent insensiblement d'un très-bas aloi.

La plupart des médailles d'Alexandre Ier , roi de Macedoine, qu'on regarde à présent comme les plus anciennes de toutes, sont en argent. On en a frappé de la même matière dans les autres monarchies. Elles sont, en général, d'un fort bon titre; mais les derniers rois de Syrie paraissent avoir affaibli leur monnaie d'argent, et l'on en voit dans la suite des rois parthes qui ne sont qu'une espèce de monnaie très-basse.

Le secret de fourrer les médailles n'était pas inconnu aux monétaires grecs. Le cabinet du roi en conserve une de cette espèce, sur laquelle on voit le nom et la tête de Ptolémée Soter, roi d'Égypte.

Elle est de cuivre, mais elle est recouverte d'une feuille d'argent.

Je passe légèrement sur les médailles de cuivre, pour en venir à celles de plomb. Je ne sais si l'usage en a été bien commun ou bien universel parmi les Grecs. Je ne connais aucun auteur qui le leur ait attribué. Peut-être que dans les conjonctures pressantes où les matières plus précieuses ont manqué, les souverains ont donné quelque valeur à des pièces de plomb, et que ces pièces n'étaient que représentatives. Quoi qu'il en soit, ces sortes de médailles sont d'une extrême rareté. Le père Jobert a cité un médaillon de plomb de Tigrane, roi d'Arménie, et le cabinet de Sa Majesté en renferme une d'Évagoras, roi de Chypre, dont l'antiquité n'est pas contestée.

CHAPITRE III.

Des différentes langues qu'on a employées sur les médailles de rois.

La plus grande partie des médailles de cette suite offrent une légende grecque; et c'est ce qui fait qu'on l'appelle communément la suite des rois grecs.

Il ne faut pas croire cependant que cette langue

fût la seule en usage dans tous les pays qui l'ont
employée dans leur monnaie. Il est vrai qu'avant
la conquête d'Alexandre, les Grecs avaient eu
quelques établissements en Égypte; que le commerce les attirait souvent en Syrie; que l'expédition de ce héros en dispersa un grand nombre
dans la haute Asie, où plusieurs villes substituèrent
des noms grecs à ceux qu'elles portaient auparavant; mais tant de circonstances réunies n'ont
jamais pu détruire les différentes langues qu'on
parlait en Orient. On sait, par exemple, que celle
de Palmyre subsistait encore du temps des empereurs romains, et qu'on l'employait sur les monuments conjointement avec la grecque. On sait encore que l'ancienne langue s'était conservée en
Égypte sous les Ptolémée; en Syrie, sous les Séleucides, dans les autres provinces de l'Orient
lorsqu'elles secouèrent le joug des rois de Syrie;
mais elle paraît bien rarement sur les monnaies
de ces monarchies, et il ne serait peut-être pas
difficile d'en pénétrer les raisons. La plus générale
c'est que la langue grecque était la langue des
vainqueurs, et que ceux qui la parlaient naturellement, sans faire le plus grand nombre, étaient
les plus forts en Orient et remplissaient les premières places. En Égypte, où le gouvernement
avait toujours été monarchique, où l'on ne voyait
point de villes s'arroger des prérogatives particulières, et aspirer à une sorte d'indépendance, il était
naturel qu'on ne mît sur la monnaie que la langue
du souverain. Sous les Séleucides, au contraire,

les villes de Tyr et de Sidon, toutes fières de leur ancienne splendeur et encore animées de cet esprit républicain, qui ne survit souvent à la perte de la liberté que pour s'exercer avec plus de fureur sur les plus petits objets, profitaient des troubles de l'état pour prendre ou pour obtenir la permission de joindre sur les médailles la langue phénicienne à celle des vainqueurs. Dans les pays que la protection des Séleucides et leur longue domination avaient peuplés de Grecs, un nouveau maître croyait devoir respecter la langue de ses nouveaux sujets et se conformer, autant qu'il était possible, à leurs coutumes. Voilà pourquoi les médailles de Tigrane, de Daretas et des Abgares, sont en grec, quoique le premier de ces princes descendît des rois de Perse, et que les autres fussent Arabes d'origine.

Il n'est pas aussi facile de dire pourquoi les rois parthes ont suivi le même usage. Il est rapporté que les fondateurs de cette monarchie commencèrent, en la fondant, par bannir tous les Macédoniens de leurs pays (1). Pourquoi donc rappeler sur leurs monnaies la langue d'une nation ennemie et proscrite? Serait-ce que, depuis la mort d'Alexandre, cette langue aurait fait assez de progrès dans cette partie de l'Orient pour devoir être préférée à toute autre, ou qu'on se serait aperçu que son universalité aurait dans la suite facilité le commerce, ou enfin, que ces princes, profi-

_____

(1) Photii Biblioth.

14.

tant habilement de l'impression que les exploits d'Alexandre avaient laissée dans tout l'Orient, voulaient qu'on les regardât comme les successeurs de ce héros, et leur pays comme faisant partie de l'empire qu'il avait fondé. Peut-être que toutes ces raisons ont également concouru à introduire la langue grecque sur les monnaies des Parthes, et à l'y maintenir, malgré toutes les pertes qu'elle essuyait dans ce pays; car il faut observer, que sur plusieurs de ces médailles, les inscriptions grecques sont à peine lisibles; qu'on y change souvent la valeur et la forme des lettres, et que tout y annonce la barbarie et l'ignorance.

Ces détails pourraient être poussés plus loin, mais ils deviendraient trop longs si on voulait leur donner une certaine étendue, et trop obscurs si l'on tâchait de les assortir à un livre élémentaire, comme celui-ci. Je me contenterai de citer un exemple qui prouvera l'avantage qu'on peut tirer des médailles de rois pour connaître les progrès et les révolutions des langues.

Lorsque, sous le règne d'Alexandre Ier, roi de Syrie, les princes Asmonéens établirent le royaume de Judée, ils commencèrent par frapper des médailles en samaritain, leur ancienne langue. Les liaisons qu'ils eurent dans la suite avec les Grecs les obligèrent à mettre sur leurs monnaies une légende grecque, et de l'autre une inscription samaritaine. La langue grecque devenant de jour en jour plus commune, elle exclut la samaritaine de ces sortes de monuments, et fut enfin obligée,

sous l'empire de Domitien, de s'y associer la langue
latine, qui commençait à s'affermir en Orient. Si
la Judée n'eût pas alors été réunie à l'empire, les
princes postérieurs à cette époque auraient sans
doute frappé des médailles toutes latines.

La plupart des royaumes de l'Asie mineure
avaient été soumis aux Romains avant que la
langue latine fût devenue commune, et si quelques-uns ont subsisté plus long-temps, comme
celui du Bosphore, ils étaient trop éloignés des
routes générales du commerce, pour que les Romains y eussent fait des établissements considérables. Les derniers rois de Mauritanie, d'origine
punique, mais régnant dans un pays où les Grecs
avaient fondé plusieurs villes, et où les Romains
abordaient en foule, ont laissé des médailles qui re-
tracent à nos yeux ces différences. Nous en avons
de puniques, de grecques, de latines et d'autres,
où ces langues sont différemment combinées.

Enfin, lorsque les Goths, les Visigoths, les Vandales subjuguèrent une partie de l'Occident, ils
mirent sur leurs monnaies la langue des vaincus,
qui était presque la seule en usage dans le monde
connu.

Séparons à présent les faits des réflexions dont
nous avons cru devoir les accompagner, et met-
tons-les sous un même point de vue pour les rendre
plus sensibles.

La plupart des médailles de rois sont en grec,
il y en a très-peu qui soient en latin. On en voit
sur lesquelles on a joint la langue grecque à la

langue phénicienne, ou samaritaine, ou punique,
ou latine, et d'autres où ces deux dernières se
trouvent associées. L'on ne manquera pas de faire
sentir ces différences dans l'examen de chaque
suite en particulier.

CHAPITRE IV.

Des légendes des médailles de rois.

L'ON a vu plus haut que les médailles des villes
grecques n'ont presque jamais de légendes, proprement dites, et qu'on n'y trouve que le nom de
ces villes, celui des magistrats qui les gouvernaient,
les titres dont elles étaient décorées, etc. On peut
dire la même chose des médailles de rois. C'est
en vain qu'on y chercherait des inscriptions étendues et relatives à des faits particuliers. Une seule
semble sortir de la règle générale : elle fut frappée
pour Sauromate Ier, roi du Bosphore Cimmérien,
avec la chaire curule et d'autres ornements que les
empereurs avaient coutume d'envoyer aux princes
de l'Orient ; elle offre ces mots : TEIMAI B... ΣAY-
POMATOY, *les honneurs accordés au roi Sau-*
mate (1). Mais pour l'ordinaire on n'a exprimé sur

(1) In mus. reg. ; CARY, Hist. des rois du Bosph. pag. 46.

ces médailles que des noms propres, des titres de puissance, des titres d'honneur, des époques, des lettres initiales et des monogrammes. Je ne m'attacherai ici qu'aux trois premiers articles; les deux autres trouveront leur place ailleurs.

Il est à présumer que, dans les plus anciens temps, les rois grecs ne faisaient pas mettre leurs noms sur la monnaie, et que même, dans la suite, ils ont quelquefois permis qu'on n'y gravât ni leurs noms, ni leurs têtes. Ce soupçon est fondé sur le goût de simplicité qui régnait dans leurs premiers siècles, et sur plusieurs médailles parfaitement semblables entre elles pour le métal, le poids, le travail et les types, dont les unes n'ont point de légende, et les autres offrent le nom d'un prince. Telle est une petite médaille d'argent qui d'un côté représente un cheval courant, et de l'autre un casque dans un carré, et qui se trouve tantôt avec le nom de Perdiccas, roi de Macédoine (1), tantôt sans aucune inscription (2).

Telle est encore un médaillon d'argent qui d'un côté représente un homme à pied auprès d'un cheval, et de l'autre une chèvre à mi-corps dans un carré (3), et qui, rapproché d'un médaillon à peu près semblable (4), où se voit le nom d'Archelaüs,

(1) MAFF., Gall. ant., pag. 105.
(2) In mus. reg.
(3) In mus. D. PELLERIN.
(4) FROELICH, Regum veterum numism.

roi de Macédoine, paraît avoir été frappé pour ce prince ou pour quelqu'un de ses successeurs.

Sur les plus anciennes médailles de rois, le nom est au génitif : ΓΕΛΩΝΟΣ, ΑΡΧΕΛΑΟΥ, ΒΑΣΙΛΕΩΣ ΦΙΛΙΠΠΟΥ, comme si on avait voulu dire : *monnaie de Gélon, d'Archelaüs, du roi Philippe.* Sur celles qui ont été frappées du temps des empereurs, on le trouve quelquefois au nominatif : ΒΑΣΙΛΕΥΣ ΗΡΩΔΗΣ, ΒΑΣΙΛΕΥΣ ΡΗΣΚΟΥΠΟΡΙΣ. Serait-ce des monétaires romains que les Grecs auraient appris à terminer ainsi les noms de leurs princes ?

Agrippa II, roi de Judée, joignit à son nom la préposition ΕΠΙ, *sous*, comme faisaient souvent les magistrats des villes grecques et les gouverneurs des villes soumises à l'empire. Par cette légende ΕΠΙ ΒΑ ΑΓΡΙΠΠΑ, Agrippa avait-il voulu déclarer publiquement qu'il ne gouvernait son royaume qu'en qualité de lieutenant de l'empereur.

A mesure que les Romains étendaient leurs conquêtes, les principaux de chaque nation subjuguée briguaient la protection des sénateurs accrédités. Ils prenaient leur nom et se mettaient, en quelque façon, au nombre de leurs clients et de leurs affranchis. Cet exemple fut suivi par quelques souverains de l'Orient. Ils crurent qu'il était de leur mérite ou de leur gloire de joindre à leur nom celui des maîtres dont ils dépendaient : Polémon, dynaste d'Olba en Cilicie, et Tarcondimotus, qui régnait dans un autre canton de cette province, se sont fait appeler Marcus Antonius sur leurs médailles M. ANTΩNIOY ΠΟΛΕΜΩΝΟΣ (1) ou plutôt, M. ANTΩNIOY TAPKONΔIMOTOY (2). Sauromate Iᵉʳ. et Rhescuporis Iᵉʳ., rois du Bosphore, ont tous deux pris les noms de Tibère, Jules (3), et un Abgare, roi d'Edesse, est nommé sur ses monnaies Lucius Ælius Septimius Abgarus. Λ. AIΛ. etc. Il avait pris le nom de *Septimius* en l'honneur de Septime Sévère, qui régnait alors, et vraisemblablement il devait ceux de Lucius Ælius à l'un de ses aïeux qui l'avait pris du temps de l'empereur Antonin ou de quelqu'un de ses successeurs (4); car il faut observer que ces noms romains, ainsi adoptés et bizarrement combinés avec des noms grecs ou barbares, se transmettaient aux enfans et subsistaient dans les provinces, même après l'extinction des familles romaines auxquelles ils étaient propres. C'est ainsi que le sophiste Polémon, qui vivait sous Hadrien, et qui descendait sans doute de ces Polémon de Laodicée que M. Antoine avait comblés d'honneurs, conservait encore le nom du bienfaiteur de sa maison (5) dans un temps où il ne restait personne de la famille Antonia.

En général, les Grecs n'étaient connus que sous

---

(1) LIEB. GOTH. Num.; Mus. D. PELLERIN; Mus. PEMP.

(2) MAFF., Gall. ant., pag. 31.

(3) In mus. reg., CARY, Hist. des rois du Bosph., pag. 43 et suiv.

(4) SPANHEIM, de usu et præst. numism.

(5) PHILOSTR., Vit. Soph. lib. I.; Marm. Oxon., pag. 95, édit. Prid.

un seul nom, qui devenait souvent commun à plusieurs princes d'une même dynastie. Presque tous
les rois d'Égypte ont pris celui de Ptolémée : treize
rois de Syrie ont porté celui d'Antiochus ; et ainsi
des autres monarchies. Mais ces différents princes
ne sont pas caractérisés sur les monuments par des
nombres relatifs à l'ordre de leur succession. On n'y
lit jamais Antiochus VI, Ptolémée VIII, etc.; comment donc les distinguer sur leurs médailles ? par
la différence des têtes, des titres, des époques, et
par d'autres moyens que j'indiquerai dans la suite.

Quelques-uns, mais en petit nombre, ont joint à
leur nom celui de leurs pères. Tels sont Alexandre,
roi d'Épire ; Juba II, roi de Mauritanie : ΑΔΕΞΑΝ-
ΔΡΟΥ ΤΟΥ ΝΕΟΠΤΟΛΕΜΟΥ; IVBA REX IVBÆ...(1)

D'autres, tels que ce même Juba, Antiochus VIII,
roi de Syrie, etc., ont permis ou ont été forcés de
permettre que les noms de leurs mères ou de leurs
épouses parussent sur la monnaie conjointement
avec le leur.

Nous en avons une de Cotys V, roi d'une partie
de la Thrace (2), où d'un côté l'on voit son nom
autour de sa tête, et au revers celui de Rhescuporis, son parent et son allié, qui régnait dans une
autre partie de ce royaume.

On trouve bien rarement sur les médailles de
rois les noms des magistrats ou des préposés à la

(1) Mus reg.
(2) Cary, Hist. des rois du Bosph., p. 75.

monnaie. Cependant, sur celles de Lysimaque (1),
il est fait mention d'un Scostokus et d'un Zopyrus
ou Zopyrion (2) ; sur les médailles de Juba II , roi
de Mauritanie , et de Ptolémée , son fils , on voit les
noms des duumvirs d'une colonie romaine établie
dans les états de ces princes.

Le nom d'un roi paraît quelquefois en abrégé
ou en monogramme (3).

Des titres de puissance.

LES princes grecs régnaient à différents titres.
Voici ceux que l'on trouve sur leurs médailles :
ΒΑΣΙΛΕΥΣ, roi ; ΔΥΝΑΣΤΗΣ, dynaste ; ΑΡΧΩΝ, archonte ; ΕΘΝΑΡΧΗΣ, ethnarque ; ΤΕΤΡΑΡΧΗΣ, té-
traque ; ΤΟΠΑΡΧΗΣ, toparque, ΑΡΧΙΕΡΕΥΣ, grand-
prêtre.

De tous ces titres, le premier est le plus ancien
et le plus brillant; mais les Grecs l'avilirent au point
de l'accorder à des princes qui reconnaissaient des
supérieurs, ou qui n'avaient presque pas de sujets.

Il n'est pas facile de fixer le temps où il commence à paraître sur les médailles. Le père Hardouin (4) a cru que ce n'était qu'après Alexandre ;
et quoiqu'il semble admettre quelque exception à

---

(1) Mus. reg.; GOLTZIUS., Mus. reg.; LIEB.

(2) J'ai vu le nom de Calchas sur une médaille de Lysimaque,
fausse à la vérité, mais moulée sur l'antique.

(3) Voyez ces articles dans le chap. II de ce livre.

(4) Chronol. vet. testam., pag. 574, col. 1.

cette espèce de principe, il en tire néanmoins les
mêmes conséquences (1) que s'il était universel et
applicable à tous les cas. Spanheim (2) lui a opposé
des exemples qui ne sont pas tous également décisifs, et les autres antiquaires (3) se sont écartés
plus ou moins du sentiment du père Hardouin.

Si le titre de roi ne commence à paraître sur
les médailles qu'après Alexandre, il s'ensuit que
toutes celles qui l'offrent à nos yeux sont posté-
rieures à ce prince. Il est donc nécessaire d'examiner cette question ; mais, comme je l'ai dit, il
n'est pas facile de la décider, parce que de tous
les princes qui ont régné avant Alexandre, il en
est peu dont il nous reste des médailles, et encore
moins dont les médailles puissent être connues à
des caractères certains. Il suffira donc ici d'exposer
la difficulté et les moyens de la résoudre.

Le père Hardouin (4) a rapporté, d'après Paruta,
deux médailles d'argent sur lesquelles on voit le
nom de Gélon, qui régnait à Syracuse vers l'an 480
avant Jésus-Christ, et les deux lettres B A, qu'on regarde comme les initiales du mot ΒΑΣΙΛΕΩΣ. Pressé
par ces exemples, il répond que ces médailles sont
fausses, ou qu'elles prouvent tout au plus que le
tyran de Syracuse avait une fois en passant reçu le

---

(1) Chronol. vet. testam., pag. 576, col. 2.
(2) De usu et præst. numism., tom. I, pag. 381.
(3) FROELICH, 4 Tentam., pag. 31. *Idem.* Reg. vet. num.
pag. 3. *Idem.* Annal. reg. syr.
(4) Num. pop. et urb., pag. 154.

titre de roi sur sa monnaie (1). Mais nous répondrons que, depuis Paruta, ces médailles se sont
multipliées dans nos cabinets ; qu'elles sont incontestablement antiques, et que, s'il restait des doutes
sur les conséquences qu'on en tire, ils devraient
avoir simplement pour objet les deux lettres B A,
qui pourraient à la rigueur être interprétées par
tout autre mot que celui de ΒΑΣΙΛΕΩΣ. Ce titre
se trouve encore sur les médailles (2) qu'on croit
avoir été frappées pour Amyntas II, roi de Macédoine, mais qui pourraient bien n'être pas de ce
prince, ainsi qu'on le verra plus bas ; sur une médaille que Goltzius a rapportée à Perdiccas, fils
d'Amyntas, mais qu'on chercherait en vain dans
les cabinets les plus célèbres ; enfin, sur plusieurs
médailles qu'on a coutume d'attribuer à Philippe
et à son fils Alexandre (3). Mais il ne serait pas
impossible que les premières fussent de Philippe
Aridée, et que les secondes eussent été frappées
après la mort d'Alexandre, quoiqu'en son nom. Il
résulte de là que nous avons jusqu'à présent de
très-fortes présomptions contre le sentiment du
père Hardouin, et néanmoins qu'il ne peut être
détruit que par de nouvelles découvertes.

Après Alexandre, on trouve des princes qui,
sur quelques-unes de leurs monnaies, ont négligé

(1) Mus. reg. et alibi. Ces médailles de Gélon appartiennent
à Gélon second.
(2) SPANHEIM, Diss. 7, pag. 378.
(3) Voyez le chapitre I de ce livre.

de faire exprimer le titre de roi, quoiqu'ils le prennent sur la plupart des autres. Tels sont Antiochus Ier, roi de Syrie, Cassandre, roi de Macédoine, etc.

On en voit aussi qui paraissent ne l'avoir jamais reçu sur les monuments; tels sont les rois de Carie, et Philetare, fondateur du royaume de Pergame. Nous tâcherons plus bas d'en pénétrer la raison.

Quoique le titre de roi désigne la plénitude du pouvoir suprême, quelques monarques de l'Orient, qui sans doute en avaient d'autres dans leur dépendance, se firent appeler *roi des rois* ΒΑΣΙΛΕΥΣ ΒΑΣΙΛΕΩΝ. Il est singulier que ce titre une fois introduit dans cette partie du monde, s'y soit perpétué pendant plus de deux mille cinq cents ans, parmi des nations totalement différentes entre elles pour la langue, les mœurs et la puissance, et que les révolutions qui ont tant de fois changé la face de leurs états, n'y aient point changé les folles prétentions de leurs souverains. Serait-ce que le gouvernement despotique y a presque toujours subsisté, et que, dans ce gouvernement, le prince doit paraître excessivement grand, pour être excessivement craint? Serait-ce plutôt que les Orientaux sont plus constants que nous dans les usages qu'ils ont une fois adoptés? Ce n'est pas ici le lieu de résoudre ce problême. Contentons-nous d'observer que le titre de roi des rois paraît sur les médailles de quelques princes qui croyaient tenir aux anciens rois de Perse : par exemple, sur celles des rois parthes, qui avaient en quelque façon rétabli cet empire ; sur celles de Pharnace, roi de Pont, qui rapportait son origine à l'un des seigneurs qui avaient tué le faux Smerdis ; enfin, sur celles de Tigrane, qui descendait des rois de Perse par Artaxias, un de ses prédécesseurs sur le trône d'Arménie. Ce Tigrane, après des conquêtes la plupart facilitées par l'extrême faiblesse de ses ennemis, réduisit aux plus viles fonctions les princes que le sort des armes avait fait tomber entre ses mains ; et, en dégradant ainsi la majesté du trône, il ne rougit pas de prendre le titre de roi des rois. Quelque temps après, Marc Antoine, de retour de la malheureuse expédition contre les Parthes, s'étant emparé de l'Arménie sans effort, et de la personne d'Artavasde, fils et successeur de Tigrane, par trahison, donna ce royaume et d'autres souverainetés aux enfants de Cléopatre ; et, comme s'il lui avait suffi de parcourir en fugitif quelques provinces de l'Orient pour éprouver tout le fanatisme du faste asiatique, il fit revivre, en faveur de ces jeunes princes, le titre de roi des rois, que Sésostris n'avait pris qu'après la conquête des Indes : on frappa aussi des médailles où Cléopatre fut nommée reine et mère de roi, REGINÆ REGUM FILIORUM REGUM CLEOPATRÆ. Quels titres aurait donc pris cette ambitieuse princesse, si Marc Antoine avait renversé le trône des Arsacides ? ce trône dont les souverains se disaient frères du soleil et de la lune ; ce trône qui enivra d'un fol orgueil non-seulement ceux qui l'occupèrent, mais

ceux qui le détruisirent. L'histoire nous apprend
que les derniers rois de Perse, vainqueurs des
Parthes, se glorifiaient de distribuer aux astres la
lumière dont ils brillent, et que l'un d'entre eux,
après avoir épuisé les titres usités jusqu'alors, prit
celui de géant des géants.

Par une suite de cette contagion, le titre de
grand roi, ΒΑΣΙΛΕΥΣ ΜΕΓΑΣ, qui anciennement
suffisait à peine pour désigner les rois de Perse,
fut accordé dans la suite à quelques rois parthes,
qui l'ont pris sur leurs monuments. On le trouve
aussi sur les médailles d'Eucratès, roi de la Bactriane (1), d'un Agrippa, roi de Judée, de quelques
rois de Commagène, et, s'il en faut croire Patin (2)
et Spanheim (3), sur les médailles d'un autre prince
plus petit encore, d'un Abgare, souverain d'Edesse
vers le commencement du deuxième siècle. Spanheim a pensé que ce dernier a joint le titre de
grand à celui de roi, parce que son nom signifie
en arabe la même chose que le premier de ces
titres. Mais cette étymologie est très-incertaine, et,
en la supposant mieux fondée, l'application qu'on
en aurait faite sur la médaille serait froide ou du
moins inutile. Il est plus naturel de penser que
ces petits souverains avaient emprunté ces titres
superbes des rois des Parthes, ou que les Romains
leur avaient ordonné de s'en revêtir pour con-

---

(1) Mus. D. Peller.; Mus. Petropol.
(2) Pat. Num. imp., pag. 227.
(3) Spanh., tom. I, pag. 535.

fondre l'orgueil de cette nation ennemie et rivale
de la leur.

Quelques rois parthes semblent avoir épuisé les
expressions pour donner une grande idée de leur
puissance. Ils ont pris le titre de grand roi des
rois, ΒΑΣΙΛΕΩΣ ΒΑΣΙΛΕΩΝ ΜΕΓΑΛΟΥ, et Pharnace,
roi du Pont, a suivi cet exemple (1).

Il faut convenir cependant que sur ces médailles
le mot ΜΕΓΑΛΟΥ peut absolument se rapporter
au nom du prince, et qu'on pourrait expliquer
leurs légendes de cette manière : *Du roi des rois
le grand Arsace ; du roi des rois le grand Pharnace.*

Les auteurs anciens ont souvent confondu le
titre de dynaste, ΔΥΝΑΣΤΗΣ, avec celui de roi.
Mais on doit les distinguer. Les états d'Indibilis et
de Colchas, en Espagne ; ceux de Massanissa en
Afrique, et de Pleuratus en Illyrie, ayant été aug-
mentés par la libéralité des Romains, ces princes,
dit Polybe (2), devinrent véritablement rois, de
dynastes qu'ils étaient auparavant. De ce passage,
et de quelques autres qu'il est inutile de citer, on
peut conclure que les dynastes étaient au-dessous
des rois, moins par le genre que par l'étendue de
leur puissance ; et qu'à leurs différents titres étaient
attachées des prérogatives plus ou moins brillantes.
Peut-être que dans ce nombre il faudrait compter
le droit de porter le diadème ; car il est certain que

(1) MORELL., spec. tom. I, tab. 23.
(2) POLYB. Excerp. legat., pag. 813.

z   15

les rois étaient jaloux de cette marque d'honneur, et qu'elle ne paraît pas sur la médaille de Polémon, souverain d'un petit canton de Cilicie, la seule jusqu'à présent où se trouve exprimé le titre de dynaste (1).

Le titre d'archonte, ΑΡΧΩΝ, qui, signifie, en général, un chef, et qui dans plusieurs villes grecques, désignait une magistrature annuelle, paraît sur des médailles de cet Asandre du Bosphore qui reçut d'Auguste (2) le titre de roi, au lieu de celui d'ethnarque qu'il portait auparavant. En cette occasion, les mots ethnarque et archonte paraissent dire la même chose. Les médailles d'Asandre sont, parmi celles des rois, les seules jusqu'à présent où l'on ait mis le titre d'archonte.

Lorsqu'une nation était gouvernée par un chef perpétuel et dont le pouvoir, quoique éminent, était restreint et tempéré par celui d'un sénat ou d'un conseil public, ce chef s'appelait quelquefois ethnarque, ΕΘΝΑΡΧΗΣ ; et c'est cette qualité qu'Hérode-le-Grand prenait sur ses médailles (3) avant qu'il eût obtenu du sénat romain le titre de roi, ΗΡΟΔΟΥ ΕΘΝΑΡΧΟΥ. Ces médailles sont jusqu'à présent les seules sur lesquelles on voit le titre d'ethnarque.

---

(1) Cab. de Pembr. Mus. PELLER.

(2) LUCIAN, in Longævis. CARY, hist des rois du Bosphore, pag. 35.

(3) MACHAB. XIII, 41, XIV, 41, 47. JOSEPH, Antiqu. liv. XIII, chap. 6.

Lorsqu'une nation était divisée en quatre parties, soumises chacune en particulier à un chef dont l'autorité ressemblait à celle des ethnarques, ces parties s'appelaient quelquefois des tétrarchies, et leurs chefs des tétrarques, ΤΕΤΡΑΡΧΗΣ! Et c'est ainsi que les trois nations ou tribus des Galates (1), établies dans l'Asie-Mineure, étaient dans les commencements gouvernées par douze tétrarques, ainsi nommés parce qu'ils avaient chacun sous leurs ordres la quatrième partie d'une des trois nations. Ce titre s'étendit parmi d'autres peuples de l'Asie, et surtout dans la Cœlesyrie, où il ne désignait souvent que le souverain d'un petit canton (2), soit que le pays eût été originairement divisé en quatre districts, soit que le mot tétrarque fût pris dans une acception moins déterminée. Il paraît sur les médailles de Zénodore, qui commandait dans la Batanée, et sur celles d'Hérode Antipas, et de Philippe, fils d'Hérode Ier. roi de Judée.

Lorsqu'au lieu d'avoir dans sa dépendance une nation entière, un prince n'en gouvernait qu'une petite partie, il prenait quelquefois le nom de toparque, ΤΟΠΑΡΧΗΣ, qui signifie à la lettre *chef du lieu* ; et c'est par ce titre que sont caractérisés sur leurs médailles (3) deux souverains de la principauté d'Olba, en Cilicie, dont l'un s'appelait Ajax, et l'autre, Teucer.

---

(1) STRAB. lib. XII, pag. 567.
(2) PLIN., liv. V, cap. 18.
(3) MUS. D. PELLER.

Enfin, lorsque, suivant un usage aussi ancien qu'étendu, la grande prêtrise et la puissance temporelle se réunissaient sur une même tête, et que de ces deux titres semblait résulter un pouvoir plus éminent et plus sacré, alors on ne manquait guère de les exprimer à la fois dans les actes et sur les monuments ; et c'est ainsi que, sur les médailles, Antigonus de Judée a joint le titre de Grand-Prêtre, ΑΡΧΙΕΡΕΥΣ, à celui de roi ; Polémon de Cilicie, à celui de dynaste ; Zénodore de Batanée, à celui de tétrarque.

Il faut observer ici que presque tous ces titres ne désignent bien souvent, dans les inscriptions et les auteurs de l'antiquité, que des officiers subalternes et dépendants. On voyait un roi, ΒΑΣΙΛΕΥΣ, parmi les magistrats d'Athènes et de quelques villes de l'Asie-Mineure, des ethnarques à Damas pendant qu'Arétas d'Arabie (1) y régnait, et en Égypte (2), du temps qu'elle était réduite en province de l'empire, des toparques (3) dans la même province et dans le même temps. Mais sur les médailles, à l'exception du titre d'archonte, tous les autres désignent des souverains dont l'autorité était plus ou moins étendue.

Il faut observer encore que divers auteurs, ignorant le véritable titre affecté aux princes d'une dynastie, les ont quelquefois caractérisés par des

(1) PAUL. ad Cor. 2, cap, 11.
(2) STRAB. lib. XVII, pag. 798.
(3) *Id. ibid.*, pag. 787.

titres plus ou moins honorables. C'est aux médailles qu'il faut recourir pour connaître les pré+
rogatives de plusieurs souverains de l'Orient. Rien
ne les empêchait de s'y parer des vertus les plus
brillantes : mais, à l'aide de pareils monuments, ils
ne pouvaient relever l'éclat de leur dignité, sans exciter la jalousie de leurs voisins, et de Rome même,
à qui les vertus des rois tributaires étaient plus in-
différentes que leur puissance.

Il faut observer enfin, qu'une médaille seule ne
suffira jamais pour fixer la nature des titres que
prenaient les rois de l'Orient, parce qu'à mesure
que leur pouvoir s'est accru, ils l'ont énoncé par
des expressions relatives, et qu'en fait d'usage, une
médaille ne déposant que pour l'instant présent,
son autorité peut à la rigueur être rejetée pour celui qui l'a précédé ou suivi.

Des titres d'honneur que les rois ont pris sur leurs médailles.

Ce fut après Alexandre qu'on vit paraître sur les
médailles des rois grecs ces titres honorables que la
flatterie prodigue si souvent aux princes, et que la
verité leur accorde avec tant de réserve. Philippe de
Macédoine, qui aimait passionnément les louanges,
ne mit jamais sur ses monnaies le titre de sauveur qu'il
avait reçu des Thébains. Son fils, qui préférait la renommée à la gloire et la gloire aux conquêtes, qui
cherchait à se rendre présent à tous les lieux et à tous
les temps, qui força les Spartiates mêmes à le re-

garder comme un dieu, son fils est simplement nommé sur les médailles Alexandre, ou le roi Alexandre;
soit que ce nom lui parût supérieur à tous les éloges, soit que les monnaies lui parussent de faibles
moyens pour transmettre ses prétentions à la postérité. La conquête de la Perse changea ses idées. Le
faste des vaincus se communiqua par degrés aux vainqueurs. Ptolémée Ier, roi d'Égypte, et Antiochus Ier,
roi de Syrie, prirent sur leurs médailles le titre de
Sauveur, le premier pour avoir accordé quelque
secours aux Rhodiens (1); le second, pour avoir
repoussé les Gaulois, qui avaient fait une incursion
dans ses états. Leurs successeurs et les princes qui
régnèrent dans les pays voisins, ou dans l'Asie-Mineure, furent presque tous caractérisés par des
surnoms particuliers. Tels sont, outre les rois de
Syrie et d'Égypte, ceux des Parthes, de Commagène, de Cappadoce et de quelques souverains établis aux environs de la Syrie. Mais, au lieu que
dans les autres monarchies on ne donnait communément qu'un surnom à chaque prince, on les mul-
tiplia sans scrupule chez les Parthes et dans la Syrie;
et cet abus alla si loin dans la suite qu'une pièce
de métal suffisait à peine pour les contenir tous.

L'usage d'exprimer ces titres sur les monnaies ne
passa point en Europe ; du moins n'en trouve-t-on
aucun vestige sur celles des rois de Macédoine et
de Thrace.

On peut faire usage de ces réflexions pour fixer

(1) App. in Syr.

le pays et le temps d'une médaille qui, avec le nom
d'un prince inconnu, présente un ou plusieurs titres
d'honneur. On en cherchera le pays plutôt en Asie
qu'en Europe, et le siècle, plutôt après Alexandre
qu'avant lui.

On peut se servir avec succès de la différence
des titres énoncés sur les médailles pour distinguer des princes du même nom, et confondus quelquefois dans les auteurs. Mais on doit prendre garde
que quelques-uns de ces princes ont changé de
surnoms. Démétrius III, roi de Syrie, est appelé
tantôt ΦΙΛΟΠΑΤΩΡ, et tantôt ΦΙΛΟΜΗΤΩΡ, et que
d'autres ont joint un nom semblable à des titres
semblables. Deux Ariarathes de Cappadoce prennent
celui d'ΕΥΣΕΒΗΣ, et ne prennent que celui-là.

Pindare dit : « Les hommes et les dieux ont une
« commune origine, la puissance seule sert à les
« distinguer. » Il semble que plusieurs rois grecs
ont voulu détruire cette barrière, en adoptant,
comme des titres d'honneur, les noms spécialement
consacrés aux dieux qu'ils adoraient. Tels sont ceux
de Dionysius, Bacchus, ΔΙΟΝΥΣΟΣ; ou de Dieu par
excellence, ΘΕΟΣ; de Dieu manifesté, ΘΕΟΣ ΕΠΙ-
Φ ΝΗΣ. D'autres titres, conférés à des princes plus
religieux ou plus modestes, exprimaient leur respect pour la divinité, ΘΕΟΣΕΒΗΣ; ou leur tendresse
pour leurs parents, ΦΙΛΟΠΑΤΩΡ, ΦΙΛΟΜΗΤΩΡ,
ΦΙΛΑΔΕΛΦΟΣ; ou leur attachement à la patrie, ΦΙ-
ΛΟΠΑΤΡΙΣ. Ceux de Grand, de Nicéphore, de Cal-
linique, avaient rapport à des victoires ou à des
exploits. Enfin, quelques-uns de ces princes se sont

souvenus qu'ils avaient des sujets, et ont pris les
titres de Juste, de Bienfaiteur, etc. Le père Hardouin (1) leur a ravi le mérite d'avoir adopté ce
dernier, en le regardant non comme un titre d'honneur, mais de puissance. Ce sentiment n'est fondé
que sur la fausse interprétation d'un passage du
Nouveau-Testament. Celle que le même antiquaire
avait donnée des mots ΘΕΟΣ et ΘΕΑ, porte sur un
fondement encore moins solide (2). Il prétendait
qu'on ne devait pas les rendre par celui de dieu
ou de déesse, mais par celui de noble ou d'illustre,
et que ceux qui les joignaient à leur nom descen-
daient en droite ligne de quatre princes qui s'é-
taient immédiatement succédé sur le trône. Ainsi
cette inscription, ΒΑΣΙΛΙΣΣΗ ΘΕΑ (3), sur une médaille de Cléopâtre, mère d'Antiochus VIII, roi de
Syrie, loin de signifier *la déesse reine*, signifiait la
reine descendue de quatre rois. Deux ou trois
exemples que le hasard devait nécessairement produire, favorisaient ce sentiment ; mais il a fallu,
pour le soutenir, changer l'acception des mots
les plus connus, accuser de supposition le décret
des Smyrnéens, un des plus respectables monuments de l'antiquité (4), uniquement parce qu'il
donne le titre de Dieu au troisième des rois de Syrie ; méconnaître les têtes de Ptolémée Ier., roi d'É-

(1) HARD. Chron. vet test., pag. 599.
(2) *Id. ibid.*, pag. 377.
(3) VAILL. Hist. Seleuc., pag. 337.
(3) Marm. Oxon., pag. 5.

gypte, et de Ptolémée son fils , parce qu'elles étaient représentées sur des médailles où ces princes recevaient le même titre ; déranger enfin les successions de deux grandes monarchies pour leur en substituer d'autres également combattues par les médailles et par les auteurs anciens. Le père Hardouin a fait tous ces sacrifices, et la vérité ne lui en demandait qu'un, celui de renoncer à l'amour désordonné des systêmes, et de reconnaître qu'au commencement le titre de Dieu fut donné à des princes qui avaient été consacrés après leur mort, et ensuite à d'autres qui voulurent pendant leur vie partager les honneurs de la Divinité.

Goltzius, et d'après lui quelques antiquaires (1), avaient rapporté une médaille de la célèbre Cléopâtre, sur laquelle on lisait : ΟΣΣΑΝ ΣΩΤΗΡΑ, expression inintelligible, et que Scaliger (2) avait prise pour un surnom égyptien. Mais on a fait voir (3), ou que la médaille a été mal lue, ou qu'elle est de coin moderne et fabriquée par un faussaire ignorant qui avait devant les yeux des médailles de cette princesse où elle prend le titre de ΘΕΑ ΝΕΩΤΕΡΑ. Le père Hardouin (4) a donné à ces deux mots une interprétation relative à ses idées, et Vaillant (5) les a fort heureusement expliqués, en fai-

---

(1) Tristan, tom. I, pag. 57. Orcop. 30.
(2) Scalig., in Euseb., pag. 217.
(3) Mém. de l'Acad., t. IX, pag. 163.
(4) Hard. Chronol. vet. test., pag. 577.
(5) Vaill. Hist. Ptol., pag. 189.

sant voir que le mot ΘΕΑ se rapporte à Isis, divinité
principale des Égyptiens ; et, en effet, Plutarque (1)
nous apprend qu'Antoine avait pris le surnom de
nouveau Bacchus, et Cléopâtre celui de nouvelle
Isis ; elle fut même si connue sous ce titre que, sur
quelques-unes de ses médailles, il tient lieu de son
nom.

Les titres accordés aux rois grecs sont-ils la fidèle expression de leurs sentiments et de leurs
exploits ? Nous ne proposerions pas cette question,
si un sophiste ancien (2) ne l'avait décidée en faveur de ces princes, et s'il ne fallait pas prévenir
l'abus qu'on pourrait faire de son autorité.

Seleucus III, qui avait eu dessein de délivrer son
père, prisonnier chez les Parthes, mais qui n'eut
point la force de venger sa mort, qui passa le
mont Taurus pour s'opposer aux progrès d'Attale,
roi de Pergame, mais qui, après deux ou trois ans
d'un règne qu'aucune action mémorable n'a illus-
tré (3), mourut au milieu d'une armée qu'il ne pouvait contenir dans le devoir, et de quelques amis
qui l'empoisonnèrent ; ce Seleucus, suivant quelques auteurs (4), était surnommé le Foudre.

Antiochus VI, roi de Syrie, mort âgé de sept

---

(1) PLUT. in Anton. vit.

(2) LIBAN., in Antioch., pag. 356.

(3) APP. in Syr., pag. 211, édit. Toll.

(4) HIERON. in Dan. EUSEB. Chronic. lib. I, pag. 62. *Ibid.*
lib. II, pag. 142.

ans, avait reçu les titres de Bacchus et de vainqueur.

Pendant que Ptolémée VII, qui avait rempli l'Égypte de deuil et de sang, osait usurper le titre de bienfaiteur, ΕΥΕΡΓΕΤΗΣ, ses sujets, victimes de ses cruautés, lui donnaient d'une commune voix celui de Malfaiteur, ΚΑΚΟΕΡΓΕΤΗΣ.

Enfin, si l'on parcourt l'histoire des rois d'Égypte et de ceux de Syrie, si l'on considère cet enchaînement de revers, de meurtres, et d'attentats de toute espèce, on ne pourra guère s'empêcher de connaître que peu d'entre eux ont justifié les surnoms qu'ils avaient pris ou reçus ; que la plupart de ces distinctions flatteuses furent accordées à de jeunes princes dont on avait conçu des espérances, bientôt démenties par leur conduite, et que d'autres furent malheureusement regardées comme des titres attachés à la couronne, et qui n'imposaient pas plus d'obligations que la couronne elle-même.

Nous avons vu plus haut que les Romains poussèrent l'excès encore plus loin, et nous avons observé que, pour apprécier les éloges donnés aux princes, il faut moins s'en rapporter au témoignage des médailles qu'à celui des historiens exacts, parce que le premier n'est pour l'ordinaire que la voix des courtisans, et le second celle des peuples.

Mais il ne faut pas de pareilles distinctions pour expliquer les titres que des motifs de politique ont fait adopter. Des princes qui voyaient au nombre de leurs sujets une nation étrangère en état de se

faire craindre par sa puissance, ou de se faire rechercher par son commerce, s'en déclaraient publiquement les protecteurs. C'est ainsi que la plupart des rois parthes, qu'Aristobule, roi de Judée,
un prince arabe qui régnait à Damas, ont été sur-
nommés *Philhellènes*, c'est-à-dire, amis des Grecs.
En général, ceux qui prirent ce titre étaient étrangers à l'égard des Grecs, et voilà pourquoi il ne se
trouve point sur les médailles des rois d'Égypte,
de Syrie, de Commagène, etc. ; voilà pourquoi il
ne faudrait pas être surpris si on le découvre un
jour sur celles des rois de Cappadoce, de Bithynie, etc. L'exemple d'Alexandre Ier, roi de Macédoine, surnommé Philhellène (1), ne détruit pas
cette règle générale. Quoiqu'il fût Grec d'origine (2), il régnait dans un pays presque tout barbare ; et, comme souverain, il était étranger aux
yeux des Grecs qu'il attirait dans ses états. Ce furent eux sans doute qui, flattés de la protection
qu'ils en recevaient, lui donnèrent le titre d'ami
de leur nation, car il n'est pas dit qu'il l'ait pris lui-
même.

Quand les Romains eurent affermi leur puissance
en Orient, tous les regards se tournèrent vers eux,
et les rois exprimèrent en différentes manières
leur attachement au nom romain ou à l'empereur
régnant. De là les titres de ΦΙΛΟΡΩΜΑΙΟΣ ou ΦΙ-

_____

(1) Dion. Chrysost. Orat.

(2) Herod. lib. VIII, cap. 137, lib. IX, cap. 44.

ΛΟΚΑΙΣΑΡ qui paraissent sur les médailles de quelques princes.

Je ne pourrais analyser tous les titres exprimés
sur les médailles de rois sans m'engager dans les
détails les plus ennuyeux ; j'aime mieux les évi-
ter ; 1° en renvoyant le lecteur à l'ouvrage d'Ézé-
chiel Spanheim (1) ; 2° en réunissant dans une table particulière tous les titres honorables que les
rois grecs ont adoptés, soit que ces titres paraissent sur leurs médailles, soit qu'on ne les trouve
que dans les auteurs de l'antiquité. Mais je n'y ai
point inséré ces épithètes redoutables que la tyrannie des souverains arrachait au désespoir de leurs
sujets, comme celle d'Épimanes ou Furieux, de
Cacoergetes ou Malfaisant, ni ces espèces de so-
briquets outrageants que leur attiraient des dif-
formités du corps, qui n'étaient point rachetées par
des bienfaits ou des vertus, tels que ceux de Nez
de Gryphon, de Ventru, etc. ; ni ces surnoms hu-
miliants qu'on leur appliquait pour des talents qu'ils
cultivaient avec soin et dans lesquels ils avaient
le malheur de réussir, tels que celui de Joueur de
flûte, etc. ; ni ces dénominations tirées des lieux
où ils avaient été élevés, telles que celles de Cyzi-
cenus, Commagenus, ni tant d'autres enfin, qu'il
serait inutile de chercher sur les médailles, et encore plus inutile de recueillir ici.

(1) Usu et præst. num. tom. I, pag. 465..

INSTRUCTIONS

POUR M. HOUEL,

SON VOYAGE DE NAPLES ET DE SICILE[1].

Vous pourriez avoir plus d'une fois occasion d'acquérir quelques médailles pour le cabinet du roi. C'est dans cette vue que je vais vous suivre dans votre voyage de Sicile et de la Grande-Grèce, et que je joins ici quelques notes qui pourraient vous guider dans ces acquisitions.

Je vous suppose à Naples ; je ne vous dirai rien d'Herculanum, de Pompeïa, etc. Vous aurez les lumières de M. l'abbé Galiani, à qui je vous supplie de faire mes compliments ; vous y verrez aussi M. Hamilton ; il vous dira s'il a pris des plans exacts des antiquités de Sicile.

---

(1) Cet artiste était alors peintre du roi; il a publié à son retour un voyage pittoresque des îles de Sicile, de Malte et de Lipari, imprimé en 4 vol. in-folio, pendant les années 1783, 84, 85 et 87. Les planches sont en manière de lavis; aussi se sont-elles altérées fort rapidement et fatiguent-elles beaucoup la vue. *Note de l'éditeur.*

Si vous avez un dessinateur, il pourrait visiter plusieurs fois les fouilles de Pompeïa, et dessiner de mémoire ou sans qu'on s'en aperçût la rue et quelques-uns des édifices qu'on a découverts.

Je vous prie d'insister sur l'attente où l'on est partout de la publication des manuscrits trouvés à Herculanum : de cinq à six cents, deux ou trois ont été déroulés ; le reste est scandaleusement abandonné : c'est cependant la plus précieuse des découvertes faites et à faire. Cette négligence, qui étonnerait les Goths, est d'autant plus incompréhensible, qu'il ne manque à Naples ni de moines pour dérouler ces manuscrits, ni de gens savants pour les lire et les publier.

Si vous allez à Rhegium par terre, vous traverserez l'ancien pays des Lucaniens et des Bruttiens. S'il vous tombe entre les mains des médailles grecques, je vous prie de les prendre et d'en donner deux ou trois fois le poids si elles sont en or ou en argent.

Celles en bronze avec ce mot ΒΡΕΤΤΙΩΝ, ont été frappées par les Bruttiens ; celles des Lucaniens ΛΟΥΚΑΝΩΝ sont plus rares, et l'on peut en donner un petit écu.

Je ne connais aucun monument antique à Reggio (1); mais on y trouve des médailles d'argent avec le nom grec de la ville, RECI (*Regi*), ou RECINON (*Rheginon*).

_____

(1) Jos. Morisano a publié, en 1770, dix inscriptions de Rhegium; mais elles fournissent peu de lumières et ne sont pas fort anciennes. *Note de l'éditeur.*

MESSINE.

Point ou peu de monuments antiques. Les anciennes médailles en argent avec le nom de ▷ ANCLE (1), sont assez rares, et valent dix à douze fois le poids.

M. le baron de Riedezel parle d'un cabinet de médailles qui est entre les mains de M. le prince de Sperlinga : on trouve de ces collections dans plusieurs villes de Sicile. Dans ce cas, je vous supplie de vous informer, sans trop d'empressement, si le possesseur voudrait s'en défaire, quel prix il y met, et s'il pourrait en donner un catalogue ? Au cas qu'il ne voulût pas les vendre, il serait important d'avoir le catalogue des seules médailles en or et en argent des rois et des villes de Sicile ; au défaut de catalogue, je me contenterai d'une note générale des principales médailles de ces rois et de ces villes.

Je suppose que les moyens de remplir cette vue seraient faciles ; sans cela j'y renonce.

La côte depuis Messine jusqu'à Palerme offrait autrefois les villes de Milet, de Tindaria, d'Himère,

---

(1) Elle portait encore celui de Zancle avant d'avoir reçu la seconde colonie des Messéniens du Péloponèse. M. Schiavo a mis au jour quelques inscriptions de cette ville. Du reste, en parlant de l'ancienne Messine, on devrait toujours dire, conformément à la prononciation dorique et à l'orthographe des médailles, *Messane. Note de l'éditeur.*

les thermes d'Himère où sont des bains chauds. Si
vous abordez sur ces côtes et que les paysans vous
offrent des médailles, en quelque métal qu'elles
soient, je vous prie de les prendre, pourvu qu'elles
soient grecques.

PALERME.

Vous verrez dans cette ville le docteur Tardia,
à qui j'ai envoyé, il n'y a pas long-temps, des va-
riantes et des additions tirées d'un manuscrit de la
bibliothèque, pour l'édition qu'il prépare des anciennes constitutions de Sicile (1). Je lui ai aussi
adressé une note des médailles qui manquent au cabinet. S'il vous en remettait quelques-unes, je vous
serais obligé de vous en charger. Les jésuites de
Palerme avaient une suite de médailles de Sicile.
Que sont-elles devenues?

SEGESTE.

Le baron de Riedezel, après être parti de Palerme, arriva aux ruines de Segeste. Ce sont les
restes d'un temple fort ancien, d'ordre dorique.
M. Dorville en a donné le dessin (2); mais il n'a pas

---

(1) Barthélemy envoya encore des extraits de Novairi, sur la
Sicile, que le savant Caussin fit à sa prière, et qui ont été imprimés dans le recueil des écrivains arabes, concernant l'histoire de cette île, à Palerme, en 1790, par les soins de M. Gré-
gorio. *Note de l'éditeur.*

(2) Sicula. tome I, page 54.

marqué les dimensions de ses parties, comme Des-
godets l'avait fait pour les antiquités de Rome, et
les Anglais pour celles de Palmyre, de Balbec et
de la Grèce. Votre dessinateur pourrait consacrer
une journée à prendre les mesures exactes de cet
édifice tant en général qu'en partie.

Outre ce monument, Fazello (1) prétend qu'on
trouve dans la ville même un vieux temple, consacré aujourd'hui à la Sainte-Vierge.

Il se trouve des médailles de Ségeste avec des
légendes grecques : elles sont bonnes à acquérir
pour le double ou triple du poids si elles étaient
en argent, pour cinq à six fois le poids s'il s'en trouvait en or. Voici comment la légende doit être à
peu près ΕCΕΣΤΑΞΙΒ ; quelquefois il manque quelques lettres ; quelquefois elles sont en sens contraire. Ces médailles représentent pour l'ordinaire
d'un côté une tête, de l'autre un chien.

DREPANO ou TRAPANI.

A six mille de Trapani, sur le mont Érix, on voit
quelques vestiges d'antiquités, mais il paraît que
c'est peu de chose.

Médailles phéniciennes.

Depuis Palerme jusqu'à Agrigente, on trouve
des médailles phéniciennes, parce que les Phéniciens et ensuite les Carthaginois, ont long-temps

_____

(1) De rebus Siculis, lib. VII, pag. 142.

Pl. II.

occupé cette côte-là. Cette espèce de monuments
commence à devenir très-précieuse, et m'intéresse
fort en particulier. Si le hasard vous en faisait tomber entre les mains, je vous prie de les prendre,
en vous informant de l'endroit où elles ont été
trouvées ; mais comme il serait possible qu'on pré-
sentât des médailles arabes, dont je ne me soucie
pas, je dois vous indiquer les moyens de les distinguer.

1° Les médailles arabes en or et en argent sont
très-minces et très-légères. Les phéniciennes sont
plus épaisses, et quand elles sont de la grandeur
d'une pièce de 24 sous, elles ont à peu près l'épaisseur d'un écu de 3 livres : le prix est toujours à
peu près le même. Celles en bronze n'ont qu'une
ou deux lettres et ne valent pas grand'chose : celles
en argent contiennent un, deux ou trois mots, et
valent quatre ou cinq fois le poids. S'il s'en trouvait en or avec pareil nombre de mots, même prix
relativement à la matière.

2° Les lettres dans les médailles arabes sont liées
entre elles ; dans les phéniciennes, elles sont séparées les unes des autres.

3° Je joins ici une planche de médaillons phéniciens en argent, frappés autrefois en Sicile, qui
pourra servir de modèle. On appelle médaillons
les médailles de cette grandeur là. Si par hasard
vous trouviez celle du N° 3, pl. II, où l'on voit du côté
de la Victoire et du cheval, le mot grec ΔIONY-
ΣIOY, *Dionusiou*, *de Denys*, roi de Syracuse, je

16.

vous prierais d'en donner trois ou quatre louis ; les
autres valent trois ou quatre fois le poids.

Entre Trapani et Marsana, là, dit le baron de
Riedezel (1), on découvre une petite île, nommée
aujourd'hui Saint-Pantales, qu'on dit être l'ancienne
Motya, où, suivant Thucydide, les Phéniciens *bâ-
tirent une ville*. Il faudrait savoir si l'on y trouve
des médailles phéniciennes, et de quelle espèce ?

MAZARA.

Il n'y a rien de remarquable dans cette ville ; du
moins je n'ai là-dessus aucun renseignement.

SELINONTE.

A douze milles à l'est de Mazara , on voit les
ruines de Selinonte, où sont les superbes ruines de
trois temples , dont Dorville s'est contenté de donner les plans (2). Votre dessinateur pourrait en apporter de plus exacts avec les proportions du tout
et des parties. Ces monuments méritent l'attention
des architectes. Fazello dit qu'il a vu trois carrières
aux environs d'où l'on avait tiré ces pierres, et où
l'on voit encore des colonnes à demi-taillées dans
le roc : l'une auprès du fleuve, à deux milles de la
ville ; l'autre à quatre milles au nord , dans un endroit nommé *Bugilifer* ; l'autre à six milles à l'ouest,

---

(1) Voyage en Sicile et dans la Grande-Grèce, page 23.
(2) Sicula, pag. 70, 71.

dans un lieu nommé *Ramunura*. Ces carrières s'appellent encore *Latumiæ*.

On trouve à Selinonte des médaillons et médailles d'argent, avec cette inscription ΣΕΛΙΝΟΝΤΙΩΝ *(Selinontion)*, des Selinontiens.

SCIACCA.

En suivant la côte vous trouverez Sciacca, autrefois *Thermæ Seluntinæ*, parce qu'on y trouve différentes sortes de bains. Fazello (1) parle d'un de ces bains en forme d'antre, où sont encore les débris des siéges où les malades se tenaient. Il ajoute qu'au-dessus de ces siéges sont des lettres fort effacées, que personne n'a jamais pu lire, et qui ne sont d'aucune langue connue. Seraient-elles phéniciennes ? Le baron de Riedezel (2) dit que ces lettres sont grecques; ce qui est à vérifier.

AGRIGENTE ou GIRGENTI.

C'est ici que votre dessinateur pourrait exercer ses talents, surtout s'il est architecte. Il faut détacher de l'ouvrage du père Pancrace, théatin, imprimé à Naples en 1751, sous le nom d'*Antichità siciliane*, les planches où sont gravées les ruines de Girgenti. Cet ouvrage a eu si peu de succès que l'auteur, qui comptait donner toute la Sicile, a aban-

(1) De rebus Siculis, pag. 129.
(2) Voyage en Sicile, etc., page 30.

donné son entreprise. Je ne sais pas ce que sont
devenus ses autres dessins. Quoi qu'il en soit ceux
de Girgenti, quoique très-imparfaits, pourront
vous guider quand vous serez sur les lieux. Il faut
y joindre les dessins (1) qu'a donnés Dorvillé.

Le baron de Riedezel (2) parle d'une inscription
qu'on voit sur la place du marché et *qui est*, dit-il
dans une langue barbare. C'est de l'arabe ou du
phénicien. S'il est vrai qu'elle ait été tirée du temple de Jupiter Olympien, elle serait plutôt phénicienne; et dans ce cas je vous supplie de la faire
copier exactement, et, s'il était possible, de la faire
mouler et de m'en faire parvenir les moules par
une voie sûre, vous me combleriez de joie. Au reste,
outre que l'évêque de Girgenti vous dira si c'est de
l'arabe ou du phénicien, vous pourrez vous en assurer vous-même par les règles établies ci-dessus.
Si les lettres sont liées, c'est de l'arabe; si elles
sont séparées et à peu près semblables à celles des
médailles gravées dans la planche ci-jointe, c'est
du phénicien.

« Cet évêque de Girgenti, dit le baron de Rie-
« dezel (3), a une collection de médailles des em-
« pereur romains. » Je ne m'en soucie point; mais
voici ce qu'ajoute le voyageur : « Parmi les mé-
« dailles grecques sont les médailles des anciennes
« villes de Sicile, en argent, avec bon nombre de

(1) Sicula, pag. 97, 99, 107.
(2) Voyage en Sicile, etc., page 38.
(3) Voyage en Sicile, etc., page 56.

« médailles puniques en or. » Voilà ce qui me con-
viendrait très-fort. Si cet évêque voulait se défaire
de cet article, ce serait sans doute une belle acquisition pour le cabinet. D'abord les médailles
d'argent quatre ou cinq fois le poids ; celles en or
de même, pourvu qu'elles aient des lettres phéniciennes, et qu'elles en aient plus d'une ; car si
elles représentaient simplement un cheval ou un
palmier, elles ne valent qu'une fois et demi le poids.
Si l'évêque ne veut pas se défaire de ces articles,
il faudrait en obtenir une description exacte, et
surtout des médailles puniques en or. S'il ne voulait pas abandonner cet article sans y joindre tout
le cabinet, alors il faudrait demander une notice
du tout, et l'estimation qu'il en fait.

MALTHE.

Si de Girgenti vous passez à Malthe, je vous
prie de ramasser des médailles de bronze qu'on y
trouve souvent, et qui présentent ces trois lettres
ᒥᒥΦ. Si elles sont bien conservées elles valent 15
ou 20 sous. Demander si c'est à Malthe ou à Gozzo
qu'on les trouve.

Vous y verrez la même inscription phénicienne
sur deux marbres en forme d'autels surmontés
d'une borne. J'en ai le moule et je l'ai expliqué.
Le chanoine Agio pourra vous dire s'il s'est découvert depuis peu quelque inscription phénicienne, et vous donner copie de toutes celles qu'il
a rassemblées.

Vous pourriez vous adresser aussi à un de nos associés étrangers, nommé M. de Ciantar, supposé qu'il ne soit pas mort; car il y a plus de dix ans qu'on n'a entendu parler de lui à l'académie.

PHINTIA et GELA.

Après Agrigente, en tirant vers l'est, on trouve Alicate, Terranuova, etc. C'était là qu'était autrefois Phintia, Gela, etc. Dorville a été jusqu'au lieu où devait être Gela, et n'y a rien trouvé. Il prit ensuite la route de terre. Le baron de Riedezel va de Malthe à Syracuse. Je ne sais si on pourrait se flatter de quelques découvertes en allant côte à côte depuis Girgenti jusqu'à Syracuse.

SYRACUSE.

Je ne vous dis rien de cette ville. Votre dessinateur jugera par lui-même des monuments qui mériteront votre attention, et dont quelques-uns sont assez imparfaitement gravés dans l'ouvrage de Dorville; mais les médailles, surtout en or et en argent, avec le nom de ΣΥΡΑΚΟΣΙΩΝ (*Syracosion*), ne doivent pas être refusées pour deux ou trois fois le poids. Il en est de même des médailles de la ville de Léonte auprès de Catane (1).

---

(1) Barthélemy est entré, sur Syracuse et sur toutes les villes anciennes de la Grande-Grèce et de la Sicile, dans des détails aussi curieux que complets, relativement à leur histoire numismatique, dans la partie de sa paléographie, qu'il a laissée manuscrite. *Note de l'éditeur.*

CATANE.

Le prince Biscari a une belle suite de médailles de Sicile. On ne peut pas honnêtement lui proposer de s'en défaire, mais il doit avoir des doubles qu'il serait peut-être bien aise d'échanger contre des médailles qu'il n'a pas.

TAUROMENIUM.

Les antiquités de cette ville, ainsi que celles de Catane, sont dans l'ouvrage de Dorville, mais toujours avec le même défaut ; des mesures très-vagues et très-insuffisantes.

Depuis Rhégio jusqu'à Tarente, il paraît qu'il ne subsiste pas beaucoup de monuments sur cette côte, quoiqu'elle fût autrefois remplie de villes célèbres : mais on y trouve des médailles. Par exemple, on doit découvrir du côté de Gierani des médailles des Locriens Épizephyriens. Ces médailles sont en argent de la grandeur d'une pièce de 12. sous, mais un peu plus épaisses. La plupart représentent d'un côté une tête de Jupiter, et de l'autre un aigle tenant un lièvre dans ses serres, avec ce mot OΛKPΩN, qui est le nom du peuple.

Il serait important de savoir si on trouve dans le même canton des médailles de même métal et de même grandeur, qui, avec ou sans le nom des Locriens, représentent d'un côté la tête de Minerve, et de l'autre un cheval ailé ; le prix est de deux ou trois fois le poids.

CAULONIA.

Le baron de Riedezel (1) place l'ancienne ville de Caulonia à l'endroit où est à présent Squillaci. M. Danville la met en-deçà. Quoi qu'il en soit, on peut trouver dans les environs de Squillaci des médailles de Caulonia; elles sont en argent. Les plus anciennes sont grandes et minces; les autres sont, en général, plus petites et plus épaisses. Elles représentent un cerf, et une figure nue qui tient un rameau, avec ce mot ΚΑΥΛΟΝΙΑΤΑΝ (*Kaulo-niatan*), tout au long ou en abrégé. Sur les plus anciennes, un des côtés est en creux.

J'en donne ici un modèle (*Voyez planche troi-sième*, n° I).

CAP COLONNE ou PROMONTOIRE LACINIUM.

Sur ce promontoire était bâti le fameux temple de Junon Lacinie, dont il s'est conservé des débris assez considérables, dit le baron de Riedezel (2). Ce fut dans ce temple que, suivant Tite-Live (3), Annibal fit placer un autel et une inscription grecque et punique contenant le détail de ses exploits. Je ne présume pas que les Romains aient été assez généreux pour laisser subsister ce mo-

(1) Voyage en Sicile, page 184.
(2) Voyage en Sicile, page 186.
(3) Liv. XXVIII, chap. 46.

Pl. III.

nument; mais enfin, je vous prie et vous demande
à mains jointes de faire quelques recherches dans
le temple et dans les environs. La découverte de
cette inscription serait la plus belle qu'on pût jamais faire pour les progrès de la littérature punique
et phénicienne.

Dans le même endroit doivent se trouver des
médailles de Crotone. Elles représentent un tré-
pied et un aigle, l'un ou l'autre quelquefois gravé
en creux avec ce commencement de mot KPOT
(*Crot*) ou KPO (*Cro*) : deux ou trois fois le poids.
Quelquefois on y voit une tête d'Apollon ou de
quelque autre divinité.

D'autres fois le nom de Crotone y est tout au
long ; s'il s'en trouvait en or, deux ou trois fois
le poids.

SYBARIS.

Dans le golfe de Tarente auprès de Corigliano
était située la ville de Sybaris, dont nous avons des
médailles d'argent semblables à celles dont je joins
ici le dessin. Il serait bon d'en acquérir, soit qu'elles
fussent absolument semblables, ou qu'elles pré-
sentassent quelque différence pour les lettres ou
pour le volume (1).

---

(1) Voyez les numéros II et III de la planche troisième. Au
n° II pour ΣY, c'est-à-dire, Sybaris, est MY, qu'il faut lire de
droite à gauche, parce que le type a été redoublé. Voyez *Acad.
des Inscript.*, tome XXVI, page 546. *Note de l'éditeur.*

THURIUM.

Non loin de là était Thurium. Là se trouvent des médailles d'argent représentant d'un côté la tête de Pallas, de l'autre un taureau avec ce mot ΘΟΥΡΙΩΝ ; deux fois le poids environ.

SIRIS et HÉRACLÉE.

Plus loin sur cette côte étaient situées Siris et Héraclée dont nous connaissons des médailles en argent. Toujours le même prix. En général, toute médaille grecque trouvée dans ce canton est bonne à acquérir ; il en est de même des médailles qui ont un côté en creux. Celles d'Héraclée représentent, en général, la tête d'Apollon ou de Pallas, et le combat d'Hercule contre le lion.

MÉTAPONTE.

Ses médailles ont, pour l'ordinaire, d'un côté un épi, de l'autre une tête de Mars ou de Cérès. Elles sont faciles à reconnaître par ce mot META. Même prix.

TARENTE.

Ses médailles sont assez communes en argent. On y lit le mot ΤΑΡΑΣ (*Taras*) ; elles valent deux fois le poids. Sur celles en or on lit TAPANTINAN : elles sont plus rares ; on peut en donner deux ou trois fois le poids.

Entre Otrante et Brindes, au village de Mar-
tanna, suivant Riedezel (1), on trouve quantité de
médailles. Si elles sont grecques, je vous prie d'en
acquérir et de bien marquer l'endroit où elles ont
été trouvées. A Lecce, la maison Palmyri possède
quelques médailles, dit encore ce voyageur alle-
mand. Toujours même prière. Il faut voir si ce
sont des médailles grecques, et si on voudrait s'en
défaire ; le prix de celles en or et en argent est de
deux ou trois fois le poids.

BRINDES.

Deux particuliers qui ont des médailles (2).
Même prière ; mêmes questions ; même prix ; même,
demande pour les doubles, si on ne peut en avoir
d'autres (3).

---

(1) Voyage en Sicile, page 219.

(2) Voyage en Sicile, page 224.

(3) Cette instruction n'a procuré aucune nouvelle acquisition au cabinet des médailles. M. Houel se contenta d'écrire une
lettre de Catane, le 3 juillet 1777, pour proposer l'achat d'une
collection entière, à un prix exorbitant. D'ailleurs, il assurait
dans cette lettre que les curieux du pays, qui étaient en grand
nombre, et parmi lesquels on distinguait le prince Biscari, ne
laissaient rien échapper de ce qu'on pouvait y découvrir. *Note
de l'éditeur.*

MÉMOIRE

SUR

LE CABINET DES MÉDAILLES,

PIERRES GRAVÉES ET ANTIQUES.

Oɴ s'est proposé de rassembler dans le cabinet du roi, 1.° des médailles; 2.° des pierres gravées; 3.° des antiques. Je commence par les médailles.

Cette collection est divisée en deux classes principales, qui sont les médailles anciennes, et les médailles modernes; les unes et les autres forment plusieurs sous-divisions.

§ Ier.

Médailles anciennes.

Les médailles anciennes se sous-divisent d'abord en médailles de villes et de rois, et en médailles romaines. Les premières, pour la plupart, ont été frappées par les républiques et les souverains de la Grèce. Les secondes, par les Romains, soit avant les empereurs, soit pendant leur règne. Parcourons rapidement les différentes suites qu'elles produisent.

On a placé la suite des villes à la tête de toutes les autres, parce qu'elle contient les plus anciennes médailles qui soient venues jusqu'à nous. Elle comprend les médailles qui présentent le nom d'un peuple ou d'une ville sans offrir le nom d'un souverain. On y remarque surtout les médailles d'Athènes, de Lacédémone, de Thèbes, de Corinthe, de la plupart des anciennes républiques établies dans la Grèce proprement dite, sur les côtes de l'Asie-Mineure, dans la Grande-Grèce (aujourd'hui le royaume de Naples), dans la Sicile, en Crète, en Cypre, et dans presque toutes les îles de l'Archipel. On y trouve aussi plusieurs médailles frappées en Italie, dans les Gaules, en Espagne, sur les côtes de l'Afrique, de la Syrie, etc. Les médailles de certaines villes sont assez communes; celles de plusieurs autres, extrêmement rares. Toutes peuvent répandre des lumières sur la géographie ancienne, sur l'histoire des arts, sur une infinité d'usages des anciens peuples.

En les arrangeant on ne sépare pas les métaux, comme on fait pour les médailles romaines; mais on mêle l'or, l'argent et le bronze, parce qu'il n'y en a pas un assez grand nombre de chaque espèce pour en composer autant de suites différentes.

Celle du roi se monte aujourd'hui à plus de sept mille, et c'est la plus nombreuse qui existe.

La plus ancienne suite, après celle des villes, est celle des rois. C'est le nom qu'on donne aux médailles des rois de Macédoine, d'Égypte, de Syrie, des Parthes, de Cappadoce, du Pont, de Thrace, en un mot, de toutes les monarchies ou dynasties anciennes. C'est-là qu'on trouve les médailles d'Alexandre, de Mithridate, et de quantité de princes plus ou moins célèbres, de quelques-uns même dont il n'est pas fait mention dans l'histoire.

On y mêle les métaux comme dans la suite précédente. Le roi est extrêmement riche dans ce genre.

Après ces deux espèces de médailles viennent les médailles romaines, dont les plus anciennes sont les consulaires. Ce sont celles qui ont été frappées dans les derniers temps de la république, et qui nous donnent les noms des principales familles romaines. Elles forment dans le cabinet la troisième suite, qui est assez belle, mais qui est susceptible d'augmentation.

La quatrième est celle des empereurs, en or. C'est la plus précieuse de toutes celles qui sont en Europe, pour la rareté, la conservation, et le nombre des médailles, qui passe deux mille cinq cents. Elle commence à Jules César, continue jusqu'aux derniers empereurs de Constantinople, et comprend ainsi les médailles de la plupart des empereurs, impératrices et césars qui ont paru sur le trône pendant quinze siècles. On a placé à la tête tous les médaillons en or qu'on a pu trouver de ces princes. C'est le nom qu'on donne aux plus grandes médailles. Elles sont infiniment plus rares que les autres, et presque toutes d'une extrême cherté. On en trouve à peine cinq ou six dans les plus belles collections. Il y en a au cabinet du roi plus de quarante.

La cinquième suite est celle des empereurs, en argent. C'est en quelque façon la répétition des médailles en or ; mais elle est plus nombreuse, et l'on peut la pousser plus loin, parce que, dans tous les temps et dans tous les lieux, on a frappé plus de monnaies en argent qu'en or. Les médailles les plus rares s'y trouvent.

Les sixième, septième, huitième et neuvième suites comprennent toutes les médailles de bronze des empereurs romains. D'abord les médaillons ou les plus grandes médailles, ensuite celles de grand bronze, de moyen bronze et de petit bronze. Ces trois dernières répondent, en quelque façon, pour la grosseur, à nos pièces d'un sou, de deux liards et d'un liard.

Toutes les suites en bronze sont extrêmement précieuses pour le nombre et la rareté des médailles.

§ II.

Médailles modernes.

Cette classe de médailles se sous-divise en médailles proprement dites, en monnaies et en jetons.

La suite des médailles contient celles qu'on a pu rassembler, en or et en argent, de toutes les monarchies modernes, telles que la France, l'Espagne, l'Angleterre, l'Empire, la Suède, le Danemarck, la Hollande, etc. On commença cette collection du temps de M. Colbert. Nos ministres dans les cours étrangères furent chargés d'envoyer au cabinet les

médailles en or et en argent qu'on y frappait successivement, et celles qu'on y avait frappées auparavant. A la mort de M. Colbert, cette correspondance fut interrompue, et, faute de moyens,
la suite des médailles modernes, devenue très-riche
par ses soins, resta à peu près dans l'état où il
l'avait laissée.

La suite des monnaies comprend de même celles
de France et celles des Puissances étrangères : elle
est assez nombreuse; cependant on pourrait la
pousser infiniment plus loin.

La suite des jetons comprend ceux qui ont été
frappés pour nos rois, pour les cours supérieures,
pour différents corps et différents particuliers. C'est
la partie du cabinet que l'on consulte le moins. Cependant elle peut être utile pour les généalogistes;
et dans la suite plusieurs familles seront bien aises
d'y trouver les noms de leurs ancêtres et les titres
de leur origine.

Dans la collection des médailles, des monnaies
et des jetons, on ne trouve que des pièces en or
ou en argent. On n'a pas cru devoir s'attacher aux
pièces de bronze.

Après avoir donné à M. le Noir une idée *succincte*
des différentes suites qui composent le cabinet, je
dois mettre sous ses yeux les moyens que l'on doit
employer, soit pour les perfectionner, soit pour les
conserver dans le meilleur ordre possible.

§ III.

Moyens de perfectionner ces suites par des
acquisitions.

Quoique le cabinet du roi soit, sans contredit,
le premier de l'Europe, il n'est point de suite dans
l'antique et dans le moderne qui ne soit susceptible d'augmentations.

Il n'y a que deux voix pour se les procurer, ou
d'avoir recours au fonds de la bibliothèque, ou
d'obtenir des ordonnances sur le trésor royal. La
première serait une faible ressource et suffirait à
peine à quelques légères acquisitions journalières ;
par la seconde, on peut avoir des cabinets entiers,
et il en résulte deux avantages considérables, le
premier, que ces cabinets enrichissent celui du roi
dans toutes ses parties ; le second, qu'ils procurent
beaucoup de médailles doubles qui servent à des
échanges continuels et par le moyen desquels on
acquiert des médailles qu'on n'aurait pas avec de
l'argent.

Quelques exemples prouveront ce que je dis, et
je les rapporte avec d'autant plus de plaisir qu'ils
mettront M. le Noir en état de connaître les opérations en ce genre qui, depuis une quarantaine
d'années, se sont faites au cabinet.

Deux ou trois ans après la mort de M. de Boze,
mon prédécesseur, on obtint une ordonnance de
20,000 livres pour l'acquisition d'une riche collec-

tion de médaillons de bronze et de médailles de grand bronze, qui du cabinet de M. l'abbé de Rôthelin, avait passé à celui de M. le marquis de Beauveau. Environ quatre cents médaillons et deux mille médailles insérées dans les suites du roi, les augmentèrent l'une et l'autre du double. Il en reste encore une assez grande quantité parmi les doubles ; mais la plupart très-communes, car les plus précieuses des médailles inutiles qu'avait procurées cette collection ont servi pendant long-temps à des acquisitions particulières.

En 1755, nous obtînmes une ordonnance de 22,000 livres (1), pour acheter le cabinet de M. Cary, de l'académie de Marseille. Cette acquisition fut d'autant plus utile que ce cabinet renfermait

---

(1) Le cabinet avait été estimé et ne coûta en effet que 18,000 livres ; mais comme l'héritier voulait être payé sur-le-champ, et que le trésor royal était sans fonds, M. le comte d'Argenson me proposa d'obtenir de l'héritier qu'on le payât par quartiers, et dans l'espace de quelques années, à condition qu'au lieu de 18,000 livres, on lui en donnerait 22,000 livres. L'héritier y consentit d'abord. L'ordonnance fut expédiée ; mais l'héritier ayant ensuite retiré sa parole, je fus obligé de lui envoyer 18,000 livres, que M. de Fontferrières me fit l'amitié de me prêter, dont il ne fut remboursé que deux ans après, et dont il ne voulut retirer aucun intérêt. Les 4,000 livres restantes furent déposées entre les mains de M. de La Court. Elles furent depuis employées à divers objets relatifs au cabinet, à l'exception d'une gratification de 1,200 livres, que je n'avais pas demandée, et que M. le comte de Saint-Florentin me donna pour me dédommager des dépenses que j'avais faites dans mon voyage d'Italie, et qui se montaient beaucoup plus haut.

toutes sortes de suites, que j'en tirai pour celui du roi plus de cent vingt médailles impériales en or, et quantité de médailles grecques de villes et de rois. Le reste fut destiné à des échanges.

La même année, le roi m'envoya en Italie pour la recherche des médailles qui manquaient à son cabinet. Je portai avec moi les plus beaux médaillons et les plus belles médailles que je pus trouver parmi les doubles de M. le marquis de Beauveau, et je m'en servis pour en rapporter, en 1757, environ trois cents médailles, dont quelques-unes étaient uniques, et presque toutes précieuses par leur rareté. Quelques années après, avec l'agrément de feu M. Bignon, je m'associai avec M. du Hodent, qui est mort depuis, et M. le contrôleur général nous accorda une ordonnance de 20,000 livres pour acheter la superbe suite d'environ douze cents médailles impériales en or, qu'avait formée M. de Clèves, et qui fut vendue 50,000 livres. On ne nous donna au trésor royal que des papiers qui perdaient environ un tiers sur la place. Comme la somme qu'il produisirent ne suffisait pas pour prendre dans la suite de M. de Clèves toutes les médailles qui manquaient au cabinet, je donnai en échange la plupart des médailles doubles en or que nous avait procurées le cabinet de M. Cary.

La plus grande acquisition qui se soit faite en ces derniers temps, est celle du cabinet de M. Pellerin, le plus riche qui fut en Europe après celui du roi, le plus célèbre par le soin qu'avait pris le possesseur d'en publier les principales médailles et de les accompagner de notes dans un recueil composé de plusieurs volumes. Ce cabinet, acquis en 1776, coûta 3oo,ooo livres.

C'est par de pareilles opérations et par des correspondances établies dans les pays étrangers, suivies avec soin pendant une longue suite d'années et entretenues par la voie des échanges, que je suis parvenu à augmenter du double le cabinet des médailles du roi, et à le porter à un point qu'il ne saurait être égalé par la réunion de toutes les collections qui sont en Italie.

Il peut se trouver encore des occasions où il faudrait faire un effort pour acquérir de ces médailles singulières que le hasard ne présente qu'une fois. Il en manque plusieurs de cette espèce dans toutes les suites, et même dans celle en or, qui est la plus riche de toutes ; car l'on connaît quelques empereurs ou césars dont nous n'avons aucune médaille en ce métal, soit qu'on n'en ait pas encore découvert, soit qu'elles n'existent que dans un ou deux cabinets dont il est impossible de les arracher. Telle est, entre autres, la médaille unique d'Agrippa que j'ai vue en Italie, et que je ne pus acquérir malgré les offres avantageuses que je proposai. Lorsqu'il se présente de pareilles médailles, on ne doit pas s'arrêter au prix et hésiter à en donner 3o ou 4o louis, quand la médaille existe déjà dans un ou deux cabinets ; 5o ou 6o, et même davantage, quand elle est unique. J'eus pour 8oo livres une médaille de l'empereur Vetranio, en or, que j'achetai à Marseille, mais je portai à 1,5oo livres celle d'Uranius Antonius, que je pris dans la suite de M. de Clèves, parce qu'on n'en connaissait pas d'autres. Il faut avoir la même attention pour les médaillons des empereurs, en or, qui sont extrêmement rares. Un des derniers que j'ai acquis est de l'empereur Domitien. Il est unique. J'en donnai 1,000 livres, et je crus l'avoir à bon marché.

Parmi les objets d'acquisition qu'on pourrait avoir en vue, il n'en est point de plus important et de plus avantageux que le cabinet de M. d'Ennery. Il contient dans toutes les espèces de suites des médailles précieuses qui manquent au cabinet; mais il sera temps de s'occuper de cet objet, s'il est mis en vente après la mort du possesseur (1).

Comme les médailles anciennes sont la partie la plus utile, et à tous égards la plus précieuse du cabinet, elles ont toujours dû fixer la principale attention de ceux qui en avaient la garde, et ils n'ont jamais eu assez de secours pour augmenter la collection des médailles modernes.

J'ai déjà dit que les différentes suites dont elle est composée furent interrompues vers la fin du dernier siècle. On ne les avait pas reprises depuis, et j'avais toujours pensé qu'il n'en coûterait pas infiniment pour les compléter : persuadé que, si on pouvait les conduire jusqu'à nos jours, il serait ensuite très-aisé, par le moyen de nos ambassa-

---

(1) Cette vente a été faite en 1788; et environ cinq cents médailles y ont été acquises, au prix de 11,000 livres, pour le cabinet royal. *Note de l'éditeur.*

deurs, de les entretenir, et d'obtenir les médailles qui paraîtraient successivement dans les pays étrangers. Feu M. Bignon père adopta cette idée. Nous commençâmes par la Suède et le Danemarck : je donnai une note des médailles qui avaient été frappées dans ces deux royaumes, et qui manquaient au cabinet. M. Rouillé, alors ministre des affaires étrangères, envoya la note à nos ambassadeurs aux cours de Copenhague et de Stockholm, et les chargea de faire la recherche de ces médailles. Ses ordres furent exécutés avec soin ; les suites des médailles de Suède et de Danemarck, devinrent aussi parfaites qu'elles pouvaient l'être ; mais, quoique nous n'eussions demandé que des médailles en argent, ces deux objets réunis coûtèrent environ 20,000 livres ; et comme on fut effrayé de cette dépense, on nous annonça qu'il fallait, pour le présent, renoncer au projet de compléter les médailles des autres états de l'Europe. On pourra peut-être le reprendre dans des temps plus favorables, et alors il faudra y joindre celui d'obtenir une ordonnance pour avoir au moins en argent les médailles et autres pièces que l'on frappe journellement au balancier.

La suite des monnaies n'est pas moins imparfaite que celle des médailles modernes. J'ai profité de toutes les occasions pour augmenter la suite des monnaies de France. M. de Machault en avait formé une trois fois plus nombreuse que celle du roi. Quand il voulut s'en défaire, je donnai un mémoire pour nous en procurer l'acquisition. Ce mémoire ne produisit aucun effet. La cour des monnaies acquit cette belle suite, et c'est un avantage qu'elle ne soit pas sortie de Paris. Il pourra survenir des circonstances plus heureuses. Comme le cabinet du roi subsiste toujours, on ne doit avoir regret qu'aux richesses dont les étrangers nous dépouillent.

Il circule si peu de jetons dans le commerce, et si peu de gens s'attachent à cette espèce de curiosité, qu'on n'a jamais cru devoir se donner beaucoup de soins pour en augmenter la suite. Cependant je ne l'ai pas négligée, quand le hasard m'a présenté des pièces singulières et historiques.

§ IV.

Moyens de conservation.

Après avoir parlé des moyens d'augmenter les différentes suites du cabinet, il faut parler de ceux qu'on doit employer pour les conserver.

Le premier est de ne songer jamais à rendre le cabinet public. Chez aucun souverain de l'Europe, les médailles ne sont exposées indifféremment aux yeux de tout le monde. Autrefois, en Italie, on les entourait d'un cercle de corne ou de métal. On les attachait ensuite les unes aux autres par de petites baguettes de fer d'un pouce de longueur, et après en avoir formé un cordon qui ressemblait à une espèce de broche, on les plaçait dans des caisses de bois couvertes d'un châssis de verre. Une manivelle adaptée à chaque cordon était placée hors de la caisse, et servait à présenter tour à tour aux yeux du spectateur les deux côtés de la médaille. J'ai vu à Naples une partie du cabinet Farnèse encore disposée de cette étrange manière. Au Vatican, où l'on avait commencé à rassembler une suite d'environ quatre cents médailles en bronze, on avait pris le parti de les enchâsser dans des trous creusés dans des tablettes de bois; ils y tiennent par deux pointes qui leur permettent de tourner. Un domestique est chargé de les montrer aux étrangers; mais on s'est trouvé forcé d'abandonner cette méthode pour les acquisitions que l'on a faites depuis, parce qu'elle est aussi impraticable pour les grandes collections que celle des broches et des caisses.

La nécessité où l'on est de ménager le terrain, de déranger souvent les médailles pour faire place aux nouvelles acquisitions, de les prendre entre les mains pour les examiner de près, a forcé partout les gardes à les distribuer dans des tablettes, d'où il serait très-aisé de les enlever ou de substituer une médaille commune à une médaille unique, si des yeux attentifs ne veillaient pas à leur conservation. Le danger est si imminent, que feu M. de Boze, mon prédécesseur, s'était fait une règle très-sage de ne montrer que rarement le cabinet; persuadé qu'il ne devait être ouvert que pour les savants qui voulaient y puiser des lumières, pour les artistes qui venaient y chercher des modèles de goût, pour des étrangers connus et des personnes de considération à qui il était convenable de donner une grande idée des beautés de la bibliothèque. Après sa mort, je me laissai entraîner à un zèle de novice. J'avais quelquefois entendu des plaintes sur la difficulté de pénétrer dans ce sanctuaire; pour les prévenir, j'en rendis l'accès plus facile, la foule y aborda. On s'y rendait tous les jours, à toute heure, et j'avais souvent des compagnies de quinze ou vingt personnes qui dans un instant dépouillaient une tablette entière. J'ai été assez heureux pour ne rien perdre dans cette confusion, mais je n'ai jamais montré le cabinet sans être pénétré de frayeur, et sans y remonter ensuite pour vérifier les objets que j'avais exposés à tant de regards. Le concours devint ensuite un peu moins fréquent. J'avais déclaré à ceux qui me demandaient des rendez-vous que je ne recevrais qu'une certaine quantité de personnes à la fois ; et de plus, la curiosité de cette foule de gens oisifs qui croient aimer les lettres et les arts avait été satisfaite, et le dégoût qu'ils avaient éprouvé d'abord, me sauvait d'une seconde importunité de leur part.

Il y vient encore assez de monde aujourd'hui, et peut-être même n'en vient-il que trop. Mais quel parti prendre ? A quel signe peut-on distinguer ceux qu'on doit admettre et ceux qu'on doit refuser ?

Tout le monde est admis à des jours fixés dans les bibliothèques publiques, parce que la plupart ne veulent que parcourir les galeries, parce que rien ne s'y trouve à portée d'être facilement enlevé. J'avais d'abord pensé qu'on pourrait de même, à certains jours, ouvrir le cabinet : mais à l'aspect des armoires, on serait tenté de voir ce qu'elles contiennent, et, dès ce moment, le refus exciterait les plus grandes plaintes et la complaisance les plus grands dangers. Il faut donc s'en tenir au point où nous sommes, et s'en rapporter uniquement à la vigilance des préposés à la garde des médailles.

Le second moyen de conservation consiste à placer les médailles dans le meilleur ordre possible, et à s'assurer, par des catalogues exacts, des médailles qui existaient auparavant, et de celles dont on fait par intervalles l'acquisition.

Pour montrer à M. le Noir comment ses vues ont été remplies, et lui donner en même temps l'idée du travail qu'exige la manutention du cabinet, il est nécessaire d'entrer dans quelques détails.

Le cabinet des médailles venait d'être transporté de Versailles à Paris, lorsqu'en 1745 je fus adjoint à M. de Boze. Il avait déjà placé une partie des suites dans les armoires, je plaçai l'autre sous ses yeux ; mais plusieurs d'entre elles avaient besoin d'être remaniées. M. de Boze avait fait des acquisitions considérables, que son âge, ses infirmités, son séjour à Paris, où sa place de secrétaire de l'académie des Belles-Lettres le tenait fixé, ne lui avaient pas permis d'incorporer dans les suites du roi. Telle était, entre autres, celle du maréchal d'Estrées, consistant soit en médailles de villes et de rois, soit en médaillons des empereurs. Nous entreprîmes cette incorporation ; elle dura plusieurs années : on ne sera pas surpris si l'on fait attention aux précautions qu'exige ce genre de travail quand on veut y apporter de l'exactitude.

Quand il s'agit d'enregistrer un livre, le titre suffit presque toujours pour indiquer l'objet dont il traite, et la place qu'il doit occuper dans une bibliothèque. Il n'en est pas de même des médailles. Un ou deux exemples feront sentir cette différence.

Douze ou treize rois d'Égypte, successeurs d'Alexandre, et ce sont les seuls dont nous ayons les médailles, ont pris le nom de *Ptolémée* : mais comme l'usage n'était pas alors d'ajouter à ce nom le nombre I, II, III, comme on fait aujourd'hui, et que ces médailles, ou n'ont point de dates, ou ne contiennent que les années du règne de chaque prince, à l'aspect d'une médaille où le nom de Ptolémée se trouve gravé, on hésite auquel des rois d'Égypte il faut l'attribuer ; si l'on consulte les antiquaires, la diversité de leurs opinions ne sert qu'à augmenter l'incertitude. On est donc obligé d'employer toutes sortes de combinaisons pour approcher de la vérité. Tantôt ce sont des épithètes que les auteurs et les médailles donnent au même prince, tantôt les années du règne ou les traits du visage empêchent de rapporter une médaille à un prince qui est mort jeune ; d'autres fois on est obligé de suivre les progrès de la gravure, afin de ne pas mettre à la tête d'une suite, une médaille qui ne doit être qu'à la fin. La plupart des médailles des anciennes monarchies présentent ces difficultés, que l'on ne rencontre pas moins sur les médailles de villes. Plusieurs de ces villes ont porté le nom d'Antioche, d'Apollonie, d'Héraclée, et n'ont tracé sur plusieurs de leurs monnaies aucun titre, aucune qualité qui servît à les distinguer les unes des autres.

Telles sont les discussions pénibles et longues dans lesquelles on doit nécessairement s'engager. Je ne parle pas des médailles dont les légendes sont à demi effacées et dont il faut restituer la véritable leçon, ni de celles qu'on a quelque raison de soupçonner de fausseté, et qu'il faut examiner à plusieurs reprises. Je sais qu'on est forcé quelquefois de rejeter ces médailles dans la classe des douteuses et incertaines. Mais, pour en avoir le droit, il faut l'avoir acquis à force de recherches inutiles.

Si à ces difficultés l'on joint les correspondances qu'on doit entretenir avec des curieux et des savants étrangers, soit pour acquérir des médailles qui sont entre les mains des premiers, soit pour donner aux seconds les éclaircissements qu'ils demandent, on verra aisément que le travail du garde des médailles n'est pas un travail passager et mécanique, mais une occupation et une étude continuelle dont l'objet est de perfectionner le dépôt confié à ses soins et de le rendre aussi utile qu'il peut l'être.

Après avoir incorporé les suites du maréchal d'Estrées avec celles du roi, il fallut en faire des catalogues. On les dressa sur un nouveau plan. Dans les anciens, on laissait après chaque ville, chaque roi, chaque empereur, un espace en blanc, pour inscrire les médailles qu'on ajoutait ; mais il résultait de là qu'elles n'étaient pas dans leur rang, et il n'y avait plus de correspondance exacte entre l'ordre du catalogue et celui des médailles placées dans les tablettes.

M. de Boze proposa de mettre dans chaque catalogue tous les articles à la file les uns des autres sans espace intermédiaire, et de rejeter dans des suppléments les médailles dont on ferait l'acquisition. Cette idée fut exécutée. Il n'entre pas une médaille dans les suites du roi qu'elle ne soit décrite aussitôt dans le supplément. A côté de la description est une note qui renvoie à la page et au réglet du catalogue, une autre note est placée dans l'endroit du catalogue indiqué par le premier renvoi. De manière qu'il est très-aisé de confronter le catalogue avec la suite des médailles.

On s'est si bien trouvé de cette méthode, dans la pratique, qu'à mesure qu'on a fait de grandes acquisitions, on a pris le parti de renouveler plusieurs des anciens catalogues. Comme on exige de la part du copiste de l'exactitude et de la propreté, ce renouvellement a pris beaucoup de temps, et serait actuellement terminé, si l'acquisition du cabinet de M. Pellerin ne nous avait engagé dans un travail plus long et plus difficile que tous ceux qu'on avait entrepris. Dans l'état actuel des choses le cabinet est dans un bel ordre. Il n'y a pas une seule médaille qui ne soit inscrite, placée et facile à trouver. Je n'en excepte qu'un seul article très-peu important, très-peu nombreux, qui concerne les monnaies des Indes, et dont on s'occupera aus-

sitôt après l'insertion entière des médailles de M. Pellerin. Je n'en parle même ici que pour ne rien laisser ignorer à M. le Noir de tout ce qui regarde
mon administration.

§ V.

Des pierres gravées.

En France, ainsi que chez tous les souverains de
l'Europe, les pierres gravées sont jointes aux cabinets des médailles, et cela ne peut être autrement,
puisque les unes servent à éclaircir les autres, parce qu'elles ont toutes le même objet et exigent les
mêmes connaissances. Lorsqu'on transporta le cabinet des médailles à Paris, il y a environ quarante-
sept ans, le feu roi conserva dans son cabinet les
pierres gravées. Le roi voulait les envoyer à la bibliothèque. M. d'Angeviller proposa de les faire net-
toyer, et les a gardées ; mais il est impossible qu'elles
ne soient réunies tôt ou tard aux médailles. (1)

§ VI.

Des antiques.

Cette collection est destinée à rassembler les têtes, les bustes, les instruments, les vases, les tombeaux, tout ce qui a servi, soit au culte sacré, soit

---

(1) En effet, les pierres gravées ont été transportées à Paris,
et réunies au cabinet des médailles, dans le mois de juin 1791.
Note de l'éditeur.

aux usages de la vie civile parmi les Égyptiens, les Étrusques, les Grecs, les Romains et les divers peuples de l'antiquité.

Il ne paraît pas que dans l'institution du cabinet des médailles on se fût proposé d'y joindre une suite de figures antiques. On rassembla celles que le hasard offrait et qui méritaient quelque considération.

Dans la suite, on fit quelques légères acquisitions ; mais on était tellement éloigné de regarder cet objet comme essentiel, qu'en faisant construire un salon pour les médailles, on négligea d'y joindre un salon pour les antiques, dont le nombre s'est singulièrement augmenté et enrichi par le cabinet de feu M. le comte de Caylus. Par un zèle infiniment respectable, M. le comte de Caylus avait positivement déclaré, dans la préface de son premier volume des antiquités, qu'il destinait au cabinet du roi les monuments qu'il rassemblait. En conséquence, il en fit deux envois pendant sa vie, et après sa mort nous recueillîmes tout ce qui en restait, autorisés par un article de son testament.

Il faut observer qu'on ne trouvera point au cabinet des antiques tous les monuments que M. le comte de Caylus a publiés de son cabinet. Il lui est arrivé plus d'une fois de céder les pièces qu'il avait aux prières de ses amis ; de les échanger contre d'autres dont il voulait enrichir sa collection. J'ai été plus d'une fois témoin de semblables opérations ; et pour nous mettre en règle à cet égard, à mesure qu'il nous revenait des portions de son ca-

binet, nous en prenions une note exacte et relative à ses planches gravées. Ces notes, jointes au
catalogue des monuments qui existaient auparavant dans le cabinet, suffisent pour constater tout
ce qu'il renferme aujourd'hui.

La collection est placée dans une espèce de gale-
tas au-dessus du cabinet des médailles. Il aurait fallu
monter toutes les pièces sur des piédouches, et les
renfermer dans des armoires propres, partagées
en plusieurs planches, avec des portes de glace
pour les garantir de la poussière. Mais, comme la
dépense aurait été considérable, que des besoins
plus pressants ont toujours absorbé les fonds, que
ce recueil, tout nombreux qu'il est, n'est pas bien
précieux, et qu'enfin le projet de transporter la bibliothèque au vieux Louvre ou ailleurs a toujours
fait espérer qu'on y destinerait une salle pour les
antiques, on s'est contenté, en attendant, de les déposer sur de longues tables où l'on a tâché de mettre l'ordre dont elles étaient susceptibles.

Un autre inconvénient qui résulte de l'emplacement actuel, c'est qu'on n'y peut placer les grands
morceaux de marbre, comme autels, tombeaux,
jambes et autres tronçons de statue, qui, par leur
énorme pesanteur, écraseraient le plancher. On
avait été obligé de les entasser dans des espèces
de bouges qui sont le long de l'escalier. On les
fit depuis transporter chez M. le duc de Caylus,
qui avait obtenu de M. le duc de la Vrillière de
jouir, pendant sa vie, des antiques que feu M. le
comte de Caylus avait laissées à sa mort. On y joi-

gnit plusieurs pièces de bronze, et M. le duc de Caylus a donné une reconnaissance du tout. Elles sont revenues après sa mort au cabinet.

En jetant un premier coup-d'œil sur cette quantité d'antiques qui sont au cabinet, on serait tenté d'en concevoir une assez haute idée. Il renferme sans doute des morceaux précieux et utiles pour la connaissance des arts et des usages anciens, mais la plus grande partie ne présente à l'examen que des débris informes et de peu de valeur. M. le comte de Caylus n'était pas fort scrupuleux dans le choix de ses acquisitions, et ne devait pas l'être pour l'objet qu'il se proposait. Clous, vieilles clefs, pots cassés, il ramassait tout, et nous sommes obligés de tout conserver, puisque nous devons respecter ses volontés.

Il aurait été facile d'embellir ce recueil par des correspondances établies en Italie, où il est bien plus aisé qu'en France de faire des découvertes en ce genre; mais l'on a toujours pensé que les antiques n'étaient qu'un accessoire, et que la principale attention, la première dépense devait se porter sur les médailles, qui sont plus instructives et qui font, pour ainsi dire, la base du cabinet.

Il faut donc laisser cette partie du dépôt dans l'état où elle est, et n'acquérir, quand l'occasion s'en présente, que des morceaux remarquables par leur beauté ou par les lumières qu'on en peut tirer.

§ VII.

Diverses remarques.

APRÈS avoir parcouru ces différentes classes, je ne puis me dispenser de proposer ici quelques réflexions qui intéressent le cabinet ou ceux qui en ont la garde, et je me fais un plaisir de les soumettre entièrement aux lumières et à l'équité de M. le Noir.

Je ne parle pas du dessein où l'on était d'abord de placer des rideaux aux fenêtres du cabinet des médailles. Je sens bien qu'il ne faut pas s'occuper de moyens de décoration, quand on est à peine en état de fournir à l'entretien.

Mais il est indispensable de continuer à faire des tablettes pour contenir les médailles. On a été obligé d'employer, quand on l'a pu, celles qui étaient à Versailles ; et comme leur forme ne s'adapte pas aux nouvelles armoires, il a fallu les rogner en tout sens, ce qui produit un très-mauvais effet. De plus, elles ne suffisaient pas. Nous avons des tiroirs entiers qui en sont privés et dans lesquels les médailles sont presque entassées les unes sur les autres. Cette dépense se fait petit à petit.

J'ai dit plus haut qu'en acquérant des cabinets entiers, les médailles qui se trouvaient déjà dans celui du roi étaient rejetées parmi les doubles, et que l'on s'en servait pour des échanges ; j'ajoute qu'on n'en a jamais fait de catalogues, et qu'il serait impossible d'en faire. Ce travail exigerait un temps considérable, et deviendrait ensuite inutile,

puisque ces doubles ne doivent pas rester au cabinet. De plus, la plupart des médailles doubles,
en bronze sur-tout, ne valent que le poids, c'est-
à-dire, un liard, un sou, etc. . . C'est ici qu'il faut
s'en rapporter uniquement à la probité du garde
des médailles. Il exerce un ministère de confiance :
s'il était capable d'en abuser, il aurait mille moyens
de déguiser ses larcins. Cependant j'ai en pareilles
occasions pris une note des médailles doubles en
or, et mis en marge l'emploi que j'en ai fait.

Tant que les médailles ont été à Versailles on
faisait peu d'acquisitions, et peu de gens demandaient à les voir. Un seul homme suffisait alors
pour en avoir soin. Quelques années après qu'on
les eut transportées à Paris, on me donna pour
adjoint à M. de Boze. Après sa mort je partis pour
l'Italie, et le cabinet fut fermé pendant deux ans.
A mon retour, je remplis seul, pendant environ
douze à treize ans, les fonctions de la place, devenues tous les jours plus pénibles par les grandes
acquisitions qui se faisaient journellement et par
l'affluence du monde qui venait au cabinet. Je demandai enfin, de m'associer l'abbé de Courçay,
mon neveu, soit pour m'aider dans mon travail,
soit pour se mettre à portée de me remplacer un
jour. Il travailla quelques années avec moi sans
avoir d'appointements, et nous obtînmes enfin les
1000 livres dont il a toujours joui sans augmentation. L'abbé de Courçay a des qualités excellentes et rares. C'est le plus honnête homme, et
un des meilleurs esprits, que je connaisse. Par ses
lumières, son travail et la sagesse de sa conduite,

il se serait avancé dans toute autre carrière. Il a tout sacrifié par amitié pour moi et par zèle pour le cabinet. M. le Noir me permettra de lui rendre cette justice, et d'espérer de son équité qu'il voudra bien profiter de la première occasion pour le traiter plus favorablement qu'on ne l'a fait jusqu'à présent.

Il est à présent dans la même position où je me trouvai quand je le demandai pour adjoint. Le poids du travail tombe presque entièrement sur lui. La perte d'un œil, la crainte de perdre l'autre, des infirmités qui augmentent chaque jour, me forcent à des ménagements qui coûtent à mon zèle.

C'est d'après ces considérations, que j'ai eu l'honneur d'exposer à M. le Noir le besoin que nous avions d'un employé au cabinet, qui, non-seulement pût nous aider, mais qui commençât de bonne heure à s'appliquer à l'étude des médailles. Car il faut observer que cette connaissance ne s'acquiert pas au moyen des livres seuls. Il faut y joindre la pratique, c'est-à-dire, voir souvent les médailles, apprendre à les lire, à juger de leur authenticité, à les classer, à les considérer sous leurs différents rapports ; tantôt par rapport à l'histoire, dont elles sont un des principaux fondements ; tantôt par rapport aux arts, auxquels elles servent souvent de modèles. Ces lumières ne s'acquièrent donc que par un long apprentissage et que dans un lieu où l'on est à portée de consulter ces monuments. J'ai jeté les yeux sur un jeune homme (Barbié du Bocage), dont la probité m'est connue et qui est déjà versé dans la connaissance de l'antiquité. J'ai commencé à l'exercer dans ce genre de littérature, et je puis d'avance répondre du succès. J'ai eu l'honneur d'en parler à M. le Noir. J'insiste encore, parce qu'on offre d'autres places à ce jeune homme, et que je ne pourrais le remplacer, si nous le laissions échapper.

Le secrétaire attaché au cabinet des médailles est absolument nécessaire, non-seulement pour la confection du catalogue et pour le travail courant, mais pour être présent au cabinet quand on est dans le cas de le montrer. Il faut qu'il ait quelque connaissance de la langue latine, qu'il ait une belle main, qu'il soit assidu et d'une parfaite probité, puisqu'il est chargé de veiller sur celle des autres. Son traitement, qui consiste en une très-petite chambre et en 800 livres qu'il faut attendre long-temps, est si faible que j'ai toutes les peines du monde à trouver quelqu'un pour remplir cette place, parce qu'elle ne mène à rien, et qu'elle ne suffit pas au plus mince entretien. J'ai eu le chagrin d'en perdre en peu de temps deux que je m'étais fait un plaisir de former, dont l'un obtint une place de commis aux affaires étrangères, et dont l'autre est consul au levant. On ne peut leur faire espérer des avantages proportionnés à de pareilles places; mais il est certain que, s'ils pouvaient subsister dans celle du cabinet, ils ne songeraient pas avec le même empressement à la quitter. M. le Noir a promis de prendre cet objet en considération.

NOTES.

I. *Sur la bibliothèque nationale.*

En 1772, les appointements des gardes et autres employés montaient à 46,469 livres, et les dépenses à 21,531 : total 68,000 livres. On trouve à peu près le même résultat pour quelques-unes des années précédentes et suivantes.

Ce fonds suffisait à peine pour quelques acquisitions très-pressées; et quand il se présentait des collections précieuses en livres, manuscrits et médailles, qu'on croyait absolument nécessaires de réunir à celles du roi, on sollicitait, et l'on ne manquait guère d'obtenir des ordonnances particulières qui ont beaucoup contribué à rendre la bibliothèque du roi la première de l'Europe.

En 1775, on s'aperçut que le fonds ordinaire de 68, 000 livres ne pouvait plus suffire, et le gouvernement accorda un supplément de finances, qui, suivant les circonstances, a dû nécessairement varier : il a monté quelquefois à 10, 000 livres, quelquefois à 20 ou même 21, 000 livres, dont le terme moyen est 15, 000 livres. Ajoutons ces 15, 000 livres de supplément au fonds ordinaire de 68, 000 livres, nous aurons pour chaque année 83, 000 livres.

En 1785, M. le baron de Breteuil, frappé de l'extrême différence qu'il voyait entre le traitement des employés à la bibliothèque, et le traitement qu'on faisait aux employés des autres départements de l'administration, proposa au roi d'augmenter les appointements des premiers, et cette augmentation fut de 27, 000 livres environ, qui, jointes aux 83, 000 livres énoncées ci-dessus, auraient dû faire environ 110,000 livres pour l'année courante.

Cependant les états qu'on a fournis depuis ont quelquefois monté plus haut à cause de quelques dépenses extraordinaires. Dans le rapport de M. l'archevêque de Toulouse, de 1788, ils sont portés à 120,000 livres; et dans celui de M. Necker, de 1789, ils vont à 167,000 livres.

Dans le rapport de M. le marquis de Montesquiou, on a réduit les appointements et les dépenses pour chaque année à 69,000 livres, et dans un autre mémoire présenté au comité des finances à 88,268 livres.

Ces réductions sont fondées, à ce qu'il paraît, sur deux espèces de suppressions. 1° Suppression de l'augmentation des appointements accordée en 1785; 2° suppression de plusieurs des employés.

Quant à la première, on observera que les appointements des gardes des médailles, des livres et des manuscrits, avaient été fixés à 3000 livres, et 200 livres pour le bois pour chacun d'eux, vers le milieu du règne de Louis XIV; qu'ils n'avaient, pendant près d'un siècle, reçu aucun accroissement, et n'étaient plus en proportion avec le prix des denrées.

Il reste à considérer si des gens de lettres, con-
sacrant leurs jours à la conservation, à l'augmentation, à la communication des dépôts confiés à
leurs soins, sans cesse occupés à répondre à l'empressement de tous ceux qui viennent à la bibliothèque, à entretenir des correspondances avec des
savants de toutes les nations, à se livrer à des travaux de détail pénibles et obscurs dont ils ne re-
tirent aucune espèce de gloire, méritaient, après
de longues années d'exercice, qu'on ajoutât à leurs
anciens appointements 1800 livres qu'ils n'avaient
point sollicitées.

Les mêmes réflexions justifient les avantages accordés au garde des généalogies et à celui des
estampes.

On a proposé aussi des retranchements à l'état
des commis; nous avons vu un rapport où la plupart d'entre eux étaient réduits à 800 livres. On
n'avait pas observé sans doute que ces commis ne
sont pas de simples copistes faciles à remplacer,
mais des gens de lettres qui doivent être instruits,
intelligents, d'une probité exacte, quelques-uns
destinés, après une longue suite de travaux, à
remplir les premières places de la bibliothèque,
et qui certainement ne s'engageraient point dans
une carrière où ils ne trouveraient pas de moyens
de subsister.

Quant à la suppression de quelques-uns de ces
commis, on remarquera que les acquisitions considérables qui se sont faites depuis une trentaine d'années dans tous les départements, et le parti que

les gardes ont pris volontairement de communiquer tous les jours à tout le monde les richesses qu'ils renferment, ont dû nécessairement augmenter le travail et forcer d'employer plus de coopérateurs qu'il n'y en avait autrefois.

II. *Sur le cabinet des médailles.*

Ce dépôt, transporté de Versailles à Paris vers l'an 1740, fait partie de la bibliothèque nationale.

La garde en est confiée à un homme de lettres qui est présenté au ministre de l'intérieur par le bibliothécaire, à qui le garde présente les personnes qui lui sont subordonnées. Il demande aussi son agrément pour les dépenses qu'exige le cabinet, soit en acquisitions, soit en entretien des tablettes et autres objets.

Les employés au cabinet sont dans ce moment un garde, un adjoint et un commis. L'augmentation successive de ses richesses avait forcé d'établir un second commis, que Roland supprima sans daigner s'informer des motifs qui en avaient occasionné l'adjonction.

Les devoirs des employés ne se bornent pas à déchiffrer, classer, enregistrer dans des catalogues, les divers objets dont on fait l'acquisition ; ils doivent encore se livrer à des recherches longues et pénibles. Les médailles antiques n'étant que des monnaies dans leur origine, on négligeait quelquefois, en les composant, les précautions que nous prenons pour les nôtres, soit pour fixer le temps

et le lieu de leur fabrique, soit pour le développement des tableaux qu'elles nous présentent ; mais
après différentes combinaisons les difficultés dispa-
raissent, et de ces obscurités on voit sortir de nouvelles lumières pour l'histoire ; car, si les auteurs anciens
éclaircissent les monuments, les monuments à leur
tour éclaircissent les auteurs anciens. Les uns ra-
content le fait, les autres en présentent le tableau.

Les occupations journalières sont souvent interrompues par des correspondances où l'on demande
des dessins ou des renseignements relatifs aux médailles et aux autres objets conservés au dépôt.

Il suit de là que tout homme, de quelque talent
qu'il soit doué, n'est pas propre au travail du cabinet ; il faut qu'à la probité la plus exacte, à l'esprit d'ordre et de surveillance, il joigne, du moins
dans un certain degré, le goût de la critique, la connaissance de l'histoire, et surtout de la chronologie et de la géographie.

La suite des médailles antiques, déjà célèbre depuis plus d'un siècle, augmentée du double par les
soins du garde actuel, qui s'en occupe depuis près
de cinquante ans, est parvenue à un tel point de
perfection qu'il serait temps d'en procurer la jouis-
sance à tous les savants de l'Europe, qui ne cessent
d'exprimer leurs vœux à cet égard. La représentation fidèle de ces monuments suffirait sans doute
pour justifier et même surpasser leur attente. Cependant le garde, si on le lui ordonnait, pourrait
y joindre des remarques, fruits d'une très-longue
expérience et de l'examen d'un nombre infini de

médailles qui ont passé sous ses yeux. Il ne dissi-
mule point que la gravure et l'impression de la
collection entière exigerait une dépense très-considérable : mais l'ouvrage, par le seul mérite des planches, aurait beaucoup de succès ; et la dépense,
répartie en un grand nombre d'années, serait tôt
ou tard compensée par le nombre des exemplaires
qui passeraient dans les pays étrangers. L'essentiel
serait d'entamer une entreprise qui retracerait sans
cesse, rappellerait sans cesse aux yeux des élèves
de la république, le souvenir de ces nations si ja-
louses de la liberté, et qui prouverait à l'Europe
entière la protection éclatante que la nation accorde aux lettres et aux arts.

N. B. Les deux notes qu'on vient de lire étaient
jointes au mémoire sur le cabinet des médailles,
dans le manuscrit de Barthélemy. Il paraît qu'elles
ont été faites pour être présentées au comité des
finances de l'assemblée constituante. L'une et l'autre ne sont pas dépourvues d'un certain intérêt, et
peuvent être utiles sous plus d'un rapport. D'ailleurs, l'auteur les a regardées comme servant de
suite et d'éclaircissements à ce qu'il avait dit dans
son mémoire. *Note de l'éditeur.*

DISCOURS

DE

L'ABBÉ BARTHÉLEMY,

PRONONCÉ DANS LA SÉANCE PUBLIQUE DE L'ACADÉMIE FRANÇAISE.

MESSIEURS,

Pour rendre à la mémoire de M. Beauzée un hommage digne de vous et de lui, il suffirait de dire qu'il vous avait inspiré une haute estime, et qu'il vous a laissé des regrets sincères ; mais un devoir que je chéris, m'engage à vous entretenir, pendant quelques moments, de ses travaux et de ses vertus.

Dès sa jeunesse, les sciences exactes attirèrent son attention, qui bientôt se fixa toute entière sur les langues anciennes et modernes. La méthaphysique de la grammaire offrait à ses regards une vaste région, rarement fréquentée par les voyageurs, couverte, en certains endroits, de riches moissons, en d'autres de roches escarpées ou de sombres forêts. M. Beauzée y fit un long séjour, la parcourut dans tous les sens, et en publia une description circon-

stanciée, sous le titre de *grammaire générale*; persuadé que les lois du langage dérivent d'un petit
nombre de principes généraux qu'il avait retrouvés
dans toutes les langues, il remonte à ces premiers
principes, et, les appliquant aux cas particuliers,
il en fait sortir une foule de préceptes lumineux.
Au milieu de tant de discussions arides et d'idées
abstraites, on a de la peine à le suivre; mais on est
toujours forcé d'admirer la finesse de ses vues, ou
l'intrépidité de son courage.

Peu content d'avoir développé le mécanisme
des langues, il s'occupait souvent de l'appréciation
des signes de nos pensées, moins importante sans
doute, mais aussi moins dangereuse pour notre
repos que l'appréciation des biens et des maux de
la vie.

Séparer, dans chaque expression, les idées accessoires de l'idée principale qui lui est commune avec
d'autres expressions, est une des nombreuses qualités de l'esprit humain, refusée quelquefois au génie, souvent suppléée par l'éducation ou par l'usage
du monde; c'est elle qui choisit le mot propre, qui
fournit des définitions exactes, et qui répand de l'intérêt sur le style soigné et même sur la conversation
négligée. M. Beauzée discernait les caractères dis-
tinctifs des synonymes, comme un œil perçant découvre les nuances presque imperceptibles d'une couleur; ce talent et de longues méditations lui dévoi-
lèrent insensiblement tous les mystères de la langue
française. Quand il enrichissait notre littérature de
productions étrangères, c'était un interprète fidèle

et plein de ressources ; quand il fallait s'expliquer sur des difficultés relatives à l'art de la parole, c'était un législateur dont on respectait les décisions. Cependant il se défiait de ses forces : en donnant une édition des synonymes de l'abbé Girard, il y joignit quelques articles de sa composition, et il en fit des excuses.

Sa supériorité lui donnait des droits à la modestie. La simplicité était dans ses manières, parce qu'elle était dans son cœur ; comme il ne s'était point familiarisé avec les formes séduisantes de la société, on pouvait compter sur sa parole et sur ses actions. Doux, sensible, plus indulgent pour les autres que pour lui-même, il semblait ne suivre, dans ses rapports avec eux, que l'instinct de la bonté; dans tout ce qui lui était personnel, que l'instinct de la vertu.

La fortune, en lui refusant ses dons, n'avait laissé à son courage que de trop fréquentes occasions de s'exercer : heureux néanmoins parce qu'il n'eut besoin que de ses plaisirs, bornés au goût des lettres et aux douceurs de l'amitié. Quels charmes répandaient sur ses jours cette communication d'idées et de sentiments, ces liaisons intimes qui le rendaient si assidu à vos séances ! liaisons dont j'ai trouvé de si beaux modèles dans une autre compagnie savante, où la confiance et l'union règnent au milieu des plus profondes connaissances, où je ne sais quel motif m'attire le plus, si c'est le désir d'écouter mes maîtres, ou celui de voir mes amis.

M. Beauzée n'est plus, et je connais mieux que personne la perte que vous avez faite. Le jour où vous daignâtes m'accorder sa place, je sentis, dans toute son étendue, le prix de ce bienfait : pourquoi faut-il qu'aujourd'hui ma reconnaissance soit mêlée d'inquiétude ?

La Grèce avait ménagé deux triomphes aux athlètes qui se distinguaient dans ses jeux solemnels. Au moment de la victoire, le héraut proclamait leurs noms, que des milliers de voix élevaient jusqu'aux cieux : quelques jours après, tous les vainqueurs étaient couronnés dans une cérémonie pompeuse au bruit des instruments, aux applaudissements réitérés d'un peuple immense ; mais du moins ils pouvaient supporter une gloire qui n'exigeait pas une nouvelle épreuve, et qui, leur étant commune à tous, n'arrêtait les regards sur aucun d'eux en particulier. Maintenant ils restent fixés sur l'orateur, à qui ils semblent demander compte de votre choix. Ce concours si flatteur de témoins si éclairés, ce silence, cette attente, les préventions même trop favorables, tout sert à l'intimider ; tout, dis-je, jusqu'à des ressouvenirs qui se présentent tout à coup à son esprit. C'est dans ce palais de nos rois, dans cette salle, du lieu même où je suis assis, que, depuis plus d'un siècle, les plus grands génies et les plus beaux talents ont signalé leur avénement à l'Académie, les uns en célébrant la gloire de vos augustes protecteurs, les autres en répandant un nouveau jour sur la littérature et sur la philosophie. Comment oserais-je donc, messieurs, devant vous, et après vous, retoucher des tableaux

2   19

que vous avez finis, ou traiter des sujets que vous avez épuisés ?

Dans cette confusion d'idées, je cherche à me rassurer, non sur un ouvrage qu'on a daigné recevoir avec indulgence, mais sur un titre qu'on ne saurait ni me contester ni m'envier, sur près de soixante ans de travaux consacrés à des études longues et pénibles. Non, messieurs, nous ne rougirons point, vous, de m'avoir accordé vos suffrages, moi, de les avoir sollicités. Vous avez prouvé de nouveau qu'il n'est aucun genre de littérature qui échappe à votre vigilance. Ceux qui désormais entreront dans la carrière avec plus de zèle que de talent, apprendront, par mon exemple, que de grands efforts pourront un jour leur mériter une récompense qui honorera leur vieillesse, et leur fera partager le surcroît de gloire qui doit infailliblement rejaillir sur les lettres.

Les lettres et la gloire ! Puis-je, dans le sanctuaire où elles reçoivent le même encens, prononcer leurs noms sacrés sans leur offrir un tribut d'admiration et de reconnaissance, sans publier les bienfaits qu'elle répandront encore sur le genre humain !

Il a toujours existé une classe, ou plutôt une famille de citoyens respectables, qui, de génération en génération, s'est dévouée à la poursuite du bien public. Dès son origine, les peuples étonnés la crurent inspirée des dieux. C'est elle qui, par la douceur de ses accents, attira les hommes du fond des forêts, et qui, après avoir développé leurs facultés intellectuelles, employa la séduction du langage et l'autorité de la raison, pour les retenir dans les liens d'une dépendance mutuelle ; famille depuis long-temps exposée aux vicissitudes des choses humaines, tour à tour persécutée et triomphante, chérie des bons princes, à qui elle inspirait des vertus, dé-testée des tyrans, qui redoutaient jusqu'à son si-lence ; famille aujourd'hui tranquille et florissante ; tenant, chez les peuples civilisés, à tous les ordres de citoyens ; fière de lire dans ses fastes immortels. les noms de César, de Marc-Aurèle et de Frédéric ; plus fière d'y trouver ceux d'Homère, de Newton, de Montesquieu et de tant d'autres grands hommes, associés, pendant leur vie, au ministère de l'in-struction, et devenus, pour la postérité, les repré-sentants de leur nation et de leur siècle.

Je parle comme ces vétérans qui, au souvenir du corps où ils ont passé leur vie, s'enorgueillissent des héros qu'il a produits et des services qu'il a rendus à l'état ; vous me le pardonnerez, messieurs. J'ajoute que si les lettres ont eu tant d'obstacles à surmonter, il faut s'en prendre uniquement au hasard, dont les lentes faveurs ne nous ont dévoilé le secret de l'impri-merie que vers le milieu du quatorzième siècle. Avant cette époque, qui devait tôt ou tard changer la face des choses, l'extrême rareté des livres opposait un obstacle invincible aux progrès de la doctrine. Dans cette Grèce, que je cite encore, et que je ne saurais oublier sans être accusé d'ingratitude, lorsque des vérités importantes se révélaient à l'homme de gé-nie, ne pouvant se produire au grand jour, elles se desséchaient et périssaient comme ces plantes qui ne sont jamais exposées aux rayons du soleil. Aujourd'hui chaque découverte, annoncée solennellement, réveille tous les esprits, se perpétue par l'admiration ou par l'envie, et se transmet d'âge en âge, avec le nom de son auteur, avec les nouvelles découvertes qu'elle a fait éclore.

Autrefois on citait les souverains ou les particuliers qui avaient formé des collections de livres. Lorsque Xerxès enleva la petite bibliothèque de Pisistratre, ce fut une perte immense pour Athènes ; et quand le calife Omar ordonna de brûler la bibliothèque d'Alexandrie, ce fut une perte irréparable pour toutes les nations. Aujourd'hui, si la flamme dévorait la plus riche bibliothèque de l'Europe, les lettres ne perdraient qu'un petit nombre de livres uniques, qui ne sont nullement nécessaires, puisqu'ils sont si rares.

Dans ces anciennes républiques, où une multitude ignorante décidait des plus grands intérêts sans les connaître, le sort de l'état dépendait souvent de l'éloquence ou du crédit de l'orateur ; c'est ainsi que le jeune Alcibiade entraîna follement les Athéniens à cette fatale expédition de Sicile, et que les conseils de Démosthène furent presque toujours préférés à ceux de Phocion. Aujourd'hui, les discussions par écrit, si faciles à multiplier, ramènent bientôt les opinions qu'avaient égarées les discussions de vive voix, et l'ignorance ne peut plus servir d'excuse à l'erreur.

Tels sont en partie les avantages que nous devons à l'art de l'imprimerie. Il avait fallu des milliers d'années pour ouvrir aux nations le commerce des idées ; il a fallu plus de deux cents ans pour l'étendre en le délivrant des lois prohibitives. Nulle puissance ne pourra dans la suite suspendre son activité. Ces nombreux dépôts des productions de l'esprit, cette foule d'institutions en faveur des sciences et des arts, l'estime accordée aux efforts, la gloire attachée aux succès, et cette flamme dévorante qui tourmentera les âmes tant qu'il restera une vérité à découvrir, tout annonce la stabilité de l'empire des lettres.

Ils ne reviendront plus ces longs intervalles de temps, où la nature en silence semblait réparer ses forces, et travailler en secret à une nouvelle génération d'intelligences bientôt ensevelies dans l'oubli. Un jour éternel s'est levé, et son éclat, toujours plus vif, pénétrera successivement dans tous les climats. Chaque siècle, héritier des vérités du siècle précédent, aura soin de les rendre avec usure au siècle qui doit le suivre. Les triomphes du mauvais goût seront passagers, puisque les modèles du bon goût subsisteront toujours. Il paraîtra peut-être moins de génies, mais des écrivains estimables ne cesseront de s'armer pour la défense des lois et des mœurs.

Nous devons l'augurer d'après le spectacle qui, depuis quelques années frappe nos regards. L'amour des lettres et l'esprit de bienfaisance semblent agiter, de concert, la société ; on court, pour ainsi dire, à la conquête des connaissances et des

vertus, comme on courait, il y a deux siècles, à
la conquête des trésors du Nouveau-Monde. Des
hommes de bien, et c'est maintenant le titre le
plus cher à leurs yeux, se sont ligués pour subvenir aux besoins de l'indigence. Les sociétés littéraires ont vu leurs travaux s'ennoblir, et leur domaine s'accroître. Il faut, pour se présenter aux
concours qu'elles ont établis, tantôt remonter aux
principes de la morale, tantôt découvrir dans l'histoire des exemples ou des leçons ; d'autres fois proposer de nouvelles vues sur la médecine, l'agri-
culture, le commerce, l'industrie et les arts. Vous-
mêmes, messieurs, vous avez été revêtus de la plus
touchante des juridictions, et c'est à votre tribunal qu'on vient dénoncer, non des écrits dangereux ou des actions criminelles, mais des ouvrages
utiles et des vertus obscures.

Quelles seront désormais les bornes de nos
découvertes ? La voix de l'humanité parviendra-
t-elle à se faire entendre de tous les cœurs, et la
raison plus éclairée, suffira-t-elle pour maintenir
par-tout l'harmonie et le repos ? Qu'il me soit permis
de renvoyer la solution de ce problème à l'expérience des siècles à venir, et d'observer seulement
que les lumières, en dépouillant les passions des
préjugés, qui semblent justifier leurs excès, opèrent
le plus grand des biens qu'on puisse procurer aux
hommes, celui de diminuer la masse de leurs maux.

La France va sans doute se ressentir de cet heureux effet : elle voit ses représentants rangés autour
de ce trône d'où sont descendues des paroles de

consolation, qui n'étaient jamais tombées de si haut, et qui ont laissé dans les cœurs une impression profonde. Ils sont venus poser les fondements inébranlables de la félicité publique. Jamais entreprise de plus grande importance et de plus difficile exécution; mais aussi jamais assemblée nationale ne réunit plus de talents, d'instructions et de courage; et, comme s'il était dans l'ordre des destinées que le plus beau des projets fût secondé par les plus favorables circonstances, il a fallu qu'il fût formé sous un roi, le meilleur citoyen de son royaume, dans une nation chez qui l'amour du bien est aussi ardent que celui de la gloire, et dans un siècle où l'art de penser a le plus médité sur l'art de gouverner. C'est sous de pareils auspices que s'achève un ouvrage qui doit être le complément des plus sages constitutions, et la preuve la plus éclatante du progrès des lumières.

RÉPONSE

DU CHEVALIER

DE BOUFFLERS,

DIRECTEUR DE L'ACADÉMIE FRANÇAISE.

MONSIEUR,

DANS ce mélange continuel, et souvent trop inégal, des biens et des maux qui sont le partage du genre humain, l'Académie éprouve quelquefois des joies vives ; mais elle est condamnée à n'en point connaître de pures ; sa destinée est de n'acquérir qu'en perdant : aussi commence-t-elle par jeter un regard de tristesse sur le vide de la place qu'elle donne ; et même en y admettant un homme que de tout temps elle avait désiré d'y voir, elle y cherche encore un homme qu'elle aurait voulu toujours y conserver.

L'utile académicien que vous remplacez, monsieur, n'a plus besoin d'éloges : le premier juge, en fait de monuments, vient de lui en élever un immortel. Tout ce que j'oserais dire, après vous, serait à peine entendu, et, quand vous avez fini

de parler, c'est encore vous que l'on écoute. Ce
n'est donc point pour rien ajouter à l'honneur de
M. Beauzée, mais pour satisfaire à mon devoir,
que j'essaierai de fixer encore un moment l'attention sur cet homme estimable, qui le méritait si
bien, qui l'ambitionnait si peu.

S'il est, comme dit Horace, une récompense
assurée à la vertu discrète, comment la refuser,
et surtout dans des temps où cette vertu devient
si rare, comment la refuser, dis-je, à un homme
simple, droit et toujours semblable à lui-même;
qui, dans la guerre éternelle des passions, des
opinions, des cabales, des intrigues, a su conserver sa franchise et sa neutralité; qui, libre de soins,
insensible à l'éclat, indifférent pour la richesse,
préférait à tout l'étude, la paix, l'amitié, la vertu,
et s'occupait, en silence, non du bien qu'il pouvait
acquérir, mais du bien qu'il pouvait faire?

Tel fut le caractère de M. Beauzée. La fortune
lui avait tout refusé : mais il ne lui demanda rien;
et, pendant qu'il se contentait du modique fruit de
ses travaux littéraires, il vit au moins que ses amis
ne partageaient point pour lui sa résignation. Beaucoup de secours lui furent offerts; presque tous ont
été refusés. En vain essayait-on d'exiger son secret,
pour obtenir son aveu. S'il accepta quelquefois le
service, il refusa toujours la condition. Il voulut
honorer ceux qu'il avait choisis pour ses bienfai-
teurs, en s'honorant de leurs bienfaits, et, dans
sa manière de leur devoir, il leur disputa le prix
de la générosité. Du reste, plaçant tous ses plaisirs

dans la satisfaction intérieure, et sa gloire dans
l'estime de ses amis, on l'a, dans tous les temps,
vu tranquille au milieu du tumulte, qu'il fuyait,
isolé au milieu du monde, qu'il aimait, étendre ses
idées, borner ses vœux, trouver le bonheur en lui-
même, et joindre à chaque instant son consen-
tement à sa destinée.

La jeunesse de M. Beauzée fut consacrée à l'étude
des sciences exactes; il y puisa le mépris de tout
ce qui n'est pas vrai, et leur dut peut-être cette
justesse de conception, cette rectitude de jugement,
qui nous ont été souvent d'un grand secours dans
nos travaux académiques. Il fut porté depuis vers
l'étude de la grammaire, par cet attrait particulier
qu'on peut regarder comme l'instinct de l'esprit;
et, malgré le désavantage d'écrire après tous les
hommes éclairés qui ont réfléchi sur cette matière
abstraite, il y répandit des lumières, et la soumit
à des principes inconnus avant lui; également judicieux soit qu'il suive ses dévanciers ou qu'il les
abandonne, il ne paraît point s'égarer lorsqu'il
s'écarte de leurs traces; et lorsqu'il raisonne comme
eux, on voit encore qu'il parle d'après lui.

En effet, dans l'histoire du monde, rien n'est
plus obscur, mais en même temps rien n'est plus
intéressant que la formation des langues. L'esprit,
toujours impatient de son ignorance, voudrait
s'élever à toutes les origines, et descendre dans
toutes les profondeurs. Il aime quelquefois à se
transporter vers ces temps inconnus à l'histoire,
perdus pour la tradition, et presque inaccessibles à

la pensée, où les hommes, jusque-là condamnés à tous les ennuis et à tous les dangers, excédés du pénible soin d'une subsistance toujours mal assurée, las d'être seuls quand ils pouvaient être plusieurs, honteux d'être faibles quand ils pouvaient accroître leurs forces, et tristes de ne voir que des rivaux sous des traits qui semblaient leur annoncer des amis, essayèrent, dit-on, de s'unir pour se défendre, et de s'entendre pour se réunir.

Dans ces rencontres, d'abord inquiétantes, on devint, par degrés, plus hardi ; la ressemblance des traits, l'analogie des organes produisirent bientôt la confiance, ensuite la familiarité, ensuite l'imitation. Les premiers cris, suggérés par la nature, entendus au loin, diversement modifiés et fidèlement répétés, servirent aux premières conventions ; et, après beaucoup d'essais, un signe sonore, facile à produire en tout temps, à renouveler au besoin, à varier dans l'occasion, à reconnaître jusque dans l'éloignement et dans l'obscurité, fut jugé propre à l'indication et à l'échange des affections et des pensées : cette découverte fut décisive pour le genre humain ; les suites en étaient et en sont encore incalculables. Dès ce premier pas, l'esprit entrevit confusément l'immensité de son inculte domaine : alors seulement, et pour jamais, notre espèce fut distinguée du reste des hôtes des champs et des bois, et nos ancêtres furent des hommes.

Mais qui put exposer à des êtres si bornés un aussi vaste projet ? De quels signes se sont-ils servis

pour en établir d'autres? Quel génie supérieur a
pu leur offrir le tableau rapide des suppositions,
des convenances, des relations, des particularités
que la théorie de ces idiomes, depuis celui de
l'Attique jusqu'à ceux de la Guinée, embrasse
également? En un mot, qui leur a tracé le plan
de toutes les opérations de l'esprit, auxquelles un
système grammatical doit se rapporter, comme la
contexture des nerfs à tous les mouvements du
corps? Et, quand la discussion des moindres questions de la grammaire exige les connaissances les
plus rares et la métaphysique la plus subtile, comment la conception du système général et raisonné
de tout ce qui tient au langage, appartiendrait-elle
à des hommes qui ne savaient pas encore parler?

Ces recherches, peut-être utiles, peut-être fri-
voles, et qui nous rameneraient jusqu'à la première
limite, s'il en est une entre l'état de nature et l'état
social, auraient exigé l'application infatigable de
l'académicien que nous regrettons; mais elles peuvent aussi être soumises aux lumières et à la sagesse
du savant écrivain qui le remplace.

Eh! qui en effet aurait plus de droit à notre
foi sur de tels mystères que celui qui, d'un vaste
monceau de ruines, a su tirer les premiers éléments
de l'écriture et du langage d'un peuple depuis
long-temps oublié, que celui pour qui l'histoire
n'a rien d'obscur, même dans ses lacunes, qui
semble évoquer les hommes de tous les pays et
de tous les siècles, les interroger dans leurs
langues, et les entendre à demi-mot! Tels sont,

monsieur, les utiles et surprenants travaux auxquels, depuis longtemps, vous vous êtes dévoué.
Également fait pour avancer à pas de géant dans
toutes les carrières, vous avez préféré celle qui
vous ramenait vers la sage antiquité; et, moins
occupé de vous faire le grand nom que vous mé-
ritez, que de rappeler tous les hommes des anciens
âges à la mémoire et à l'attention de celui-ci, vous
vous êtes surtout consacré à l'étude de la science
numismatique, à la recherche et à la discussion
des monuments de cet art inventé par le désir de
nous survivre, de cet art que les faibles mortels,
peu contents de la renommée présente, et se dé-
fiant, à juste titre, d'une condition toujours va-
riable, ont invoqué, pour donner à la pensée la
solidité de l'airain, pour fixer au moins l'empreinte
de la beauté fugitive, pour éterniser le souvenir,
trop prompt à effacer, des hommes illustres, en
confiant leurs traits et leurs noms à des pièces de
métal, qu'on espérait opposer comme autant d'é-
gides aux coups de la destruction. Mais les médailles elles-mêmes n'ont point échappé aux ravages
des années; la plupart dispersées, enfouies, mu-
tilées, désespèrent l'observateur le plus attentif;
et celles qu'un destin plus heureux avait soustraites
à ces désastres, défigurées, à la longue, par leur
propre vieillesse, semblent attester que rien n'est
pur sur la terre; que, jusque dans les choses
inanimées, il y a toujours un combat intérieur,
une fermentation secrète, un ennemi caché de tout
ce qui existe, et que les matières mêmes que nous

regardons comme l'emblème de la solidité, en-
ferment, ainsi que nous, le principe de leur dis-
solution.

Enchaîner l'action, toujours imprévue, mais
toujours certaine, du hasard qui se plait à boule-
verser tout ce que le travail des hommes avait
entrepris d'assurer; lire à travers la rouille des
siècles et la confusion des choses; interroger jusqu'aux moindres traces; rapprocher des débris
informes; suppléer des traits effacés; remettre en
lumière ce qu'une nuit, sans lendemain, était sur
le point d'ensevelir; arracher à l'oubli ses plus
regrettables conquêtes, et présenter les hommes
d'autrefois aux regards de la postérité, c'est ce
que vous avez fait, monsieur; et c'est ainsi que,
bienfaiteur à la fois du passé, du présent et de
l'avenir, vous avez en effet rendu à l'art numismatique les services que cet art osait promettre à
l'humanité.

C'en était assez pour votre gloire sans doute;
mais il arrive à la gloire elle-même, comme à
d'autres objets de nos poursuites, de se refuser
souvent à ceux qui brûlent pour elle, et de trouver
quelquefois des indifférents dans ceux à qui elle
s'attache. Mais, encore une fois, ce n'était point
la gloire qui vous charmait; c'était toujours cette
auguste antiquité, ces restes précieux d'hommes
plus grands, d'êtres meilleurs, dont les moindres
vestiges nous inspirent un secret mépris pour nos
plus hardis travaux, et qui nous ont laissé leurs
mesures dans des chefs-d'œuvre en tous genres,

qui découragent nos talents, et dans des monuments
de génie qui effraient notre raison. Tels furent en
effet ces maîtres de tous ceux qui les ont suivis ;
ces Grecs, si chers à la pensée de l'homme instruit ;
ces Grecs, dont vous semblez n'avoir si bien étudié l'idiome, que pour vivre plus intimement avec
eux, et leur consacrer tant d'heures précieuses
que vos compatriotes leur ont plus d'une fois
enviées.

S'il s'agissait de prouver à l'homme combien sa
main est foible contre la main du Temps, il suffirait de promener ses regards sur chacune de ces
contrées autrefois libres, où maintenant un esclave
règne en despote ; sur cette patrie des arts, où
l'algue et la mousse couvrent aujourd'hui les
marbres qui jadis avaient reçu la vie des mains
de Leucippe et de Phidias. Que sont devenus ces
ruisseaux et ces fontaines dont les noms sont
encore aussi doux à l'oreille que les murmures de
leurs flots argentés, quand ils coulaient entre les
arbustes et les fleurs ? Maintenant leur cours est
arrêté par d'informes amas de voûtes écroulées,
de dômes abattus, de fondements arrachés, de
socles et de chapitaux roulés pêle-mêle, avec les
urnes, les trépieds, les autels et les membres
mutilés des dieux. Et qui le croirait ? l'Ilissus, le
Céphise, le Pénée, et tant d'autres fleuves, inutilement cherchés, ne promènent plus qu'un limon
infect dans les vallons de l'Attique et de Tempé.
Ces riantes prairies, ces campagnes fertiles, cette
terre favorisée du ciel, où les arts trouvaient à

peine de la place pour leurs chefs-d'œuvre toujours renaissants, depuis longtemps privées de
l'âme qui respirait en elles, ressemblent au cadavre, qui, après avoir perdu la vie, perd successivement jusqu'aux traits et aux formes qui l'avaient
autrefois distingué. La Grèce est le pays qui atteste
le moins ce que fut autrefois la Grèce ; le voyageur,
qu'une curiosité audacieuse a conduit loin de sa
patrie vers ces rivages désolés, n'y retrouve pas
même la nature ; et pour unique fruit de tant de
fatigues et de dangers, il ne remporte qu'une
grande leçon, c'est que, pour les pays comme
pour les peuples, la liberté est un principe de vie,
et le despotisme un principe de mort.

Mais quel autre Orphée, quelle voix harmonieuse
a rappelé sur ces côteaux dépouillés les arbres
majestueux qui les couronnaient, et rendu à ces
lieux incultes l'ornement de leurs bocages frais,
de leurs vertes prairies, et de leurs ondoyantes
moissons ? Quels puissants accords ont de nouveau
rassemblé les pierres éparses de ces murs autrefois
bâtis par les dieux ? Tous les édifices sont relevés
sur leurs fondements, toutes les colonnes sur leurs
bases, toutes les statues sur leurs piédestaux ;
chaque chose a repris sa forme, son lustre et sa
place ; et, dans cette création récente, le plus aimable des peuples a retrouvé ses cités, ses de-
meures, ses lois, ses usages, ses intérêts, ses
travaux, ses occupations et ses fêtes. C'est vous,
monsieur, qui opérez tous ces prodiges : vous
parlez, aussitôt la nuit de vingt siècles fait place

à une lumière soudaine, et laisse éclore à nos yeux
le magnifique spectacle de la Grèce entière, au
plus haut degré de son antique splendeur. Argos,
Corinthe, Sparte, Athènes, et mille autres villes
disparues, sont repeuplées. Vous nous ouvrez les
temples, les théâtres, les gymnases, les académies,
les édifices publics, les maisons particulières, les
réduits les plus intérieurs. Admis, sous vos auspices, dans leurs camps, à leurs écoles, à leurs
repas, nous voilà mêlés dans tous les jeux, spectateurs de toutes les cérémonies, témoins de toutes
les délibérations, associés à tous les intérêts, initiés
à tous les mystères, confidents de toutes les pensées; et jamais les Grecs n'ont aussi bien connu
la Grèce, jamais ils ne se sont aussi bien connus
entre eux, que votre Anacharsis nous les a fait
connaître.

Dans ces tableaux nouveaux, parlants et vivants,
tous les objets s'offrent à nous sous tous les as-
pects. Les hommes et les peuples, toujours en
rapport, toujours aux prises les uns avec les autres,
nous découvrent, à l'envi, leurs vices et leurs vertus. L'enthousiasme, la haine et l'impartialité tracent alternativement le portrait de Philippe. Les
tristes hymnes des Messéniens accusent l'orgueil
de Lacédémone. Les Athéniens laissent entrevoir
leur corruption au travers de leurs agréments. Le
suffrage ou le blâme distribué tour à tour par des
partisans ou par des rivaux, tous les témoignages
favorables ou contraires, soigneusement recueillis,
fidèlement cités, sagement appréciés, suspendent

et sollicitent des jugements que vous laissez mo-
destement prononcer à votre lecteur; il tient la
balance, mais vous y mettez les poids.

Il vous appartient, monsieur, plus qu'à personne, de converser avec ces hommes étonnants, de
leur législation, de leur religion, de leurs sciences,
de leur morale, de leur histoire, de leur politique. S'agit-il de leurs arts? quel pinceau pourrait
mieux retracer l'élégance de leurs chefs-d'œuvre?
Quand vous faites parler leurs orateurs et leurs
poëtes, votre style rappelle toute l'harmonie de
leur langue. Exposez-vous les dogmes faux ou
vrais de leurs philosophes? c'est en donnant à la
vérité les caractères qui la font triompher; c'est en
prêtant à l'erreur tous les prestiges qui excusent
ses partisans. Enfin, est-il question de la première
et de la plus noble passion des Grecs, de leur patriotisme?-en nous les offrant pour modèle vous
nous rendez leurs émules. Mais que dis-je? en fait
de patriotisme, les exemples des Grecs nous seraient-ils nécessaires? non, non, ce feu sacré trop
long-tems couvert, mais jamais éteint, n'attendait
ici que le souffle d'un roi citoyen pour tout em-
braser; déja un même esprit nous vivifie, un même
sentiment nous élève, une même raison nous di-
rige, un même titre nous énorgueillit; et ce titre,
c'est celui de Français. Nous savons, comme les
Grecs, qu'il n'est de véritable existence qu'avec la
liberté, sans laquelle on n'est point homme, et
qu'avec la loi, sans laquelle on n'est point libre.
Nous savons, comme eux, qu'au milieu des inéga-

lités nécessaires des dons de la nature et de la fortune, tous les citoyens sont du moins égaux aux
yeux de la loi, et que nulle préférence ne vaut
cette précieuse égalité, qui seule peut sauver du
malheur de haïr ou d'être haï. Nous savons, comme
eux, qu'avant d'être à soi-même, on était à sa patrie, et que tout citoyen lui doit le tribut de son
bien, de son courage, de ses talents, de ses veilles;
comme l'arbre doit le tribut de son ombre et de
ses fruits aux lieux où il a pris racine.

Au reste, monsieur, la peinture naïve des Grecs
ne fait point tout le mérite de votre ouvrage, et
celle de l'auteur qui se voile et se trahit sans cesse,
y répand un intérêt encore plus attachant. On est
toujours tenté de substituer votre nom à celui de
ces sages si aimables auxquels vous donnez vos
traits sans vous en apercevoir. On sent, en vous
lisant, que leurs maximes sont vos principes, que
leurs lumières sont dans votre esprit, que leurs vertus sont dans votre cœur, et que vous vivez avec
eux, pour ainsi dire, en communauté de biens, également riche de ce que vous leur empruntez et
de ce que vous leur prêtez. C'est vous que l'on
retrouve encore mieux que les Grecs dans cet hommage pur qu'à chaque instant vous vous plaisez
à rendre à l'amitié. Nulle part on ne reconnaît
mieux sa divine inspiration, ses doux accents, son
influence pénétrante; c'est l'amitié qui, de sa main
fidèle, traça l'image de Phédime avec la délicatesse, avec la pureté de l'ame de Phédime elle-
même; c'est elle qui fait reparaître un instant cet

20.

Arsame, si justement, si généralement pleuré! On voit avec attendrissement le grand homme qui n'est plus, survivre encore mieux à lui-même par l'amitié que par la renommée, et trouver dans le cœur d'un ami vertueux, non un mausolée, mais un temple.

C'est ainsi, monsieur, qu'en réunissant l'exercice et la récompense de vos vertus, vous avez passé pendant long-tems et vous passez encore la vie la plus douce et la plus utile, entre la noble élite des premiers personnages des anciens temps et de ceux de votre siècle. En vain cependant, content d'un sort si désirable, auriez-vous tenté de vous dérober entièrement aux regards du public: la société avait aussi ses droits à reclamer, et l'obscurité à laquelle on vous a vu inutilement aspirer, aurait fait trop de tort à vos contemporains; ils connaîtraient moins ce caractère simple comme l'enfance, sage comme l'antiquité; cet art précieux et sublime de mêler toujours la grace à la vérité, l'indulgence à la censure, la bienveillance au conseil, et l'amusement à la leçon; de prêter son esprit au lieu de le montrer; de se servir de sa raison pour féconder celle des autres; d'instruire les plus instruits, et de s'instruire encore avec les plus ignorants; de plaire à tous, et de se plaire avec tous. Enfin, nous ne saurions pas que Platon, Aristote, et surtout Socrate, vivent encore, et qu'en ce moment l'Académie française ne peut porter aucune envie à celle d'Athènes.

LETTRES.

À M. VERNET[1].

J'AI honte, monsieur, de répondre si tard et si mal aux questions que vous me faites l'honneur de me proposer. Il en est qui n'avaient jamais fixé mon attention, et d'autres qui ne m'ont laissé que des doutes. On a beaucoup écrit sur ces matières, et comme on ne les éclaircira peut-être jamais, on ne cessera d'écrire. Il est impossible de faire l'histoire des usages et d'assigner des époques aux changements essentiels provenus dans l'écriture, lorsqu'on n'a point de monuments qui nous dirigent de siècle en siècle. Je ne me suis jamais occupé des altérations successives des lettres samaritaines et chaldéennes. Des vues particulières m'ont engagé à rechercher les monuments des langues orientales; et voici à peu près les idées qu'ils m'ont fournies relativement aux questions proposées.

---

[1] Ministre du saint-évangile, à Genève, connu par plusieurs bons ouvrages, qui avait consulté Barthélemy, par une lettre datée du 4 avril 1767. (*Note de l'Éditeur.*)

1°. Je crois avec M. Warburton que la première écriture fut en hiéroglyphes. Je crois de plus que la première écriture alphabétique fut très défectueuse; que les divers peuples de l'Orient, en recevant cet alphabet, le modifièrent ou le perfectionnèrent, et que de là résultèrent insensiblement les divers alphabets connus aujourd'hui sous le nom de samaritains, de chaldéens, de phéniciens, etc. Prenons pour exemple l'*aleph*. Il est figuré sur des monuments phéniciens de ces quatre façons différentes, ± < × | : la première forme est la même que celle de l'*aleph* samaritain ⵝ; la seconde, qui n'est pas distinguée de la première, paraît sur une bandelette qui entourait une momie, et qui présente à nos yeux l'ancienne écriture courante des Égyptiens; la troisième se retrouve dans l'*aleph* des Palmyréniens et des Chaldéens א; de la quatrième vient l'*aleph* des Arabes et des Syriens. Il en est de même du *beth*. ﻭ samaritain et phénicien. ﭏ autre *beth phénicien*. ﭏ palmyrénien. ﬧ hébreu ou chaldéen. ﻭ ﺭ ﺭ phénicien et punique. ﺱ arabe, etc. Je ne cite point ici les langues persane et indienne, que je ne connais pas, mais dont les alphabets ne paraissent pas être d'une si haute antiquité.

2° Les Grecs ayant emprunté leurs lettres des phéniciens, et leurs lettres étant en effet les mêmes que les phéniciennes, on doit en conclure que quinze ou seize cents ans avant Jésus-Christ, l'alphabet phénicien était formé. Cet alphabet n'est pas essentiellement distingué du samaritain.

3° On trouve souvent sur des monuments phéni-

ciens des lettres qui ne ressemblent point aux samaritaines, mais aux chaldéennes ou hébraïques
modernes. Par exemple, sur une médaille phénicienne le *mem*, au lieu d'être figuré de cette manière ל, comme il l'est dans le phénicien et le
samaritain, présente cette forme מ, comme dans
l'hébreu moderne. La même lettre, sur les inscriptions du mont Sinaï, paraît faite ainsi ם, ב. Je trouve
tous les jours de pareilles singularités sur les monuments, et j'en conclus que nos alphabets ne sont
pas exacts; que dans des pays voisins, et souvent
dans un même pays, on employait des formes différentes pour les mêmes lettres, et que ces formes
ayant été souvent altérées par les copistes et par
les graveurs, il est quelquefois très-difficile de décider si telle lettre appartient à tel alphabet ou à
tel autre.

4° Les médailles de Jonathan, grand prêtre,
celles de Jean, celles de Simon, celles même d'Antigonus, roi de Judée, offrent des caractères samaritains. Ces dernières ont été frappées environ
quarante ans avant Jésus-Christ: on se servait
donc encore alors des lettres samaritaines. Il paraît
de plus, par deux passages combinés de la mischna
et du talmud de Jérusalem, que, dans le troisième
siècle de Jésus-Christ, et peut-être plus tard, les
Juifs avaient des exemplaires de la bible en caractères assyriens ou chaldéens, et d'autres en caractères samaritains. J'ai discuté ce point dans une
dissertation sur les médailles d'Antigonus, imprimée dans le vingt-quatrième volume des *Mémoires
de l'académie des Belles-Lettres*, page 64.

D'après ces notions, voici la réponse que je fais
à vos questions :

1° Vous demandez si, par le moyen des exemplaires du Pentateuque samaritain et des médailles,
j'ai formé un alphabet samaritain assez sûr et bien
figuré?

Je n'ai jamais fait ce travail. Les éléments tracés
sur les médailles samaritaines ont été insérés dans
les alphabets samaritains ou phéniciens. Et, à
l'égard des exemplaires samaritains de la bible, ils
ne sont pas assez anciens pour servir de règle.

2° Les lettres samaritaines ont-elles plus de rapport que celles que nous nommons hébraïques
avec les phéniciennes et puniques?

Elles en ont infiniment davantage.

3° Les caractères samaritains sont-ils les mêmes
dont se servaient les tribus de Juda et d'Israël
avant leur captivité?

Il y a toute apparence. Car les caractères phéniciens ou samaritains paraissent avoir été en usage
dans toute la Syrie et dans les pays voisins depuis
les temps les plus anciens.

4° Connaît-on assez les caractères babyloniens
ou chaldéens du temps, par exemple, de Cyrus,
pour assurer qu'ils fussent les mêmes que nos présents caractères hébreux?

Il nous reste des médailles des rois de Perse;
mais les unes sont des dariques, où il n'y a point
de lettres. Sur les autres sont des légendes phéniciennes, parce qu'elles ont été frappées en Phéni-
cie. Les auteurs anciens ont cité quelques inscrip-

tions en caractères assyriens; telle était celle que
Darius, fils d'Hystape, plaça sur une colonne auprès du Bosphore de Thrace (*voyez Hérod.*, *lib. IV*,
§. 87). Par ces lettres assyriennes faut-il entendre
les samaritaines ou chaldéennes? Dans les passages
de la mischna et du talmud, cités plus haut, on
entend sous ce nom les caractères chaldéens, et
cette autorité est d'un assez grand poids, car les
Juifs des premiers siècles devaient savoir au moins
le nom que l'on donnait en Orient aux différentes
lettres en usage. Les caractères chaldéens du temps
de Darius devaient sans doute avoir plus d'affinité
avec les lettres hébraïques d'aujourd'hui qu'avec
les samaritaines. Mais j'ignore jusqu'à quel point
allait cette ressemblance.

5°. Si les anciennes lettres chaldéennes sont les
mêmes que nos lettres hébraïques, quand est-ce
que les Juifs les ont empruntées aux Chaldéens?

La tradition des Juifs porte que ce fut au temps
de la captivité. Je l'admettrai, pourvu qu'on ne
prétende pas que les nouvelles lettres firent tout
à coup disparaître les anciennes. De pareils changements ne peuvent s'opérer que dans l'espace de
plusieurs siècles. Je pense qu'alors plusieurs Juifs
commencèrent à se servir des lettres chaldéennes,
que d'autres leur préférèrent encore les lettres samaritaines, que d'autres se servirent indifféremment de ces deux espèces d'écritures : c'est ce qui
me paraît résulter de ma réponse à la question
suivante.

6° De quels caractères se servaient les Juifs du

temps de Jésus-Christ, dans leurs livres sacrés, dans leurs thargums, etc.?

Suivant ma quatrième observation, ils employaient encore les samaritains sur leurs monnaies; par les passages de la mischna et du talmud de Jérusalem que j'ai cités, il paraît que dans le temps que le talmud fut composé, vers le troisième siècle, ils avaient des exemplaires de la bible en lettres chaldéennes, et d'autres en lettres samaritaines. Par conséquent les deux espèces d'écriture étaient alors en usage. Mais, comme dans ces passages il est dit que les lettres samaritaines ne doivent paraître que dans les exemplaires destinés à un usage particulier, et que les exemplaires destinés à être lus publiquement doivent être écrits en caractères assyriens, on pourrait présumer qu'on observait à peu près la même règle vers le temps de Jésus-Christ.

Voilà, monsieur, tout ce que je puis vous dire sur des questions que je n'ai pas eu le temps d'approfondir. Je ne sais si vous serez content de mes idées; mais comme ce n'est que pour vous que je les jette sur le papier, j'ai des droits sur votre indulgence. Vous en avez de votre côté de bien étendus sur l'estime et le respect avec lesquels j'ai l'honneur d'être, etc.

A M. LE COMTE DE SALUCES [1].

J'AVAIS résolu, monsieur, de garder le silence sur la question qui partage MM. Needham et Bartoli. Tout m'engageait à prendre ce parti, mon estime pour eux, mes occupations, mon éloignement pour les disputes littéraires, et l'impossibilité d'éclaircir, quant à présent, une partie des faits sur lesquels il faut prononcer. Mais je n'ai pu résister à la confiance dont vous m'honorez ; je me fais un devoir d'obéir à vos ordres, et je vais vous exposer avec simplicité ce que j'ai cru entrevoir dans le cours de cette affaire intéressante.

Pour apprécier, comme il faut, les travaux de M. Needham, il faut remonter à leur principe, et se rappeler qu'en 1758 M. de Guignes, de l'académie des Belles-Lettres, découvrit le premier, dans la langue écrite des Chinois, les débris des langues égyptiennes et phéniciennes, et dans les anciens hiéroglyphes de ce peuple, ceux qui étaient en

---

(1) Il avait écrit, le 15 décembre 1762, à Barthélemy, pour le consulter sur le livre de Needham, qui a pour titre : *Interpretatio inscriptionis ægyptiacæ, exarata simulacro quod deam Isidem repræsentat.* In-8° 1761. (*Note de l'Éditeur.*)

usage parmi les Égyptiens. Il développa ces deux
objets dans un mémoire qu'il lut à l'académie, et
dont il fit imprimer un extrait que j'ai l'honneur de
vous envoyer. Vous y verrez, monsieur, à la page
72, plusieurs symboles égyptiens mis en parallèle
avec des hiéroglyphes chinois, et vous y lirez, à
la page 78, ces mots importants : « Il s'agit encore
« de dépouiller tous les caractères hiéroglyphiques
« et symboliques chinois, de les ranger par classes,
« de les rapprocher des hiéroglyphes et des sym-
« boles gravés sur les obélisques et sur les autres
« monuments d'Égypte. » M. de Guignes avait rassemblé dans son grand mémoire plusieurs exemples
de cette conformité; il en avait dans ses porte-
feuilles un plus grand nombre encore, et il en
découvrait tous les jours de nouveaux : c'est un
fait certain.

Dans ces circonstances, M. Needham, instruit
du système de M. de Guines, résolut de faire examiner si les caractères du buste de Turin ne seraient
pas dans le dictionnaire chinois, et publia sa dissertation. M. Bartoli jeta des soupçons sur l'antiquité du buste; et M. de Guignes nia le fait découvert au Vatican, quoique attesté par des personnes
très-éclairées et très-respectables.

Une supposition très-admissible suffirait pour
affaiblir les doutes de M. Bartoli. Vous savez,
monsieur, que, dans le premier et le second siècle,
les prêtres de Sérapis étaient établis en Sardaigne
et en d'autres endroits d'Italie. Imaginons qu'ils y
ont fait construire ce buste; alors la pierre sera

tirée d'une carrière d'Italie ; et la coiffure différera
de celle qu'on voit sur les autres statues égyptiennes, parce que le monument sera d'un temps
postérieur. M. Bartoli nous a donné une copie plus
exacte des caractères. Elle diffère en quelques
choses de celle de M. Needham, mais la différence
est si légère qu'elle ne me paraîtrait pas devoir
détruire l'explication du Chinois du Vatican ; ce
qui la ruinerait de fond en comble, c'est le refus
de M. de Guignes à reconnaître que les caractères
du buste de Turin sont dans le dictionnaire chinois
conservé au Vatican.

Ici, monsieur, je me perds dans mes incerti-
tudes. D'un côté une foule de témoignages assurent
avoir vu dans un livre un certain nombre de caractères trait pour trait. D'un autre côté un homme
dont le savoir et la droiture me sont connus, qui
lui-même est intéressé à reconnaître la vérité du
fait, le rejette sans détour. Il a sous les yeux le
même dictionnaire que l'on conserve au Vatican,
il connaît mieux que personne la forme des hiéroglyphes chinois ; il est occupé depuis quatre ans
à les analyser, à séparer tous leurs traits pour les
réduire à leurs premiers éléments : je puis vous
assurer qu'il n'a ni jalousie, ni attachement à son
avis, et qu'on ne peut être plus sage et plus réservé qu'il l'est dans ses jugements. Il persiste et
ne veut pas se rendre aux attestations produites
par M. Needham.

Ce dernier vint à Paris, il y a cinq à six mois.
Je fus ravi de le connaître, et sur ce que je dé-

mêlai de son caractère, je crus qu'il serait facile
de le lier avec M. de Guignes, et d'éclaircir entre
nous l'étrange problême que j'ai l'honneur de vous
exposer. Nous nous assemblâmes chez M. de Guignes. Nous avions le dictionnaire chinois sous nos
yeux. M. Needham y trouva sans peine deux ou
trois des caractères qui sont sur votre buste, et
que M. de Guignes avait reconnu dès le commencement pour des caractères égyptiens et chinois;
mais il était question du reste de l'inscription.
Comme M. Needham n'avait pas beaucoup de temps
à donner à cet objet, et que l'exemplaire du dictionnaire que nous avons est distribué dans les
volumes d'une manière toute différente de celui
du Vatican, M. Needham renvoya cette recherche
à un temps plus convenable, et je restai dans mes
doutes. M. Needham est revenu à Paris pour quelques jours. Il va retourner à Caen. Il voudrait emporter avec lui le dictionnaire; je travaille pour
lui en obtenir la permission. En attendant le fruit
de ses recherches, j'avoue qu'il me semblerait
extraordinaire de voir réunis sur un seul buste
vingt-quatre ou vingt-cinq caractères égyptiens,
lesquels ne paraîtraient sur aucun autre monument
égyptien. J'ai vu une quantité prodigieuse de ces
monuments; j'ai beaucoup réfléchi sur les hiéroglyphes et l'écriture des Égyptiens, je n'ai jamais
rencontré ceux-ci et je ne leur trouve de conformité qu'avec ceux des Gnostiques. M. Needham
m'a répondu que ces derniers les auraient reçus
des Égyptiens. Mais je pourrais répliquer que ces

Égyptiens étaient bien modernes, en comparaison de ceux qui eurent des communications avec les Chinois. Vous voyez, monsieur, combien de discussions naissent à la suite l'une de l'autre, et combien il est essentiel de constater auparavant si les caractères de votre buste sont, ou ne sont pas, dans le dictionnaire chinois.

Un autre objet plus important avait occupé M. Needham. C'est le dépouillement de tous les hiéroglyphes des Égyptiens, et leur comparaison avec ceux des Chinois. J'ai déja eu l'honneur de vous observer, monsieur, que M. de Guignes avait le premier indiqué et suivi cette route. J'ajoute que M. Needham, ignorant le chinois, n'y marche que d'un pas incertain ; nous nous en aperçûmes d'abord dans notre conférence. Dès qu'il eut produit ses collections, M. de Guignes lui fit observer que la plupart des rapports qu'il croyait avoir découverts, étaient l'effet du hasard, parce qu'il n'avait pas bien choisi les pièces de comparaison.

Les Chinois ont deux sortes de caractères, les anciens et les modernes, qui viennent à la vérité des premiers, mais qui ont éprouvé de grandes altérations. Les uns et les autres se trouvent confondus dans les dictionnaires des Chinois, et il faut savoir la langue pour les distinguer. Les caractères modernes sont à peu près du temps de Jésus-Christ, et comme la communication des deux peuples est fort antérieure à cette époque, c'est manquer le but que de rapprocher les hiéroglyphes égyptiens des caractères modernes des Chinois, et voilà le procédé ordinaire de M. Needham. Le hasard l'a fait quelquefois tomber sur un caractère ancien, et souvent déja recueilli par M. de Guignes; mais le plus souvent il se sert des caractères nouveaux, et de là ne peuvent résulter que des parallèles malheureux et des conséquences erronées. Les carrés, les triangles, les lignes droites, toutes les figures simples pourront se rencontrer également sur les obélisques et parmi les caractères modernes des Chinois, sans qu'on en puisse rien conclure, parce que ces figures se présentent partout. M. Needham se retranche sur les hiéroglyphes composés, et il prétend qu'ils doivent servir de pièces de comparaison toutes les fois qu'on les voit dans les monuments des Égyptiens et des Chinois. Cela peut arriver sans doute, mais il peut se faire aussi qu'un hiéroglyphe chinois, à force de s'altérer et de se corrompre, parvienne à ressembler à un hiéroglyphe égyptien.

Ainsi, monsieur, le principe que vous avancez dans votre lettre, et dont M. Needham s'autorise assez souvent, qu'il ne s'agit pas de la puissance des caractères, mais de leur forme; qu'il n'est pas question de savoir le chinois, mais qu'il suffit d'avoir des yeux: ce principe, dis-je serait vrai si M. Needham ne consultait qu'un dictionnaire d'anciens caractères. Dans ce cas, tous ses rapprochements seraient autant de données qui prouveraient la communication des Chinois et des Égyptiens. Aujourd'hui, s'il fait cent combinaisons, il est à craindre qu'il y en aura quatre-vingt-dix de fausses:

les dix autres seront justes, mais elles auront déja
été faites par M. de Guignes, qui depuis long-temps
travaille à dépouiller les monuments égyptiens.

Si j'avais eu l'honneur de connaître M. Needham
avant qu'il s'appliquât à ce genre de travail, j'aurais fait tout mon possible pour l'en détourner,
persuadé que la gloire qui doit lui en revenir ne
sera jamais proportionnée à ses peines ; il est trop
avancé maintenant pour reculer ; et quand ses efforts n'aboutiraient qu'à nous donner une collection complète des hiéroglyphes répandus sur les
monuments égyptiens, ce serait toujours un préli-
minaire pour les grandes découvertes qui restent
à faire. Je ne me suis pas expliqué si clairement
avec M. Needham. Je l'aurais affligé ; mais je ne
lui ai pas donné de faux éloges : j'aurais été contre
mon caractère et contre le sien. J'ai pour lui la
plus grande estime ; je suis enchanté des qualités
de son cœur. Je sais qu'il possède de grandes connaissances, et j'admire le zèle dont il est animé ;
mais j'aurais désiré qu'il n'eût pas employé si souvent dans ses écrits, dans ses lettres et dans ses
conversations, le mot sacré de découverte, pour
caractériser le genre de travail auquel il s'est ap-
pliqué. Bien des gens en ont été blessés : je l'ai condamné au fond de mon cœur, parce qu'après tout
je ne puis pas me dissimuler que la découverte
est tout entière à M. de Guignes, et que M. Needham n'en a fait qu'une application, que M. de Guignes a faite avec plus de lumières et de succès.

Je résume en peu de mots tout ce que j'ai dit

dans cette longue lettre. Les doutes sur le buste
de Turin ne me paraissent pas assez fondés. Les
caractères dont il est couvert ne se trouvant que
sur ce monument; on ne peut les attribuer aux
anciens Égyptiens qu'après que M. Needham nous
les aura montrés dans le dictionnaire chinois. Son
grand travail sur les obélisques et sur les autres
caractères hiéroglyphiques, ne peut être utile que
lorsqu'on aura rapproché ces caractères chinois.
Jusque là ce n'est qu'une opération propre à faci-
liter le parallèle, mais insuffisante pour l'établir.

Voilà, monsieur, ce que je pense sur ces différents objets; voilà ce que je ne cherche point à
répandre. Je vous supplie de n'en faire aucun
usage, parce que je dois plus que personne au
monde me défier de mes lumières, et ménager les
opinions des autres.

Je suis, etc.

A M. LE COMTE D'OETTING.

Paris, ce 21 novembre 1763.

JE réponds un peu tard, monsieur, à la lettre que
vous m'avez fait l'honneur de m'écrire le 24 septembre; mais je n'en ai pas été moins flatté. J'ai
vu avec bien du plaisir le vif intérêt que vous pre-

nez aux progrès de la littérature orientale, et je me fais un devoir de répondre à tous les articles sur lesquels vous me faites l'honneur de m'interroger.

Les inscriptions phéniciennes qui sont en Chypre, et dont M. Pococke nous a rapporté les copies, étaient certainement destinées à des tombeaux. Elles ne contiennent presque que des noms propres. J'ai tâché d'en éclaircir deux dans une dissertation qui paraîtra bientôt dans le dernier volume de notre académie. Si les copies que nous en avons étaient plus exactes, il serait très-possible de les expliquer toutes. Il en résulterait peu de lumières pour l'histoire, mais de très-grandes pour connaître la forme et la valeur des lettres phéniciennes et des autres anciens alphabets orientaux. Le même Pococke a publié les inscriptions du mont Sinaï, dont quelques-unes paraissent être en arabe, mais dont la plupart sont certainement phéniciennes. J'attends avec impatience les copies exactes que nous promettent les savants danois envoyés en Arabie. Mais j'ose vous assurer d'avance que ces inscriptions, comme celles de Chypre, ne sont que des épitaphes.

Je croyais vous avoir envoyé la relation abrégée que M. Anquetil avait faite de son voyage, et qu'il avait insérée dans le *Journal des savants*. Je n'ai plus la première partie, qui n'est qu'historique; mais je joins ici la seconde partie, qui contient la notice exacte des livres perses qu'il nous a rapportés. Vous y verrez les trois traités qui restent de

tous ceux que Zoroastre avait composés, traités
que M. Hyde n'a point connus, et qu'il n'était peut-
être pas en état d'entendre. Car il y a tout lieu
de présumer que M. Hyde s'était étrangement mépris au sujet du persan, et qu'il avait confondu
le moderne avec l'ancien. Les mots qu'il cite dans
son livre sont en persan moderne, écrits en anciens caractères, de même que le saddes qu'il a
traduit, et qui n'est point de Zoroastre; M. Anquetil éclaircira tout cela mieux que moi. Il vient
de finir la traduction des trois traités de Zoroastre;
il reste à y joindre des notes et quelques dissertations sur l'ancienneté, l'authenticité et la langue
de ces ouvrages, après quoi le public sera en état
de juger.

M. de Guignes est toujours occupé à son grand
traité sur la communication des Égyptiens avec
les Chinois. Il met sa découverte à l'abri de toute
critique, et après les preuves sans nombre qu'il
donnera de cette communication, les doutes ne
pourront plus rouler que sur celle de ces deux
nations qui a policé l'autre. Vous vous déterminez,
monsieur le comte, en faveur des Chinois, et vous
appuyez votre opinion d'une foule de réflexions
judicieuses et savantes. Cependant je vous prie de
faire attention que, suivant le nouveau systême,
chaque caractère chinois est un groupe de lettres
phéniciennes et égyptiennes, et présente par conséquent un mot égyptien, ou phénicien. Ce sont
donc les langues égyptienne et phénicienne qui ont
passé à la Chine; dira-t-on que ces langues vien-

nent aussi des Chinois; mais, 1° la langue parlée des Chinois est totalement différente; 2° ils n'ont jamais su que leurs hiéroglyphes renfermassent les débris de la langue égyptienne. Ainsi, pour embrasser votre sentiment, il faudrait supposer un temps où les Chinois parlaient égyptien ou phénicien; il faudrait qu'ils eussent apporté cette langue en Égypte et dans les pays voisins, et qu'après cette communication, ils l'eussent oubliée totalement; il faudrait même que dans les commencements ils eussent regardé leurs caractères comme des groupes de lettres, puisque c'est dans cet état qu'ils les auraient transmis aux Égyptiens, et que tout à coup ils en eussent changé la nature, puisque, de temps immémorial, ils ne les regardent que comme des signes représentatifs d'idées.

Je supprime beaucoup d'autres réflexions qui se présentent en foule; je conviens cependant que le peu de goût que les Égyptiens semblent avoir toujours eu pour les voyages de long cours, paraît s'opposer à l'idée de leurs établissements en Chine et dans les Indes orientales. Mais j'entrevois un moyen de conciliation. Les Phéniciens, dans les plus anciens temps, fort liés avec les Égyptiens, avaient, à ce que je pense, les mêmes intérêts, le même culte, et des mœurs fort approchantes. Je crois avoir avoir prouvé, dans un mémoire lu à l'académie (1), il y a quelques mois, que le génie des langues égyptienne et phénicienne était le même,

(1) Acad. des Inscript., tome XXXII, page 221.

et qu'elles avaient quantité de mots communs. Pourquoi ne pas dire que ces Phéniciens, établis sur la mer Rouge, dépendants peut-être des Égyptiens, dont ils étaient en quelque sorte les facteurs, ayant fait dans les Indes des établissements pour leur commerce, ont été de proche en proche à la Chine, et y ont porté les sciences, encore grossières, et les usages des Égyptiens. Vous sentez aisément, monsieur le comte, combien il serait facile d'étendre et de fonder cette assertion.

Je suis, etc.

A M. ADLER.

Le 1er juin 1782.

J'ai vu avec plaisir, monsieur, l'inscription que vous m'avez fait l'honneur de me communiquer de la part de monseigneur Borgia. Ses lumières ne me laissent aucun doute sur l'authenticité de l'original, et sur l'exactitude de la copie, et c'est pour me conformer à ses ordres que je vais vous dire mon avis en peu de mots.

Je rapporterais volontiers ce monument (1) au

(1) M. Jean Philippe Siebenkees a publié, en 1789, ce mo-

sixième ou cinquième siècle avant Jésus-Christ. L'inscription est en dialecte dorique, tel qu'il était en usage dans la grande Grèce, où il a été découvert.

Quelques-unes des lettres présentent des formes peu connues; mais leur valeur est déterminée par les anciens monuments ou par le sens de l'inscription. Tels sont les suivantes:

D......Δ, comme dans les plus anciennes médailles de Zancle ou Messine.

I..... Γ.

Ϥ...... *iota*, comme dans la colonne du sénateur Nani.

Μ......M, comme sur plusieurs monuments.

+......Ξ. •

Μ......Σ, comme sur plusieurs médailles de la grande Grèce.

ψ......X.

Il faut remarquer encore le *digamma* avant le mot OIKIAN, et l'*omicron*, faisant quelquefois la fonction de l'*omega*.

D'après ces notions, je vais tracer l'inscription avec des caractères plus usités (1).

---

nument avec une explication; M. Knight en a parlé dans son *Essai analytique sur l'alphabeth grec*, en 1791. (*N. de l'Édit.*)

(1) Voyez pour les caractères anciens la planche IV ci-jointe.

ΘΕΟΣ . ΤΥΧΑ . ΣΑΩΤΙΣ ΔΙΑ
ΟΤΙ . ΣΙΚΑΙΝΙΑΙ . ΤΑΝ ΟΙ
ΚΙΑΝ . ΚΑΙ ΤΑΛΛΑ ΠΑΝΤ
Α . ΔΑΜΙΩΡΓΟΣ . ΠΑΡΑΓΟΡ
ΑΣ . ΠΡΟΞΕΝΟΙ . ΜΙΝΚΩΝ
ΑΡΜΟΞΙΔΑΜΟΣ . ΑΓΑΘΑΡ
· ΧΟΣ . ΟΝΑΤΑΣ . ΕΠΙΚΩΡ
ΟΣ.

En voici maintenant une traduction littérale en
latin :

Dea fortunæ servatrix
dat Sicæniæ domum
Et reliqua omnia.
(cum esset) Demiurgus Paragoras.
(cum esset) Proxeni Mincon,
Harmoxidamus, Agatharcus, Onetas,
Epicurus.

Le décret est signé 1° par Paragoras, qui était
demiurge; c'est le titre que donnaient à leurs
principaux magistrats plusieurs villes d'origine do-
rienne. (Voyez *Thucyd.* lib. V, cap. 47. *Hesychius,*
etc. etc. *Tiv.* lib. XXXVIII, cap. 30.)

2° Le décret est signé par cinq proxènes, espèces de magistrats chargés de protéger les étrangers qui avaient obtenu le droit d'hospitalité dans
une ville.

Leur signature prouve qu'il était question ici
d'un pareil droit, et que par le mot οικιαν il faut
entendre la maison ou l'hospice public où l'on recevait les étrangers auxquels on accordait l'hospitalité; c'est peut-être dans ce sens que, parmi les
acceptions que Suidas donne au mot OIKIAN, on

trouve celui d'ὁσπήτιον. Au privilége de l'hospitalité en ·étáient joints d'autres exprimés par ces mots καὶ ταλλα πάντα.

La seule difficulté qui m'arrète, est le mot ΣΙΚΑΙ-ΝΙΑΙ. J'avais d'abord cru qu'il pouvait désigner la petite nation des Sicanes, qui avait autrefois possédé la Sicile, et qui, du temps de Thucydide, occupait encore quelques-unes des côtes occidentales de cette île; mais le nom de ce peuple était ΣΙΚΑ-ΝΟΙ, et non ΣΙΚΑΙΝΟΙ : de plus, ou aurait dit ΣΙΚΑΙΝΟΙΣ plutôt que ΣΙΚΑΙΝΙΑΙ. Il est donc plus vraisemblable qu'il faut entendre ici d'une femme nommée ΣΙΚΑΙΝΙΑ. On pourrait incidenter sur ce nom ainsi que sur celui de Mincon qui vient après. Mais loin de nous arrêter à des objets si minutieux, concluons que l'inscription contient un décret pour accorder à quelqu'un l'hospitalité publique.

Ce décret est gravé sur une des tablettes de cuivre que, dans de pareilles occasions, on remettait entre les mains de la personne favorisée pour lui servir de titre. Cet usage est confirmé par plusieurs exemples, et par deux, entre autres, que le père Paciaudi a rapportés (*In Monum. Pelopon.* tom. II, pag. 143). Cicerou (*In Verr.* lib. IV, cap. 65), en parlant des honneurs que le sénat de Syracuse lui avait décernés, ainsi qu'à son frère, dit : *Decernunt statim : primum, ut cum L. fratre hospitium publice fieret : id non modo tum scripserunt verum etiam in ære incisum nobis tradiderunt.* Autre exemple : le sénat et le peuple de Malthe, ayant accordé l'hos-

pitalité publique à un certain Démétrius, ordonnèrent d'inscrire le décret sur deux tablettes de
cuivre, et d'en donner une à ce Démétrius : προξε-
νίαν ταύτην ἀναγράψαι εἰς Χαλκώματα δύο, κὶ τὸ ἓν δοῦ-
ναι Δεμήτρίῳ Διοδότου.

Si vous croyez, monsieur, que ces notes rassemblées à la hâte et au milieu d'une foule d'embarras
méritent d'être mises sous les yeux de monseigneur
Borgia, je vous serai obligé de les lui envoyer avec
l'hommage de mon respect et de ma reconnaissance. Acceptez en même temps celui, etc.

A M***.

Les observations contenues dans votre lettre,
monsieur, confirment la haute idée que j'avais de vos
lumières. Il est singulier en effet qu'on n'eût pas
exprimé sur cette lame de cuivre le nom de la ville
qui l'avait fait graver. Mais outre que nous ne pou-
vons aujourd'hui juger des usages de ces temps
reculés, ainsi que vous l'avez remarqué vous-même,
je vous prie d'observer que ce n'est pas ici un monument pour la postérité; c'est une simple concession faite à une personne particulière ou à une
nation. Les noms des magistrats ne suffisaient-ils
pas pour donner à cet acte toute l'autorité dont

ΘΕΟΜ·ΤΥↆΑ·ΜΑ·Ο·ΤΣ·Μ·C·SD
ΟΤΣ·Μ·SΚΑΣ·ΜΑΣ·ΤΑ·Ν·FOS
ΚΣΑ·Ν·ΚΑΣ·ΤΑ·ↆↆΑ·ΓΑΝΤ
Α·ΔΑ·Μ·SΟΡ·ΟΜ·ΓΑΡΑΙΟↆ
Α·Μ·ΓↆΟ+Ε↋ΟS·ↆS·ↆ·ΚΟΜ·
ΑↆↆΟ+SↃΑↃΟ·ΜΑΙΑ·ΘΑↆ
ↆΟΜΟΓΑΤΑΜ·Ε·Γ·SΚΟ·Ρ
ΟΜ·

Exemplum

Tesserae Hospitalis

ex aere vetustissimae

in Bruttiis prope Petiliam repertae

an M. DCC. LXXXIII.

il avait besoin ? Il me semble qu'il en coûte moins d'adopter cette idée que de prendre le mot ΣΑΩΤΙΣ pour le nom d'une ville dont il ne reste point de traces dans les auteurs anciens.

Ce mot, je vous l'avoue, m'embarrasse. Il ne se trouve point dans les auteurs grecs; il m'arrêta au moment que je lus l'inscription (1). Je cherchais à le décomposer pour en saisir le sens, lorsqu'un de mes amis, qui arriva par hasard, me proposa de le traduire par Serveldina ou Sospita, en le prenant pour le féminin de ΣΑΩΤΗΡ. L'analogie de la langue s'y trouvait, et je préférai cette conjecture à toutes celles que j'avais imaginées. Je sais qu'en Sicile, les Doriens disaient ΣΩΤΕΙΡΑ au lieu de ΣΑΩΤΙΣ. Mais il est impossible que dans la Grande-Grèce, ils aient employé cette dernière forme. J'ajoute que ΣΑΩΤΙΣ se lie naturellement avec les deux mots précédents. Vous proposez, monsieur, de les isoler, comme dans plusieurs inscriptions qui commencent par ΑΓΑΘΗ ΤΥΧΗ. Mais ces deux mots ne sont-ils pas toujours au datif? Je n'ai ici aucun recueil d'inscriptions et ne puis vérifier le fait. Je ne me rappelle pas non plus si les lames de cuivre rapportées par le père Paciaudi, et citées dans ma lettre à M. Adler, font mention des descendants

(1) J'ai trouvé depuis dans Pausanias, lib. IX, cap. 26, page 761, une statue de bronze consacrée à Jupiter Sauveur, sous le titre de ΣΑΩΤΟΥ ΔΙΟΣ.

de la personne à qui l'on avait accordé un semblable privilége.

J'ai l'honneur d'être, etc.

P. S. Il reste le mot ΣΙΚΑΙΝΙΑΙ, qui n'est pas moins embarrassant que celui de ΣΑΩΤΙΣ. Il peut désigner une femme, ou peut-être la petite nation des Sicaniens. De ces deux acceptions, j'avais préféré la première : vous choisirez volontiers la seconde. Il me semble que dans les priviléges que les villes s'accordaient mutuellement, on n'exprimait pas le nom de la ville ou de la nation, mais celui des habitants. Par exemple, on ne disait pas Byzance accorde à Athènes, mais les Byzantins accordent aux Athéniens, etc.

A M. DE CHABANON.

I.

A Paris, ce 26 janvier 1778.

Je connais depuis long-temps, mon cher ami, le passage de Démétrius de Phalère. Je l'avais examiné autrefois, et j'en ai dit un mot dans une note de mon *Mémoire sur les rapports des langues égyptienne, phénicienne et grecque*, t. XXII, p. 222. Comme nous n'avons aucune autre preuve que les

anciens Égyptiens eussent admis sept voyelles dans
leur alphabet, et qu'il me paraissait absurde qu'une
nation eût employé de simples sons pour célébrer
ses dieux, j'avais embrassé l'opinion de MM. Ges-
ner et Michaëlis, consignée dans les Mémoires de
Gottingue. Ces deux savants ont prétendu que les
Grecs, ayant entendu dans quelque temple des
Égyptiens, le nom de *jehova* (dieu), prononcé peut-
être de cette manière *ieoua* (1), avaient imaginé
que les Égyptiens employaient de simples voyelles
dans leurs prières. Il est vrai pourtant qu'il n'est
pas prouvé que les prêtres égyptiens aient connu
le nom de *jehova*, quoique la chose soit assez probable.

Depuis l'impression de mon mémoire, je suis
revenu plus d'une fois à ce passage. J'ai revu ce
qu'en avait écrit M. Jablonski (*Panth. ægypt. Pro-
leg.* p. 55), et je ne suis pas éloigné de croire
que les prêtres égyptiens, ayant désigné chaque
planète par une voyelle, se contentaient de faire
résonner ces voyelles lorsqu'ils voulaient invoquer les divinités qui présidaient aux planètes.
M. Jablonski rapporte plusieurs passages qui semblent confirmer cette opinion, un, entre autres, de
Nicomaque, qui est assez frappant; il est tiré du
deuxième livre du *Manuel*, p. 37, édit. de Meibomius. Il est dit que les Thériniens honorent la
Divinité par des sons inarticulés. Malheureusement on ne connaît pas ces Thériniens. Meibomius

_____

(1) Ce mot n'est composé en hébreu que de quatre voyelles.

a cru qu'il fallait lire Tyrrhéniens ou anciens Toscans, qui en effet avaient beaucoup emprunté des
Égyptiens; d'autres, au lieu de Θερινοὶ, ont lu Θεουρ-
γοὶ. Quoi qu'il en soit, il y a donc eu anciennement
des prêtres qui ne prononçaient dans leurs prières
que des voyelles, et cela pourrait suffire pour
justifier Démétrius de Phalère.

M. Jablonski observe avec raison que les Gnostiques, qui avaient conservé plusieurs rites des
Égyptiens, nous ont laissé plusieurs *abraxas*, sur
lesquels sont gravés les sept voyelles, quelquefois
à côté de figures de divinités qui paraissent égyptiennes. Je trouve en marge de ma dissertation
citée ci-dessus, une note manuscrite que j'ai ajou-
tée je ne sais quand. C'est un passage inconnu à
Jablonski, et tiré d'un médecin grec nommé Nicolaus Myrepsus. L'ouvrage de ce médecin est imprimé parmi les *Medici principes* de Henri Etienne
(col. 635). Ce Nicolaus rapporte beaucoup de formules de remèdes, et très-souvent il exige qu'en
les composant on les accompagne de prières. Or,
en parlant d'une certaine drogue (sect. XXI,
cap. I), il veut, pour qu'elle opère son effet,
qu'on ait soin en la faisant de prononcer les sept
voyelles α, ε, η, ι, ο, υ, ω. Voilà les sept voyelles
employées comme prières; suivant toutes les apparences, cette idée venait des Égyptiens, le plus
superstitieux des peuples.

D'après cela, je pense que vous pouvez sans
risque prendre le passage de Démétrius de Phalère
au pied de la lettre. Il ne s'agit plus à présent que
de l'expliquer.

Je ne pense pas qu'on puisse l'interprêter d'une autre manière que vous, excepté que je ne dirais pas que c'est l'euphonie qui a fait préférer ces lettres. En effet, pourquoi les employait-on? C'est que chacune des voyelles était consacrée à une des planètes. L'E, par exemple, était consacré à la lune. (Voyez *Arist. Quint.* lib. III, pag. 147 et 149.) Le même dit que la même voyelle désignait la proslambanomène; mais elle n'a pu la désigner que dans la suite; car cette corde n'a été introduite qu'assez tard dans le système musical. Aussi, suivant Nicomaque (pag. 33 et 34), quelques-uns attribuaient-ils l'hypate (le *si*) à la lune, la mèse (*mi*) au soleil, etc. Vous savez que, suivant les Égyptiens et les pythagoriciens, chaque planète rendait un son, et que toutes ensemble formaient un eptacorde. Que faisait donc un prêtre égyptien en chantant E? Il rendait le même son que la lune, et son intention était certainement de lui rendre hommage. Pour l'implorer, on croyait qu'il suffisait de l'invoquer. C'est comme si on avait chanté ô Saturne, ô Jupiter, ô Mars, ô Soleil, ô Vénus, ô Mercure, ô Lune. Je ne crois pas avec vous que la répétition des voyelles leur ôtait toute signification. L'hommage ou le vœu se réitérait mentalement autant de fois qu'on prononçait la voyelle caractéristique de chaque planète.

Mais que ferons-nous des mots ὑπ' εὐφωνίας? Démétrius veut prouver que le concours des voyelles a quelquefois de la grace. Il cite la prière des Égyptiens qui dans leurs temples prononçaient les sept voyelles de suite ἐφηξῆς. Il faut donc traduire les derniers mots : *Le son de ces voyelles se fait entendre d'une manière agréable, à cause de leur euphonie.* Et je traduirais ainsi tout le passage : « En Égypte, les prêtres célèbrent les dieux en « chantant tout de suite les sept voyelles ; le son « de ces lettres, répondant alternativement à celui « de la flûte et de la cithare, produit un effet « agréable à cause de leur euphonie. »

Je viens de trouver dans les notes de Thomas Gale, sur Démétrius de Phalère, les rapports des voyelles à chaque planète. Il les cite d'après Porphyre : A Vénus, I le Soleil, O Mars, Ω Jupiter, Υ Saturne. Porphyre n'en cite que cinq. Nous avons vu plus haut l'E affecté à la lune, donc l'H l'était à Mercure.

Voilà bien du bavardage, mon cher ami. J'ai cependant abrégé tant que j'ai pu. Je vous remercie de m'avoir procuré l'occasion de fixer un peu plus mes idées sur ce passage. Quand vous n'aurez plus rien à faire de ma lettre, je vous prie de me la renvoyer. Adieu, je vous embrasse tendrement.

P. S. Vous m'appelez votre maître. Je le suis à peu près comme le père du Vigier de l'Oratoire, qui avait beaucoup d'érudition. Le père de la Borde, qui avait infiniment d'esprit et de talent, était son ami. Quand il voulait travailler sur quelque sujet, il allait trouver le premier, et lui disait : « Vigier, crache-moi de l'érudition. » Et quand il s'en était bien muni, il faisait des ouvrages de génie.

AU MÊME.

II.

Ce 27 janvier 1778.

Vous voyez bien que je ne puis pas finir de causer avec vous. A mon réveil, j'ai pensé de nouveau à Dèmétrius. Il m'est survenu une nouvelle explication des dernières lignes, qui vaut peut-être mieux que l'autre. Traduisons ἀντὶ αὐλου καὶ ἀντὶ κιθάρας , tout naturellement par *au lieu de flûte et de cithare* ; nous aurons : « Au lieu de flûte et de cithare, « on fait entendre le son de ces lettres, à cause de « leur euphonie. » C'est-à-dire, au lieu de faire antiphoner ou alterner les voix et les instruments, en Égypte les prêtres faisaient antiphoner les sept voyelles avec les prières qu'ils adressaient aux divinités des planètes. On commençait donc par prononcer distinctement les sept voyelles. C'était l'invocation, comme je l'ai déja dit : ô Lune, ô Vénus, ô Mercure, ô Soleil, etc. Après venait une prière qu'on chantait. On reprenait les sept voyelles comme un refrain ; on continuait ensuite la prière , etc.

Deux raisons avaient engagé à substituer les sept voyelles au son des instruments. La première, que parmi les Égyptiens les noms des divinités étaient ineffables. La seconde, suivant Démétrius, parce que les sons de ces voyelles produisaient une euphonie très-agréable.

Vous voyez que cette seconde raison rentre dans vos idées, et convertit la musique vocale en instrumentale (1). Cette seconde explication me plaît assez. Qu'en pensez-vous ?

Je suis, etc.

A M. SCHIAVO DE PALERME.

J'ai reçu, monsieur, les éclaircissements que vous avez bien voulu me donner. Agréez mes remercîments tant pour cet objet que pour ceux de vos ouvrages que M. le comte de Caylus m'a remis de votre part. J'en ai déjà lu une partie avec bien du plaisir, et je vais incessamment m'occuper de votre recueil d'inscriptions. Pour lire avec profit j'ai besoin d'un loisir que je n'ai pu trouver depuis un mois qu'il m'est parvenu ; et ce loisir m'est d'autant plus nécessaire que vous exigez que j'aie l'honneur de vous en dire mon avis. En parcourant d'abord les planches, je suis tombé sur le cha-

---

(1) Les questions proposées à Barthélemy par M. de Chabanon, étaient relatives à un travail de celui-ci sur les problèmes d'Aristote, concernant la musique, et dont une partie est publiée dans les *Mémoires de l'académie des Insc.*, t. XLVI, p. 285, etc. *Note de l'éditeur.*

pitre 115, où vous avez représenté un vase chargé
d'une inscription phénicienne ou punique, déja
publiée par le P. Lupi. Comme on imprimait
alors le mémoire que je lus à l'académie il y a quelques années, sur divers monuments phéniciens,
j'y ai joint dans une note l'explication, telle que je
l'ai conçue, de l'inscription du vase.

Vous recevrez cette dissertation dont j'ai fait tirer quelques exemplaires à part, et qui paraîtra incessamment dans les Mémoires de l'académie. C'est
la même dont j'avais donné un extrait dans l'ouvrage que M. de Guignes avait publié sur l'origine
des Chinois.

Vous recevrez encore deux lettres sur des médailles phéniciennes, que j'ai adressées en différents temps à MM. du *Journal des Savants*. Je vous
envoie un double exemplaire de chacun, en vous
priant d'en présenter un de ma part à M. Tardia.

Je joins enfin à ces trois opuscules un alphabet
qu'on a également inséré dans le *Journal des Savants*, et qui se rapporte à l'inscription trouvée à
Malthe dans un sépulcre, en 1791.

Il me reste un mémoire que j'ai donné à l'académie, sur une inscription phénicienne gravée au-
dessous d'un bas-relief égyptien. Ce monument est
à Carpentras, dans le comtat d'Avignon. Mon mémoire ne sera imprimé que dans un an, parce qu'il
doit être inséré dans ceux de l'académie.

Voilà, monsieur, tout ce que j'ai fait jusqu'à présent sur la langue phénicienne. Il me reste encore
quelques médailles à éclaircir, et l'essentiel serait

de savoir où elles se trouvent communément. Car la connaissance des noms que les peuples ont portés, servirait beaucoup à les retrouver sur ces sortes de monuments.

J'avais pensé qu'on pouvait découvrir un grand nombre d'inscriptions phéniciennes en Sicile. Quelques-unes de celles que vous avez eu la bonté de m'envoyer ne sont que des fragments, et on risque trop dans ce genre de littérature, de travailler sur des monuments si imparfaits. Je regretterai toujours que l'original de l'inscription insérée dans le manuscrit d'Antonio Cordici soit perdu.

Du reste, voici quelques remarques sur le recueil de *vos inscriptions*, en attendant un plus long examen.

Inscriptions de Palerme, imprimées en 1762.

Page 129. Mort de Commode en 194. Ce prince n'est-il pas mort le dernier jour de l'an 192 ?

Page 127. Je ne sais pas pourquoi vous attribuez cette inscription à Commode. Le titre de NOBILISSIMUS CÆSAR n'a pas paru jusqu'à présent sur les monuments des princes antérieurs à Géta, quoique Commode ait reçu celui de . *nobilissimus princeps* dans une inscription. Dans celle que vous rapportez, le mot *Cæsaris*, étant au génitif, devrait se rapporter au père de Commode, et je doute fort qu'on ait jamais appelé Marc Aurèle *nobilissimus Cæsar*.

Que signifie d'ailleurs DIVI ANTONINI DI...? Si Diadumenien avait laissé des enfants qui eussent

eu des prétentions à l'empire, on lirait très-natu-
rellement *nobilissimi Cæsaris divi Antonini Diadu-
meniani*, car Diadumenien avait pris et le nom
d'Antonin et le titre de *nobilissimus Cæsar* sur ses
médailles. Mais cette conjecture ne peut pas avoir
lieu, et l'inscription est trop dégradée pour en ha-
sarder d'autres; il me paraît seulement qu'elle con-
viendrait mieux à Éliogabale. La chose est d'ailleurs
très-peu importante.

Page 140. Je ne vois pas où pouvaient être placées les années des règnes de Sévère et de Caracalla; car après ces mots abrégés: TRIB. POT.,
qui terminent la troisième ligne, vient un P, qui
doit être l'initiale de PONTifex. Vient ensuite IM-
PERATORIS CÆS. L. SEPTIMI SEVERI, etc.
On ne pourrait placer les années de Sévère qu'après
ces mots: PARTHICI MAXIMI. Mais il me semble qu'il n'y a pas assez d'espace dans votre copie;
et je croirais plutôt qu'il faudrait remplir la lacune
par le mot FILIO, en entier ou en abrégé. L'I est-
il bien net sur la pierre?

Page. 148. Vous avez raison de rejeter la leçon
de monseigneur Fontanini au sujet de l'arc de Sévère. On y lit clairement le nom de Géta, ainsi que
vous le verrez par la copie figurée de cette inscription que j'ai l'honneur de vous envoyer.

Page. 383. Je suis au désespoir que vous n'ayez
pas voulu vous rendre au sentiment de M. Asse-
manni. Les deux inscriptions dont il s'agit sont cer-

tainement l'ouvrage des Arabes, quand ils étaient
maîtres de la Sicile. Les caractères en sont koufiques
et paraissent sous la même forme, non-seulement
sur les médailles arabes, mais encore sur plusieurs
inscriptions arabes que j'ai vues à Marseille, à Pouz-
zole, et dans plusieurs copies qu'on m'a envoyées
des lieux où les Sarrasins ont demeuré. Cette expression même *non est alius deus præter unum
deum*, est consacrée particulièrement sur les médailles et dans presque toutes les inscriptions arabes.

Je suis, etc.

A UN ARTISTE.

Vous me demandez, monsieur, si l'usage de placer l'épée à droite ou à gauche a été le même chez
toutes les nations et dans tous les temps. Voici sur
ce sujet quelques observations relatives aux Grecs
et aux Romains, d'après les historiens et les monuments.

Polybe (*lib. VI, pag.* 469) qui écrivait vers l'an
150 avant Jésus-Christ, décrit exactement les armes des Romains, et dit que les fantassins portaient
l'épée espagnole près de la *cuisse droite*.

Environ deux cent trente ans après, Josephe,
qui s'était distingué dans la guerre des juifs contre
Vespasien, dit (*de Bell. Jud., l. III, c.* 5) que

dans les armées romaines le fantassin portait deux
épées, l'une plus longue à gauche, l'autre, qui n'a-
vait qu'un palme de longueur, c'est-à-dire, neuf à
dix pouces, à droite. Il ajoute que le cavalier portait une longue épée du côté droit.

Sidonius Apollinaris, mort évêque de Clermont,
vers l'an 482 de l'ère vulgaire, qui nous a laissé
quelques pièces de poésie, dit dans un endroit
(car. II, v. 393) que le baudrier tenait l'épée suspendue à gauche.

Applicat a lævâ fulgentem balteus ensem.

Procope, qui vivait du temps de Justinien, environ deux cents ans après Sidonius, observe que
les archers de son temps portaient l'épée au côté
gauche (Bell. Per. I cap. 1).

Quant aux monuments, il est certain que sur la
colonne de Trajan, celle d'Antonin, sur l'arc de
Septime Sévère et d'autres monuments qui nous
sont restés des Romains, la plupart des soldats ont
l'épée à droite, en même temps que plusieurs la
portent à gauche, ainsi que l'empereur et les principaux officiers rangés autour de lui.

Il est certain encore que, dans ce fameux disque
d'argent trouvé dans le Rhône, au siècle dernier,
conservé maintenant au cabinet du roi, et connu
sous le nom de bouclier de Scipion, on voit deux
soldats avec l'épée à la gauche.

Il est certain encore que dans des bas-reliefs
antiques conservés en Italie, lesquels représentent

le sacrifice d'Iphigénie, les héros grecs ont l'épée du côté gauche.

Parmi les médailles grecques et romaines, je ne m'en rappelle aucune où l'épée soit à droite, mais j'en connais beaucoup où elle est à gauche. Je dois observer que, dans le temps où furent élevées les colonnes trajane et antonine, où sont tant de soldats avec leur épée placée du côté droit, on frappait à Rome des monnaies où l'empereur paraissait avec une épée placée à gauche.

D'après d'autres indications, je présume que, dans les plus anciens temps, les soldats avaient une épée et un poignard ; que cette épée fut tantôt longue et tantôt courte ; qu'Iphicraté, général athénien, préféra l'épée longue ; que les guerres puniques la raccourcirent, en empruntant la forme qu'avait cette arme parmi les espagnols, et la placèrent vers la cuisse droite, où plus anciennement était le poignard, que l'usage de l'épée longue à gauche, et de l'épée courte à gauche, subsistait encore du temps de Vespasien, que peu de temps après, du temps des Antonins, on se contenta de l'épée courte, c'est-à-dire, de dix-huit pouces, que les uns plaçaient à droite, les autres à gauche, suivant que cela leur était plus commode, mais que les empereurs et les principaux officiers la mettaient à gauche.

Ainsi, loin d'avancer comme un principe que les anciens portaient toujours l'épée du côté droit, je dirai qu'originairement l'épée devait être à gauche, et que des circonstances particulières la transportèrent à droite; et qu'ainsi un artiste, qui, en traitant un sujet tiré de l'histoire grecque, placera l'épée à gauche, aura beaucoup de monuments pour lui, et aucun contre lui; et qu'en traitant un sujet de l'histoire romaine postérieur aux guerres puniques, surtout si c'est une bataille, un assaut, il pourra, suivant que ses figures seront plus ou moins en action, laisser tomber la petite épée sur la cuisse droite, ou sur le côté droit, ou même derrière le dos, parce que, en effet, cette épée suspendue au baudrier, sans que rien ne la retienne, paraît dans toutes ces positions sur les colonnes et sur les arcs-de-triomphe des empereurs.

Mais je n'en suis pas moins persuadé qu'un artiste qui représenterait un empereur, un général en habit militaire, mais dans une situation tranquille, ne pêcherait pas contre le costume en la plaçant à la gauche de ses figures.

J'ai l'honneur d'être, etc.

A M. LE COMTE D'ARGENSON.

A Rome, ce...... 1756.

JE n'ai différé, monsieur, à vous rendre compte, que pour avoir le temps de terminer quelques négociations assez importantes dont le succès me paraissait encore douteux. Les Italiens ont une si

haute idée du cabinet du roi, qu'ils ne rougissent
pas d'attribuer une valeur exorbitante à toutes les
médailles que je désire. Cette prévention produit
de leur part des défiances et des lenteurs, auxquelles je suis obligé d'opposer une indifférence
simulée et le secours d'une voie étrangère pour
traiter avec eux. Ces moyens m'ont assez bien
réussi, et j'ose me flatter que mes recherches jusqu'à ce jour justifieront le choix que vous avez
fait de moi pour ce voyage. J'ai acquis environ
deux cents médailles, dont quelques-unes sont
uniques, et la plupart extrêmement rares. J'en aurais acquis davantage si je m'étais plus attaché au
nombre qu'à la rareté; mais j'ai cru devoir négliger celles que des hasards fréquents procureront
en France, et pour lesquelles il aurait fallu sacrifier des médailles destinées à des échanges plus
avantageux. Sans entrer dans l'examen de toutes
ces acquisitions en particulier, je me bornerai à
celles qui exigeront moins de réflexions et de détails.

Vous savez, monsieur, qu'avec le médaillon de
l'empereur Honorius, que vous me fites l'honneur
de me remettre l'année dernière, le nombre des
médaillons d'or conservés au cabinet du roi, est
monté à vingt-six. L'Italie entière n'en fournirait
pas une si grande quantité. J'en ai vu quatre dans
le cabinet de Florence, quatre autres dans celui
du Vatican, trois dans celui de la reine Christine,
qui a passé dans la maison Odescalchi, et quelques
autres en différents endroits. J'en ai acquis trois

aussi précieux par leur rareté que par leur conservation. Le premier est de l'empereur Gallien,
qui monta sur le trône l'an 253 de l'ère vulgaire.
On y voit d'un côté le buste et le nom de ce prince,
et au revers un soldat de la troisième cohorte de
la garde prétorienne entre quatre enseignes militaires, avec cette légende :

COHORS TERTIA PRÆTORIA.

C'est un monument destiné à consacrer la fidélité de cette cohorte. Nous avions au cabinet du
roi un médaillon d'or de Gallien, différent de celui-
ci. J'en ai vu un troisième au Vatican, qui n'a rien
de particulier au revers ; et un quatrième au palais Barberin, qu'on estime beaucoup, mais dont
je ne voudrais pas garantir l'authenticité.

Les deux autres médaillons que j'ai acquis et
dont j'ai l'honneur de vous envoyer le dessin, représentent les empereurs Constantin le jeune et
Constantius, son frère, tous deux fils du grand
Constantin. Dans le partage de l'empire que ce
prince fit entre ses enfants, Constantin eut les
Gaules, l'Espagne et la Grande-Bretagne. Il n'y
régna que trois ans, ayant été tué dans une em-
buscade auprès d'Aquilée, par un des généraux
de Constance, son frère ; c'est plusieurs années
avant cette époque que le médaillon a été frappé.
La légende qu'on y voit autour de la tête, CON-
STANTINUS IVNior NOBilis CÆSAR, signifie que
ce prince n'avait encore que le titre de Cæsar,

qu'on donnait aux fils des empereurs; de même
que le titre de prince de la jeunesse qu'on voit
au revers, et qui désignait auparavant le prince
ou le chef de l'ordre des chevaliers. Le médaillon
représente Constantin debout en habit militaire,
tenant dans sa main droite l'enseigne de la cavalerie appelé *labarum*, et de la gauche une espèce
de lance : le mot abrégé CONS. qui est à l'exergue, marque que ce médaillon a été frappé à Constantinople. Je n'ai pas besoin, pour relever le
mérite de ce monument, d'observer qu'il a été fait
pour un prince qui a régné dans les Gaules, mais
j'observerai plus particulièrement qu'on n'avait publié jusqu'à présent aucun médaillon d'or de ce
prince, et qu'on n'en trouvait pas même dans le
cabinet du roi, quoiqu'on y en conservât de semblables de toute la famille du grand Constantin.

Le troisième médaillon a été frappé pour Constantius, troisième fils de Constantin; la légende
FLavius IVLius CONSTANTIVS PERPetuus AU-
Gustus, montre que Constantin régnait alors en
qualité d'auguste. Après la mort de son père, il
eut l'Orient en partage, et il y joignit, après celle
de ses frères, l'Occident. C'est, suivant les apparences, ce que l'on a voulu exprimer par les deux
figures de femmes qui sont au revers, et qui représentent les villes de Rome et de Constantinople;
la première sous les traits qui la caractérisent communément, c'est-à-dire, avec un casque et une
lance : la seconde avec des tours sur la tête pour
marque de ses fortifications et de sa situation sur

la mer. Les avantages remportés par Constantius contre les Perses et les Germains, sont désignés par les victoires que tiennent les deux figures et l'éclat qui en rejaillissait sur tout l'empire romain par cette inscription : GLORIA ROMANORUM. Les lettres de l'exergue signifient que ce médaillon a été frappé dans la ville d'Antioche en Syrie. *Signata Moneta* ANTiochiæ.

Les bornes que je dois me préscrire m'empêchent de vous parler, monsieur, de quelques autres médailles aussi précieuses que celle-ci. J'en réserve la déscription pour une autre lettre, et j'aurai l'honneur de vous remettre la notice de toutes mes acquisitions à mon retour à Paris (1).

Je suis, etc.

AU PÈRE GOURDIN.

La lettre que vous m'avez fait l'honneur de m'écrire, mon Révérend Père, exigeait quelques recherches qui en ont suspendu la réponse. M. Gal-

---

(1) On doit se rappeler en lisant cette lettre que Barthélemy écrivait à un ministre, autrement il s'y serait épargné des détails connus de tous les antiquaires. Il avait rendu un compte fort exact de ce qu'il avait observé dans son voyage, au comte d'Argenson, qui lui demanda, après sa retraite, une copie de cette correspondance, dont je n'ai pu retrouver qu'un petit nombre de fragments, etc. *Note de l'éditeur.*

land lut, en effet, dans la séance publique de l'académie des belles-lettres, du 3 mai 1707, une dissertation sur une médaille qui porte le nom de
Cléopatre, et qu'il attribuait à la Bérénice de Titus.
Vous êtes étonné de n'en trouver aucune mention
dans nos mémoires. Votre surprise cessera quand
j'aurai mis sous vos yeux ce qui se passa dans les
séances suivantes. Je vois par des notes manuscri-
tes, écrites de la main de M. de Boze, que, dans
celle du 6 mai, tous ceux qui s'appliquaient à l'é-
tude des médailles, se déclarèrent ouvertement
contre l'explication de M. Galland, et la détruisirent par quantité d'objections, dont voici le résultat, tel qu'il est dans les notes citées :

« Enfin, M. Galland ne saurait prouver que Bé-
« rénice ait jamais quitté ce nom, qu'elle ait jamais
« pris celui de Cléopatre, qu'on l'ait jamais appe-
« lée ΘΕΑ ΝΕΩΤΕΡΑ, ni qu'elle ait jamais été
« reconnue pour femme de l'empereur Titus. Il
« semble donc qu'on ne puisse avancer un fait de
« cette conséquence sur le témoignage équivoque
« d'une médaille dont la légende ne dit rien de
« semblable, et dont la lecture même est con-
« testée. »

M. Galland était présent et ne se rendit point.
Dans la séance du 10 il répondit à ces objections,
et termina son mémoire par un trait digne de
remarque :

« Pythagore, dit-il, ne demandait à ses disciples
« que sept ans de silence pour s'instruire des prin-
« cipes de sa philosophie avant que d'en écrire ou

« d'en vouloir juger. Sans que personne l'eût exigé
« de moi, j'ai gardé un silence plus rigide et plus
« long dans l'étude des médailles. Ce silence a été
« de trente années. Pendant tout ce temps-là,
« je ne me suis pas contenté d'écouter un grand
« nombre de maîtres habiles, de lire et d'examiner
« leurs ouvrages, j'ai encore manié et déchiffré
« plusieurs milliers de médailles grecques et lati-
« nes, tant en France que dans la Syrie et dans la
« Palestine, à Constantinople, à Smyrne, à Alexan-
« drie et dans les îles de l'Archipel. Le sort d'un
« antiquaire est bien déplorable au prix de celui
« d'un expert dans les arts les plus mécaniques.
« L'expert, souvent peu expérimenté et choisi par
« caprice ou par faveur, ne laisse pas d'être cru
« en justice, et l'on ne veut pas s'en rapporter à
« un antiquaire qui a de l'acquit dans la connais-
« sance des médailles, et qui les explique avec au-
« tant de franchise que de bonne foi. »

J'ai copié ce long passage parce qu'il contient
quelques détails sur les travaux et sur les voyages
de M. Galland. Il faut convenir que ses plaintes
étaient injustes. Il parlait devant des arbitres qu'on
ne pouvait conduire par la voie d'autorité. Tels
étaient M. Vaillant, M. Simon, M. de Boze et
M. Baudelot. Suivant les apparences, il persista
dans son opinion, qui depuis n'a trouvé aucun
partisan, et qui ne pouvait pas en avoir. La médaille dont il s'agit est certainement de Cléopatre,
reine d'Égypte. Les mots du revers AΥΤ ΤΟΥ ΚΑΙϹ.
doivent s'expliquer par AΥΤΟΚΡΑΤΟΡΟϹ ΤΟΥ

KAICAPOC, *imperatoris filii Cæsaris*, qui paraissent ne convenir qu'à Auguste. Mais comment le nom de ce prince est-il associé sur une médaille avec celui de Cléopatre? C'est une difficulté qu'on ne pourrait résoudre que par des conjectures; il faudrait même examiner auparavant la médaille. Elle n'est point dans le cabinet du roi, ni dans aucun de ceux que j'ai vus. Après la mort de M. Foucault, elle passa dans celui des ducs de Parme, qui depuis a été transporté à Naples.

M. Galland s'était laissé séduire par l'espoir d'une découverte, et l'académie, en gardant le silence sur cette question, prouva les égards qu'elle avait pour un confrère estimable. Il en méritait beaucoup. Il était également versé dans la connaissance des monuments antiques et dans celle des langues orientales. Son nom est avantageusement connu dans la littérature : il ne manquait à sa mémoire qu'un historien digne de lui (1), et cet historien est maintenant trouvé.

J'ai l'honneur d'être, etc.

---

(1) Le père Gourdin, bibliothécaire de l'abbaye de Saint-Ouen, à Rouen, travaillait alors à une histoire littéraire de Picardie, et avait écrit, le 8 juillet 1784, à Barthélemy, pour avoir les renseignements dont il est question dans la lettre de ce dernier. *Note de l'éditeur.*

A M. RAST[1].

Je vais tâcher, monsieur, de répondre aux questions que vous m'avez fait l'honneur de me proposer.

Première question. Quelles sont les principales villes grecques qui firent frapper des médailles en l'honneur de Julien l'Apostat, après son élévation à l'empire ?

Réponse. Du temps de Julien, la langue latine était tellement répandue qu'on n'en employait plus d'autre sur la monnaie. Nous avons de ses médailles avec les noms abrégés d'Antioche, de Constantinople, de Cyzique et d'autres villes d'origine grecque, comme nous en avons d'autres avec les noms d'Aquilée, de Lyon, de Sirmium et d'autres villes qui n'étaient pas originairement grecques. Mais sur les unes et sur les autres les noms sont en caractères latins.

Seconde question. Quelles furent les légendes, marques, chiffres, etc., en caractères grecs relatifs à son apostasie ?

_____

[1] Sa lettre est du 5 janvier 1782, et la copie de celle de Barthélemy, sans date, comme plusieurs de celles que j'ai trouvées dans ses cartons. *Note de l'éditeur.*

Réponse. J'ai déja dit qu'on ne trouvait point de légendes grecques sur la monnaie de ce prince. A l'égard des marques relatives à son apostasie, il suffira d'observer que jusqu'à Constantin, les empereurs ou les monnétaires faisaient graver sur la monnaie les figures des divinités du paganisme; que Constantin et ses premiers successeurs abolirent cet usage, et que Julien le rétablit. On représenta souvent sur ses médailles les dieux d'Égypte, tels qu'Osiris, Isis, Serapis, Anubis, etc.

Troisième question. Quels furent ceux où il prenait le nom et la figure de Serapis?

Réponse. On trouve sur quelques médailles de ce prince le nom de Serapis DEO SERAPIDI, tantôt avec une seule tête, tantôt avec deux têtes, qu'on peut prendre pour celles de Serapis et d'Isis ou pour celles de Julien et d'Hélène, son épouse.

Je suis, etc.

A M. CAMPAN[1].

J'AI reçu, monsieur, les deux empreintes de la bague qui appartient à la reine; elles présentent des lettres grecques, et des mots la plupart inintelligibles. C'est une espèce de talisman, connu des

---

(1) Secrétaire du cabinet de la reine, qui avait demandé de sa part à Barthélemy son avis, par une lettre du 4 janvier 1784. *Note de l'éditeur.*

antiquaires sous le nom d'abraxas, nom bizarre qui se trouve gravé sur ces pierres, et dont on a donné différentes interprétations aussi peu fondées les unes que les autres.

Il nous reste un très-grand nombre de ces talismans, les uns chargés de figures, les autres avec de simples inscriptions. On les rapporte aux premiers siècles de l'Église.

Alors parurent plusieurs sectes qui, fortement attachées aux anciennes superstitions des Égyptiens et des Perses, supposèrent l'existence d'une foule de génies qui, les uns bons, les autres mauvais, présidaient aux astres ; dont le pouvoir s'exerçant sur toutes les parties de l'univers, influait en particulier sur la naissance, sur la mort et sur les actions des hommes. Pour obtenir leur faveur il suffisait de graver ces lettres sur certains métaux ou sur certaines pierres.

Quelquefois l'inscription est en grec, et conçue à peu près en ces termes : *Conservez un tel.* Pour l'ordinaire elle contient des noms que l'on a pris pour ceux des génies honorés parmi les nations de l'Orient. On y joint souvent des formules de prières exprimées en égyptien ou dans d'autres langues que nous ne connaissons qu'imparfaitement aujourd'hui.

Dans les empreintes que j'ai sous les yeux, je crois distinguer le mot *semès*, qui, dans les anciennes langues de l'Orient, signifiait *soleil*. On pourrait en conclure qu'on avait tracé sur la pierre des vœux adressés à cet astre, ce qui paraît confirmé

23.

par la figure du serpent qui mord sa queue. Ce symbole, qui paraît sur plusieurs de ces talismans, désigne tantôt l'éternité, qui ne finit point, ou tantôt l'année, qui ne finit que pour recommencer.

J'ai l'honneur d'être, etc.

A M. LE OMTE D'ANGEVILLER.

Paris, ce 27 octobre 1787.

Je vous renvoie, monsieur, les deux pierres gravées que vous avez bien voulu me confier. J'y joins la notice, que j'ai lue avec attention, et les deux empreintes, dont l'une avait sans doute été échangée quand on a fait le paquet.

L'auteur de la notice prétend que la plus grande de ces pierres représente la tête de Régulus. Il se fonde sur le clou qui est gravé dans le champ, et qui, suivant lui, indique le supplice qu'on fit subir à ce grand homme. L'idée est ingénieuse ; mais ce n'est après tout qu'une conjecture.

Cette tête, différente de celle que Fulvius Ursinus attribuait à Régulus, d'après une médaille de son cabinet, ressemble si fort à une tête que le baron de Stosch a fait graver dans son ouvrage (*Planche V*), qu'on serait porté à croire au premier aspect que l'une n'est que la copie de l'autre. Je ne vous cacherai pas, monsieur, qu'un homme qui connaît très-bien la partie de l'art, et qui se trouva chez moi à l'ouverture du paquet, allait plus loin, et voulait douter de l'antiquité de la pierre que je mettais sous ses yeux. Mais, sans insister sur des soupçons auxquels je préférerais le jugement de l'auteur de la notice, je pense qu'une pierre dont le travail n'est pas incontestablement fixé, peut être, sans regret, envoyée en Russie.

La petite pierre qui vous appartient est d'un grand caractère et d'une belle exécution. Vous demandez, monsieur le comte, si c'est un Annibal ou un Pyrrhus. Nous n'avons point de pièces de comparaison pour le premier, quoique les antiquaires aient cru le reconnaître sur des médailles phéniciennes. La tête a beaucoup de rapports, soit pour les traits du visage, soit pour les ornements du casque, avec celle de la statue colossale qui est au Capitole, et qu'on croit être de Pyrrhus.

C'est toujours avec peine et défiance que je hasarde mon opinion sur des choses qu'il est impossible d'éclaircir, je mets dans ce nombre quantité de têtes que nous présentent les monuments de l'antiquité. On veut absolument y reconnaître des souverains, ou des grands hommes, comme s'il avait été défendu aux particuliers de se faire représenter par des artistes.

Je suis, etc.

A M. DE SAINT-VINCENS.

I.

Paris, ce 7 mars 1779.

Je ne connaissais point, monsieur le président, de médaille d'or frappée à Marseille. Mon neveu m'écrivit, au mois de septembre dernier, qu'il avait trouvé chez un curieux, à Amsterdam, où quelques affaires l'avaient conduit, trois médailles extrêmement précieuses qui manquaient au cabinet du roi ; l'une de l'empereur Carausius, l'autre d'un Nicomède, roi de Bithynie, et la troisième de Marseille. Il m'assura qu'elles étaient indubitables ; et quoique je m'en rapportasse volontiers à ses lumières j'exigeai, avant que d'en faire l'acquisition par voie d'échange, qu'elles me fussent envoyées. Je les reçus, et elles ne me parurent susceptibles d'aucun soupçon. Je donnai pour celle de Marseille une médaille fort rare en or de Ptolémée Ier., roi d'Égypte, représentant au revers un quadrige traîné par des éléphants ; pour les deux autres, des médailles impériales en or.

Celle de Marseille est très-bien conservée, et pèse un gros vingt-huit grains et demi. C'est peut-être la même que Goltzius avait publiée, et qui .

suivant toutes les apparences, était de son temps dans quelque cabinet de Hollande, ou de Flandre. Votre erreur, si c'en est une, nous était commune, et ne fait aucun tort à votre excellent morceau sur les médailles de Marseille. On ne peut pas répondre, quand on écrit, des médailles que la terre nous restitue peu à peu ou qui restent ensevelies dans l'obscurité d'un cabinet. Si j'avais écrit sur celles des rois de Bithynie, j'aurais dit qu'il ne s'en trouve point en or, et cependant en voilà une.

Je suis avec respect, etc.

AU MÊME.

II.

Ce 18 janvier 1783.

Ce n'est pas, monsieur, la première fois, à ce qu'on prétend, qu'on a trouvé des couteaux ou poignards de pierre auprès des cadavres déterrés dans les Gaules (1). On m'en a cité plus d'un

(1) Un particulier a trouvé à Mollans, en Dauphiné, deux ou trois cents cadavres rangés les uns à côté des autres. Ils avaient chacun à côté d'eux une espèce de couteau fait de pierre à fusil. L'avidité de ce particulier a fait que sur-le-champ il a tout dérangé et tout brisé, espérant de trouver quelques pièces d'ar-

exemple à l'académie, où j'ai lu votre lettre. On m'a dit aussi qu'à Brême, auprès de Soissons, des laboureurs avaient trouvé, à quelques pieds sous terre, un espèce de caveau, sur lequel était étendu un cadavre, entouré de douze têtes placées sur autant de pierres auprès de lui. Je ne me rappelle point d'avoir vu, ni dans les cabinets, ni dans les recueils des antiquaires, des instruments de cette espèce. Mais j'ai vu souvent des haches de pierre assez tranchantes qui avaient servi aux anciens habitants de ce pays. Ils pouvaient donc avoir des poignards, tels que ceux qu'on a découverts dans votre terre.

Je pense, comme vous, que ces armes sont d'un temps où les habitants de cette contrée ne connaissaient pas encore l'usage du fer. Mais ce temps pourrait n'être que de quelques siècles antérieur à la conquête des Gaules par les Romains, et peut-être même d'un petit nombre d'années. Les peuples grossiers conservent long-temps leurs anciens usages, et par le défaut soit des historiens,

---

gent. Ses recherches ont été inutiles ; et il n'existe plus dans ce moment qu'un tas d'ossements brisés. Les couteaux ont été aussi mis en pièces. Ils avaient, lorsqu'ils étaient entiers, environ un pied de long. On n'a pu m'envoyer qu'un fragment qui a quatre pouces de longueur sur un de largeur. Il est triangulaire, et le bout en est un peu recourbé. Il est aigu, paraissant avoir été poli à la meule. On serait tenté de croire que ces armes sont du temps où les habitants de cette contrée ne connaissaient pas l'usage du fer. (*Extr. de la lettre de M. de Saint-Vincens.*)

soit des autres monuments, nous ne sommes plus
en état de suivre les révolutions que ces usages ont
éprouvées.

Nous avons au cabinet du roi des médailles
d'Antonin, frappées la cinquième ou la vingt-
quatrième année de son règne, représentant au
revers un bélier avec la tête ou d'Ammon ou de
Sérapis. Je n'en fis pas usage dans ma dissertation
(*Académie des inscriptions*, tom. XLI, p. 5o1),
parce que ce belier n'y est point accompagné d'une
planète. Ce qui m'avait frappé dans les médailles
de ce prince, c'était de voir sous l'année huitième,
la suite des signes du zodiaque toujours corres-
pondante à certaines planètes caractérisées par
leurs attributs et par une étoile. On voyait une intention marquée, et c'est ce que je tachai de découvrir. Je ne nie point que le belier de votre médaille soit un de ces signes, mais ce n'est peut-être
aussi qu'un symbole sur lequel on ne pourrait
proposer que des conjectures. Ce qui me détermi-
nerait pour le symbole, c'est qu'on trouve le belier
avec la tête d'ammon sur les médailles de Faustine
la jeune et de quelques autres princes postérieurs
Agréez, etc.

P. S. Ecard a fait graver dans son traité *de Origine
Germanorum*, deux couteaux de pierre, semblab-
bles à ceux qu'on a découverts en Dauphiné. On les
a trouvés dans les tombeaux des anciens Germains:
il est certain qu'ils se servaient de ces espèces d'armes avant de connaître l'usage du fer.

AU MÊME.

III.

Ce 12 septembre 1786.

Je communiquai à l'académie, monsieur, la première lettre que vous me fîtes l'honneur de m'écrire sur la démolition du monument renfermé dans l'enceinte du vieux palais. Elle prit le plus vif intérêt à cette lecture, et témoigna un grand désir de voir les détails de cette découverte. Je ne les ai reçus qu'après qu'elle est entrée en vacance, et je ne pourrai les lui communiquer qu'après la Saint-Martin (1). Je suis assuré qu'elle sera aussi contente de vos réflexions que je l'ai été.

---

(1) Dans la démolition que l'on fit à Aix, en 1786, de l'ancien palais de justice, on renversa jusqu'aux fondements un monument antique qu'il renfermait. Ce monument consistait en une tour de douze toises d'élévation en y comprenant le carré massif sur lequel elle était bâtie. Ce carré avait vingt-six pieds six pouces de hauteur, sur vingt-sept pieds trois pouces de largeur en tous sens.

Cette tour était entourée de dix colonnes en demi-relief, qui avaient dix pieds de hauteur. Leurs chapiteaux étaient d'ordre composite. Entre l'architrave et la frise, qui avaient plus de hauteur que les règles ordinaires ne prescrivent, on avait continué le prolongement des demi-colonnes, ce qui faisait une décora-

Je ne suis pas surpris qu'au seul aspect de cette tour, M. de Peiresc ait avancé que ce ne pouvait être qu'un tombeau. Il en avait vu de semblables en Italie ; et, sans sortir de notre province, il trouvait à Saint-Remi un exemple frappant de ces espèces de construction. Je crois ce dernier plus ancien que celui d'Aix. Bouche l'a fait graver ; il l'a été depuis par les soins de M. Mautour (*Mémoires de l'académie des Belles-Lettres*, vol. VII). L'inscription que j'ai vérifiée sur les lieux, et que j'ai rapportée dans la relation de mon voyage d'Italie (*Mémoires de l'académie*, tom. XXVIII.), semble

tion sans goût. Enfin, cette tour était surmontée par dix autres colonnes de granit, vraisemblablement destinées à soutenir un dôme. Leurs chapiteaux étaient d'ordre composite. Le tonnerre en avait abattu deux, ce qui avait obligé de faire un mur pour lier celles qui restaient et les soutenir. Ces colonnes avaient onze pieds quatre pouces de hauteur et dix-huit pouces de diamètre. Au-dessus de ces colonnes on avait élevé, depuis environ deux siècles, un massif rond d'une toise d'élévation sur lequel on avait placé une horloge.

On découvrit dans la même tour deux urnes assez grandes, dont une était de porphyre, et toutes remplies d'ossements ; ce qui démontre que le célèbre Peiresc avait eu raison de croire que le monument était un mausolée. Deux médailles, l'une de Trajan et l'autre d'Ælius, trouvées dans ces urnes, sont très-favorables à l'opinion du savant Fauris-Saint-Vincens, qui rapporte la construction de tout l'édifice aux premières années d'Antonin Pie. Dans un excellent mémoire envoyé à l'académie des Belles-Lettres, il explique avec le même succès une inscription qui désigne que ce mausolée était celui des trois patrons de la colonie d'Aix, etc.

prouver que ce monument est du premier siècle
de l'ère chrétienne. Vous avez raison de rapporter
celui d'Aix au second. Je vous prie de les comparer,
et d'examiner si ce dernier est en effet, comme
vous le dites, le *monument sépulcral le plus magnifique qui eût été élevé en-deçà des Alpes*. Ce
qu'il y a de certain, c'est que sur les quatre faces
de la base, celui de Saint-Remi a des bas-reliefs à
demi effacés, représentant des batailles. Cette décoration manquait à celui qu'on avait élevé à Aix.

Vous ne nous avez pas donné les dimensions de
la boîte d'or. C'est une singularité qui mérite de
l'attention.

Je pense, comme vous, que l'inscription dont
vous rapportez un fragment, était placée sur ce
tombeau. Il est fâcheux que l'autre moitié soit
perdue. Il me vient sur cela une idée que je dois
vous communiquer. Il me paraît que cette inscription faisait mention de trois personnages différents,
tous trois étaient patrons de la colonie, puisque
ces mots *Patrono coloniæ* s'y trouvent trois fois.
De là les trois urnes que l'on a trouvées dans la
tour. On en plaça une à la mort du premier; on
plaça successivement les autres, en ajoutant un
nouvel ordre au monument. Mais pourquoi cette
différence de matières dans les urnes ? Elle peut
dépendre de quantité de circonstances que nous
ignorons et qu'il serait inutile de savoir. Il faut, à
ce qu'il me semble, s'en tenir au résultat. Voilà
trois patrons d'une ville ; leurs noms étaient tracés
dans la partie de l'inscription que nous n'avons

plus. Il y a toute apparence que cette pierre était placée sur le tombeau où l'on a trouvé trois urnes, donc elles contenaient les cendres des trois personnages auxquelles la colonie a élevé ce monument.

Je finis en vous remerciant de la bonté que vous avez eue de m'annoncer cette découverte et surtout des excellentes réflexions dont vous l'avez accompagnée.

Agréez, etc.

A M. DUTENS.

Ce 28 janvier 1789.

Je viens de lire, monsieur, dans le quatre vingt-deuxième volume du *Monthly Review, or Litterary Journal*, un extrait du *Voyage du jeune Anacharsis*. L'auteur m'y traite avec une bonté qui lui donne des droits à ma reconnaissance, et finit par une réflexion qui exige de ma part un éclaircissement. « Il est possible, dit-il, que le plan de cet « ouvrage ait été conçu d'après celui des Lettres « athéniennes. »

Ces lettres furent composées dans les années 1739 et 1740 par une société de personnages respectables, qui achevaient leur éducation dans l'université de Cambrige. En 1741, ils en firent imprimer, pour leur usage, douze exemplaires, en quatre volumes *in*-8°; et, en 1782, un plus grand nombre encore, en un volume *in*-4°

Ces lettres sont au nombre de cent quatre-vingts. Un P désigne celles de Philippe Yorck, comte de Hardwick, fils aîné du grand-chancelier de ce nom; un C celles de M. Charles Yorck, son frère, parvenu à l'importante dignité de grand-chancelier, et mort en 1770, trop tôt pour sa famille et sa patrie. Les autres lettres furent écrites par leurs parents ou par leurs amis.

Les deux éditions n'ont jamais paru, et c'est ce qui fait dire au journaliste qu'*à proprement parler, elles n'ont jamais été publiées*. Mais comme il ajoute qu'il les avait communiquées à plusieurs personnes, on peut croire que le secret m'en avait été dévoilé, et ce soupçon prend une nouvelle force quand on considère que les deux ouvrages, formés sur le même plan, semblent n'être qu'une suite l'un de l'autre. Tous deux placent dans la Grèce, à des époques assez voisines, un témoin oculaire chargé de recueillir tout ce qui lui paraît digne d'attention. Dans les Lettres athéniennes, Cléandes, agent du roi de Perse, résidant à Athènes pendant la guerre du Péloponèse, entretient une correspondance suivie avec les ministres de ce prince et avec différents particuliers. Il leur rend compte des évènements de cette guerre, des mouvements qu'il se donne pour la perpétuer, et des divisions qui règnent parmi les peuples de la Grèce. Il décrit leurs forces de terre et de mer, leur dis-

cipline militaire et leur politique. Gouvernement,
lois, mœurs, fêtes, monuments, rien n'échappe au
profond observateur. Il converse avec Périclès,
Aspasie, Alcibiade, Cléon, Socrate, Thucydide. Il
s'occupe de la philosophie des Grecs tantôt avec
Smerdis qui réside en Perse et qui, dans ses réponses, lui parle de la philosophie des mages; tantôt avec Orsames, qui voyage en Égypte, et qui,
dans les siennes, lui parle des lois et des antiquités
de ce pays. Ainsi se trouvent rapprochés sous un
même point de vue les principaux traits de l'histoire
des Grecs, des Perses, et des Égyptiens, et ces
traits, puisés dans les auteurs anciens, donnent lieu
à des parallèles aussi instructifs qu'intéressants.
Une parfaite exécution répond à cette belle ordonnance.

Je vous proteste, monsieur, que je n'ai pas eu
cet excellent modèle devant les yeux (1).

Je suis, etc.

---

(1) Il paraît que Barthélemy entrait ensuite dans quelques
détails sur sa justification; il renvoie même à la suite de cette
lettre, mais je ne l'ai point trouvée dans ses papiers; et elle
doit être entre les mains de M. Dutens, son confrère et son
ami. *Note de l'éditeur.*

A M. DE CHOISEUL-GOUFFIER.

A Paris, ce 24 mars 1792.

J'ai l'honneur de vous envoyer, monsieur l'ambassadeur, deux exemplaires d'une dissertation
qui vient de paraître, après de longs travaux et
une longue impression. Vous aurez la bonté d'en
remettre un à M. Guis et de conserver l'autre, à
condition que vous ne le lirez pas; car je ne connais rien de si ennuyeux. Vous serez peut-être of-
fensé de l'audace de l'auteur qui vous l'a dédiée,
sans vous en demander la permission. Il prétend
qu'il a été forcé de céder à ses sentiments, et que
vous êtes assez généreux pour lui pardonner, d'autant mieux qu'il n'a pas blessé votre modestie.

Vous possédez, mon cher comte, un des plus
beaux monuments des Athéniens, et je suis bien
aise d'en avoir donné la première idée. Que je re-
grette de n'avoir pas vu toutes vos richesses en ce
genre, jusqu'à présent enfouies dans un magasin à
Marseille! Il doit s'y trouver des choses précieuses,
et j'aurais bien volontiers consacré le reste de mes
jours à les éclaircir. Vous m'aviez marqué, dans
une de vos lettres, que M. Fauvel avait trouvé à
Athènes une inscription dont les caractères lui
avaient paru très-anciens et semblables à ceux de
l'inscription que je publie. J'en écrivis à M. Guis,

à Marseille, qui ne perdit pas un moment pour la
chercher. Il eut la bonté de m'envoyer des copies
de deux ou trois inscriptions qui étaient visibles
et moins essentielles. Toutes les autres sont ren-
fermées dans des caisses; et il ajouta que si vous
l'ordonniez il les ferait ouvrir (1). Je lui marquai
bien vite qu'il fallait bien s'en garder, et qu'on
risquerait beaucoup à les déplacer, outre les frais
immenses qu'il en coûterait. Ce n'est qu'à votre
retour, dans un temps plus tranquille, lorsque
vous aurez étalé tous ces monuments dans une
pièce particulière, que les antiquaires pourront
exercer leur courage et leur savoir, et, suivant

---

(1) Les objets renfermés dans ces caisses ont été transportés
ensuite à Paris. M. de Choiseul en parlait dans une lettre à
Barthélemy, en ces termes : « Je termine une entreprise dont je
« puis dire que des souverains auraient été effrayés; toutes les
« métopes, et les plus belles parties de la frise qui règne autour
« de la *cella* du temple de Minerve, les plus beaux bas-reliefs
« de celui de Thésée, les cariatides, les chapiteaux d'Érechtée,
« la lanterne de Démosthène en entier, ont été moulés, sont
« encaissés et prêts à partir sur une frégate. Ces chefs-d'œuvre
« de sculpture se survivront ainsi à eux-mêmes, et en dépit
« des Turcs qui les mutilent plus que jamais, on les verra dans
« mon cabinet à Paris; si le roi voulait, je serais en état de les
« lui construire en plâtre dans ses jardins de Saint-Cloud ou
« de Rambouillet; on ne pourrait pas dire que ce fut une co-
« pie; ce serait le monument lui-même, etc.... » Jamais particulier n'a fait en France tant de sacrifices pour les beaux-arts
et l'antiquité que M. de Choiseul, et personne n'a plus eu justement à se plaindre d'une si forte ingratitude, sur-tout de la
part de quelques artistes qu'il avait employés. *Note de l'Édit.*

toutes les apparences, ce temps ne reviendra pas sitôt.

On m'a dit que pendant le séjour de M. Fauvel à Athènes, on avait découvert une inscription sur la façade extérieure d'un monument que Spon et Wheler avaient pris pour le temple de Jupiter Olympien, et dont les ruines se trouvent au nord de la citadelle. Stuart et le Roi ont parlé de ces ruines, et j'en parle aussi dans la note sur le plan d'Athènes, chap. 12 du *Voyage d'Anacharsis*. M. Fauvel vous a-t-il parlé de cette inscription; en aurait-il une copie, et pourriez-vous me l'envoyer? Elle pourrait servir à fixer la destination de ce monument.

Faites-moi le plaisir de me rappeler au souvenir de M. Cousineri, consul à Thessalonique, qui se connaît bien en médailles, et qui pendant son voyage à Paris m'en céda quelques-unes très-belles pour le cabinet du roi. Il m'écrivit à son retour à Thessalonique; je lui répondis sur-le-champ: je lui ai écrit depuis une ou deux fois, et n'ai plus entendu parler de lui. Il m'avait cependant promis de me faire part de ses découvertes: je suis fâché de son silence, continuant à travailler sur les plus anciennes médailles. Il est dans un pays où elles se trouvent assez fréquemment, et il est bien en état de les discerner. Je compte lui envoyer un exemplaire de ma dissertation, et peut-être même prendrai-je la liberté de l'insérer dans le second paquet que je vous adresserai, dans la crainte que celui-ci ne s'égare.

Vous avez aussi beaucoup de médailles, et vous

ne m'en parlez jamais; vous gardez encore le silence sur votre second volume. On me demande souvent quand il paraîtra; que faut-il que je réponde? Le défaut de livres, la lenteur des ouvriers, les affaires de l'embassade, etc. etc; voilà ce que je dis.

Je ne vous parle que littérature, parce que tout autre sujet afflige et tourmente. J'en détourne mon esprit autant qu'il m'est possible. Nous en sommes au point de ne devoir songer ni au passé ni à l'avenir, et à peine au moment présent. Je vais aux académies, en très-peu de maisons, quelquefois aux promenades les plus solitaires, et je dis tous les soirs: *Voilà encore un jour de passé.*

Je suis, etc.

AU CITOYEN. G***.

Ce 16 avril 1793.

Vous me demandâtes dernièrement, mon cher ami, pourquoi je n'avais pas parlé de la loi de Solon, qui condamnait le célibat; et pour confirmer l'existence de cette loi, vous me citâtes un passage de Démosthène, par lequel il paraissait qu'on avait flétri la mémoire d'un Athénien qui ne s'était pas marié, en plaçant sur son tombeau un symbole qui attestait sa désobéissance à la loi.

24.

Ni Samuël Petit, ni Potter ne parlent de cette loi; mais il est certain que le célibat était un deshonneur à Lacédémone, et je l'ai observé dans mon ouvrage. Je me suis souvenu que Platon avait proposé de ne pas admettre dans l'administration un homme qui n'aurait point été marié; c'était une idée de ce philosophe. Il faut donc avoir recours au passage de Démosthène, dans son discours contre Léochares.

Il y est dit, en effet, que sur le tombeau d'Archiades était un λουτροφόρος, ce qui prouve qu'il n'avait pas été marié. Hésychius, Suidas, Harpocration font allusion à cet usage; mais je n'ai trouvé nulle part qu'il fût une espèce de flétrissure, encore moins qu'il vînt des lois de Solon. Ainsi, je n'ai point dû le ranger parmi celles qu'il avait établies. Je n'ai pas même dû en parler, parce qu'il n'est pas facile de s'en faire une idée bien précise.

Quelques grammairiens ont rendu le mot λουτροφόρος, par *le porteur d'un vase* destiné aux bains; d'autres, par le *vase seul*. Et cette dernière explication me paraît la plus convenable. Hésychius dit (*in h. v.*) que ces vases servaient aux mariages, et aux morts qui ne s'étaient pas mariés. Le même auteur (*in v.* Λιβύας) ajoute qu'ils étaient de couleur noire lorsqu'on les mettait sur les tombeaux des célibataires. De là, on pourrait présumer que sur les tombeaux des gens mariés on plaçait de ces vases de couleur ordinaire; mais que les noirs désignaient les célibataires. Mais pourquoi désigner ainsi ces derniers? Cela pouvait devenir nécessaire dans les procès pour cause de testament, de partages, etc.

Quoi qu'il en soit, observez que lorsque mon Scythe parle de quelque usage, il est censé en avoir été témoin, et qu'il ne doit pas se livrer à des conjectures (1). Une pareille discussion aurait été ridicule dans sa bouche.

Adieu, je vous embrasse.

---

(1) Cette remarque de Barthélemy répond d'une manière péremptoire au reproche qu'on lui a fait de n'avoir pas assez mis de critique dans son *Voyage d'Anacharsis*. Du reste, j'aurais pu rapporter un plus grand nombre de lettres de Barthélemy; mais celles qu'on vient de lire suffisent pour montrer toute l'étendue de ses connaissances, et l'empressement qu'il avait de les communiquer aux personnes qui le consultaient. Si l'on désirait néanmoins d'avoir un recueil plus complet de ces mêmes lettres; j'inviterai alors ceux qui en ont reçu de lui, à les faire passer à son neveu, Barthélemy-Courçai; il en existe de très-intéressantes entre les mains de quelques gens de lettres. Celui auquel cette dernière est adressée en possédait plusieurs de ce genre; malheureusement elles ont été la proie des flammes, dans une crise de la révolution où la peur a détruit presque autant de choses précieuses que la rage du vandalisme. *Note de l'Éditeur.*

REMARQUES

CONCERNANT LES DROITS DES ANCIENNES MÉTROPOLES
SUR LEURS COLONIES (1).

Une colonie n'en pouvait-elle fonder une autre
sans demander à sa métropole un chef ou conduc-
teur? et celle-ci ne conservait-elle aucun droit sur

---

(1) L'académie des Inscriptions et Belles-Lettres proposa, en
1745, pour sujet de prix : *Quels étaient les droits des métropoles grecques sur les colonies? les devoirs des colonies envers
les métropoles, et les engagements réciproques des unes et des
autres?* Bougainville fut couronné, et, dans sa dissertation, il
se déclara pour la dépendance des colonies. La même opinion
a été adoptée par un anonyme anglais, auteur d'une *Histoire de
la fondation des colonies des anciennes républiques*, adaptée,
comme il l'annonce lui-même, à la dispute de la Grande-Bretagne avec ses colonies américaines. Dans cette conjoncture,
un ami de Barthélemy et son confrère à l'académie, lui adressa
un ouvrage qui a pour titre : *De l'état et du sort des colonies
des anciens peuples*, 1 vol. in-8°, 1779, où il soutient l'indépendance de ces mêmes colonies, et réduit tous leurs devoirs
envers leurs métropoles à ceux du respect et de la reconnaissance. Barthélemy, en lui répondant, ajouta à sa lettre les observations qu'on va lire, et sur lesquelles nous nous abstenons
de prononcer. *Note de l'Éditeur.*

ce nouvel établissement? Les faits suivants doivent décider ces deux questions.

Quand Corcyre établit une colonie à Épidamne, elle fut forcée d'en prendre le fondateur ou le chef à Corinthe, sa métropole; c'était l'ancien droit (*Thucyd.*, *lib. I, cap.* 24). Les Épidamniens, ruinés par leurs divisions, s'adressent à Corcyre, leur fondatrice, et la prient de ne pas les laisser périr; ils ne sont pas écoutés (*Ibid.*). Ne sachant alors quel parti prendre, ils demandent à l'oracle s'ils se livreront aux Corinthiens, qui étaient leurs premiers fondateurs. L'oracle le leur permet; ils se rendent à Corinthe, et représentent que le chef de leur colonie était de cette ville, et lui demandent du secours. Les Corinthiens trouvent cette demande juste, persuadés que cette colonie leur appartenait autant qu'à ceux de Corcyre. Ils avaient d'ailleurs à se plaindre de celle-ci, qui, dans les solemnités publiques, ne leur rendait pas les honneurs accoutumés, et ne les distinguait pas, aux sacrifices, dans la distribution des victimes.

Corinthe envoie des colons à Épidamne; ce qui excite les plaintes des habitants de Corcyre. Leurs députés se rendent à Corinthe, et demandent à s'en rapporter à des arbitres, pour savoir si c'est à Corcyre ou à Corinthe qu'appartient Épidamne. En s'adressant dans la suite aux Athéniens, ils leur disent: « Les Corinthiens vous diront qu'il est in- « juste que les colonies fassent des alliances parti- « culières ». A cela nous répondrons: « Toute co- « lonie bien traitée de sa métropole doit l'honorer;

« mal traitée, elle peut se séparer d'elle; car ce n'est
« pas pour être leur esclave, mais pour être libres
« qu'on nous a fondés (*Thucyd. lib. 1, cap.* 27) ».
Les Corinthiens se plaignaient aussi de ce que
Corcyre, leur propre colonie, s'était toujours sé-
parée d'eux. « Nos autres colonies, assuraient-ils,
« nous honorent et nous aiment. Corcyre est la
« seule que nous soyons fondés à ne pas chérir.
« Quand même nous aurions eu tort, il eût été
« honorable de céder à notre colère; et la honte
« nous en serait restée. Mais qu'ont-ils fait? Épi-
« damne, notre colonie, étant dans la détresse, ils
« l'ont abandonnée. Quand nous l'avons secourue,
« ils s'en sont emparés ». Ils ajoutaient : « Nous
« venons à vous avec des droits bien établis (*Thu-*
« *cyd., lib. I, cap.* 40). »

Ces faits me paraissent favorables à l'opinion de
M. Bougainville. Voyons à présent ce que vous
rapportez sur les Locriens-Épizéphyriens.

Aristote avait écrit que la colonie des Locriens,
en Italie, n'avait été composée que de bandits, de
déserteurs, etc. Timée traite fort mal Aristote à
cette occasion, et cite une inscription qu'il avait
vue chez les Locriens de la Grèce, contenant les
conditions que ces derniers avaient imposées aux
premiers lors de leur émigration. Le préambule
du traité annonçait que les relations des colonies
aux métropoles étaient comme celles des enfants à
leurs parents. M. de Bougainville s'était servi de ce
passage. Vous lui répondez : « Polybe (*Excerp. Va-*
« *les., pag.* 49), qui rapporte tout cela, soutient
« que Timée a fabriqué le traité ».

Mais on peut répliquer, 1° la réfutation de Polybe n'est fondée que sur ce que Timée n'avait pas dit positivement quels étaient les Locriens de la Grèce où il avait vu cette inscription; or, c'est une bien mauvaise manière de raisonner. 2° En supposant que Timée eût inventé cette inscription, il est bien visible qu'il aurait eu assez d'esprit pour ne rien dire d'invraisemblable, et qu'il aurait seulement imité les décrets que d'autres métropoles avaient donnés à leurs colonies, en les faisant partir. S'il ne s'y était pas conformé, au lieu d'avoir recours aux mauvaises raisons par lesquelles il réfute Timée, il aurait simplement dit: « Jamais, dans le « départ d'une colonie, sa métropole n'a fait graver « sur l'airain les lois qu'elle lui prescrivait; jamais « cette métropole ne s'est servie d'un préambule « qui annonçait des rapports avec sa colonie, pa- « reils à ceux des pères avec leurs fils ». Remarquez encore que ces mots, qui commençaient le décret vrai ou supposé: *Comme les enfants sont à l'égard de leurs parents*, sont à-peu-près les mêmes dont Platon se sert (*De leg.*, *l. VI*, *p.* 754) dans une pareille occasion.

FIN DU DEUXIÈME ET DERNIER VOLUME.